네오젠

네오젠
;미완성 국가

장성주 장편소설

북레시피

목차

사흘 전, 다시 불이 켜졌다. 시간을 정확히 알 방법은 없었지만 해가 뜨고 진 것을 헤아려 볼 때 대략 그 정도의 시간이었다. 한동안 지속되던 정체 모를 굉음에 감염자들의 발작 또한 끊이지 않던 중이었다. 머지않아 굉음이 잦아들고, 곧 불이 켜졌다.

대정전 이후 두 번의 겨울을 지나도록 전쟁은 다시 일어나지 않았으나, 이미 지칠 대로 지친 사람들은 작은 충격에도 쉽게 몸을 웅크렸다. 그건 옆에 있던 도스에게도 마찬가지였다. 불안해진 도스는 힘겹게 숨을 고르며 횡설수설하기 시작했다.

"도망쳐야 해."

창밖을 향해 고정된 그의 두 눈은 겁에 잔뜩 질린 채 번뜩이고 있었다. 벌어진 입속에서는 그르륵거리며 이를 가는 소리가 들렸다.

"갈 데는 있고?"

나는 도스의 어깨를 눌러 그의 무릎을 꿇려 앉혔다. 당장이라도 튀어 나갈 듯 긴장이 가득한 몸. 그런 그를 두 팔로 안아 가두고선 그가 진정되기만을 조용히 기다렸다.

굉음이나 갑작스러운 전기의 공급이 무엇을 의미하는지는 알 수 없었다. 처음엔 피습이나 폭격을 예상했지만 이젠 더 이상 전쟁이란 말이 설득력을 가지긴 힘들었다. 이 지구상에서 '나라'라는 말은 완전히 지워진 지 오래였다.

7년 동안 지속된 전쟁과 바이러스가 사람들에게 남긴 것은 두 가지였다. 발작, 그리고 무력함. 살아남은 자들 중 대부분은 어딘가 고장 난 듯 동요가 없었고, 일부는 특정한 자극을 받으면 응축된 감정을 미치광이처럼 터뜨리곤 했다. 그중 도스의 기폭제는 '소리'였다.

그 시각, 창밖 건너편의 무너진 건물 귀퉁이에서는 누군가 난간에 몸을 반쯤 걸쳐둔 채 허우적거리고 있었다. 뒤이어 한 어린아이가 나타나 버둥거리는 남자의 다리를 붙들었지만 사내는 이미 제정신이 아닌 듯 보였다. 그는 정신없이 뒷발질을 해댔고, 아이는 그의 발버둥을 온몸으로 받아내며 찢어질 것 같은 소리로 울부짖었다.

"아버지!"

아이가 비명을 내질렀다. 남자는 비틀거리며 난간 위로 올라서는 중이었다. 남자의 발이 바닥을 딛고 오를 때마다 아이의 숨도 거칠어졌다. 당장이라도 끊어질 것 같은 위태로운 호흡이었다.

순간 방 안의 불이 희미한 소리와 함께 깜빡이기 시작했고, 곧 구역 전체가 소리를 내며 번쩍거렸다. 불빛은 속도를 더해가고,

희미하던 소리의 줄기는 점점 더 거세어져 도시 전체의 울음소리처럼 변했다. 서둘러 도스의 귀를 막아주려 했지만 그는 강박적으로 소리와 접촉하려는 듯 내 손을 뿌리쳤다.

"전쟁이야! 전쟁이다!"

도스는 폭주하기 시작했다. 진정시키려 애를 써보았지만 역부족이었다. 자제력을 잃은 그는 나를 밀쳐내고선 문밖으로 순식간에 뛰쳐나가버렸다.

출처 불명의 바이러스에 세계 각지의 사람들이 죽어 나가던 것을 시작으로, 세상은 광견병에 걸린 듯 빠른 속도로 광란에 접어들어 갔다. 거짓이 만연했으며, 보이는 어떤 것도 믿을 수 없었다. 어느 날 중국의 도심 한복판에 미사일이 떨어지며 하루아침에 전쟁이 시작되었고, 미국에서는 음모론자들이 들고일어나 주요 도시마다 불을 지르기 시작했다. 강대국들의 혼란은 곧 전 세계적 혼란으로 이어졌다. 언론은 붕괴되어 각기 다른 말을 내뱉고, 어디서부터 비롯되었는지 모를 폭동에 사람들은 이유도 모르는 채 휩쓸려 다녔다. 환란이었다.

재앙 앞에서 인간이 만든 사회체제란 한낱 아집에 불과했는지도 모른다. 도망친 대통령과 종잇조각이 된 화폐에 대한 소식은 흔한 뉴스 중 하나였다. 사람들은 살길을 찾아 국경을 넘나들었고, 그사이 몇 차례 변이된 바이러스는 나라를 불문하고 모두를 집어삼켰다. 어디에도 승리자는 없었다. 전쟁은 더 이상 전쟁이 아니었고, 뒤섞인 인류는 생존이란 당면 명제 외에 어떠한 목적도 세울 수 없었다. 그렇게 '나라'라 불리던 문명의 가장 기본

적인 근간은 무너지고 말았다.

쿵.

등 뒤에서 서늘한 한기가 느껴졌다. 웅웅거리는 기계 울음을 타고 불편한 정적이 창문을 넘어 흘러들어왔다. 아이의 비명은 언제부터인지 들리지 않고 있었다. 또 죽은 걸까.

창밖은 새벽어둠으로 뒤덮여 온통 보랏빛이었다. 아이는 텅 빈 난간을 붙든 채 그대로 굳어 있었다. 아이의 시선을 따라가 보니 시커먼 점 같은 것이 바닥에 일그러져 있었다. 불규칙한 불빛이 이따금씩 이빨을 드러내며 허옇게 번뜩이자 희미하게 그 형체가 보였다. 아이의 아버지였다.

타인의 죽음에 대해 어떤 생각을 가져야 하는가. 그것은 이제 마치 하나의 오류처럼 처리되지도, 풀리지도 않는 무의미한 질문이었다. 살아남은 자들 중 누구도 존재의 의미와 가치에 대해 설명할 수 있는 사람은 없었다.

아이는 잠시 멈춰 있더니 곧 난간에 매달려 있던 검붉은색의 깃발을 떼어 손에 쥐고 흔들었다. 더 이상 전쟁과 상관없는 자들이 모여 있는 안전 구역을 뜻하는 깃발이었다. 한참 동안 죽은 아비를 바라보던 아이는 손을 뻗어 깃발을 아래로 떨어뜨렸다.

아이의 기폭제가 제 아버지의 발작이었던 것인지, 아니면 아버지 외에는 감정을 터뜨릴 이유도, 방법도 몰랐던 것인지 남자의 추락과 동시에 아이는 더 이상 발작할 이유가 없다는 듯 차분해 보였다.

바람 한 점 없는 적막한 공기를 따라 붉은 것이 흘러내렸다.

한참을 뒤틀리고 구부러지며 가까스로 도달한 깃발은 간신히 사내의 얼굴을 덮으며 내려앉았다.

"이안."

먹먹함이 귓가에 어른거렸다. 뒤이어 목덜미를 따라 무거운 중압감이 머리 전체를 에워쌌다. 할 수만 있다면 머리를 열어 뇌를 찬물에 벅벅 씻어내고 싶은 기분이다. 묵직한 두통이 눈까지 이어질 즈음 비릿한 흙냄새가 코끝을 스쳤다.

"이안!"

돌아보니 미아가 경직된 표정으로 현관에 서 있었다. 가늘게 떨리는 얼굴에 눈 밑 문신이 요동을 쳤다.

"사람들이 도스를 데려갔어."

그녀의 떨리는 얼굴에서 읽을 수 있는 건 아무것도 없었다. 그녀가 뱉은 말이 쉽게 이해가 되지도 않았다. 이곳에 낯선 누군가와 모여 무리 짓고자 하는 의지를 가진 인간은 없다. 이곳에, 미쳐 날뛰는 발작 환자를 억지로 데려가고자 하는 인간은 없다. 더욱이, 그런 인간'들'은 존재할 수 없다.

이해할 수 없다는 표정으로 한참을 서 있는 내게 미아는 손에 쥔 무언가를 건네주었다. 잔뜩 구겨졌지만 만들어진 지 오래되지 않은 깨끗한 인쇄물이었다. 펼친 종이 위엔 짐승을 움켜쥔 독수리 모양의 문양과 함께 글귀가 쓰여 있었다.

[A 구역 23길 102. 치료제를 드립니다.]

1

재건된
도시

<2038년 3월 27일 토요일 오전 7시. 네오젠에서 알립니다. 오늘 여러분은 가장 안전한 하루를 보장받았습니다. 오늘 하루 본부가 제공하는 백신의 잔여 수량은 321개. A 구역에서 파란색 깃발을 찾으십시오. 2038년 3월 27일 토요일 오전 7시. 네오젠에서 알립니다. 오늘 여러분은......>

억양 없는 단조로운 여자의 음성이 하루의 시작을 알렸다. 구역 전체를 울리는 목소리에 맥락 없이 뒤엉켰던 꿈이 겨우 막을 내리고, 살짝 열린 창문 틈에선 쿰쿰한 쇠 냄새가 밀려들어왔다. 오늘도 어김없이 첨탑에 불이 켜졌으리라. 눈꺼풀을 몇 번 쓸어낸 뒤 창가로 걸음을 옮기자 군건히 자리를 지키고 서 있는 거대한 은색 송곳이 보였다. 마치 한 번도 빼앗긴 적 없던 일상을 보여주기라도 하듯, 제법 도시다운 모습의 풍경이었다.

재건된 도시는 온통 푸른색의 돌로 견고하게 세워져가는 중이었다. 거칠고 탁하던 건물의 표면은 시간이 지날수록 매끄럽게

광이 났다. 어디서 자재들을 공수해 오는지는 알 수 없었지만, 매일 밤이 되면 육중한 트럭들이 줄을 지어 도시 곳곳에 돌을 실어다 나르곤 했다. 이름 모를 그 돌들은 낮이면 온 도시를 시퍼렇게 비추다가도 밤이 되면 한층 더 어둡게 존재감을 드러냈다.

반복되던 안내 방송이 끝나자 초인종 소리와 함께 우편함에 무언가가 미끄러져 내려왔다. 본부에서 보낸 메시지였다.

[최이안. 특수 치료 예정일 공지. A 구역 20길 103.
24시간 내 방문 요망.]

안내장에는 늘 그랬듯이 한가운데 독수리의 형상이 그려져 있었다. 가만히 보니 독수리가 움켜쥐고 있는 것이 짐승이 아닌 사람 같기도 했다. 헝클어진 갈퀴와 긴 발톱이 보이긴 했지만, 늘어진 사지의 비율과 모양새는 꼭 사람의 것과 닮아 있었다.

본부는 매달 27일 소수의 인원을 대상으로 정기 검진과 치료를 제공했다. 백신에 대한 부작용을 보이거나 기존에 가지고 있던 질병으로 백신 투여가 제한되는 자들, 그리고 자가 면역 반응을 보이는 자들을 대상으로 진행되는 특수 치료였다. 3년 동안 나와 같은 면역체계를 가진 사람은 본 적이 없다는 것을 제외하고는 그다지 특별할 것 없는 일정이었다. 안내장을 뒤집으니 시퍼런 타이머가 카운트다운을 시작하고 있었다.

[23:54:59, 58, 57, 56……]

'별 쓸데없는…….'

본부의 개발자들은 이런 자잘한 부분에서까지 자신들의 연구 결과물을 선보이길 즐기는 듯했다. 하루만 지나면 쓸모없어질 타이머를 만들기보다 첨탑에서 나오는 불쾌한 냄새부터 없앨 노력을 했다면 좀 더 고마웠을 텐데 말이다.

아침부터 끊이지 않는 생각들을 줄줄이 이어나가며 찬물로 간단히 샤워를 마치고 나니 문득 집에 음식이 전혀 없다는 사실이 떠올랐다. 둘러보니 돈이라고는 책상 위에 굴러다니는 1디엔*짜리 지폐 3장뿐이었다. 지난주에 참지 못하고 침대를 구매한 탓이었다.

몸을 누일 곳만 확보해도 운이 좋은 거라고 생각한 지가 불과 몇 년 전이었지만, 나 역시 잃는 것보다는 소유에 대한 적응이 더 빠른 인간이었다. 지난해 겨우 한 칸짜리 보금자리를 얻게 되었을 때 그 만족감은 채 일주일을 가지 못했다. 백 가지를 잃었다가 겨우 하나를 되찾고 나니 아직 돌려받지 못한 구십구 개의 것들이 아쉬웠다. 도시가 재건되었다 한들 전쟁 전에 누리던 것들에 비하면 터무니없는 수준이었다.

허기진 배가 우렁차게 요동할 때가 되어서야 밖으로 나가야겠다는 생각이 들었다. 대충 옷을 챙겨 입은 뒤 충전이 다 된 플레브스**를 손목에 둘러 감으며 타이머를 다시 확인했다. 23시

---

* 네오젠의 화폐단위. 1디엔당 1,200원 정도.
** 네오젠 시민들의 신분증. 신원 확인 및 통행을 위해 사용한다.

간 27분 55초. 본부의 권고가 독촉으로 변하기까지 내게 남은 시간이었다.

문을 나서자 복도 끝에서부터 쇳덩어리들이 풍기는 내음이 콧속으로 밀려들어왔다. 입안 가득 쇠를 머금기라도 한 듯 혀에서 비린 맛이 느껴졌다. 미끈한 바닥과 천장, 벽의 결들을 따라 주변엔 축축한 한기가 흘렀다. 창문 하나 없는 기다란 복도. 들리는 건 안내장에서 조그맣게 울리는 초침 소리뿐이었다.

한참을 걸어 1층에 도착하자 그제야 햇빛이 조금 새어 들어왔다. 내려오는 내내 느껴졌던 건물의 서늘한 공기가 서서히 데워지고 있었다.

느긋하게 턱을 괴고 있던 경비는 인기척을 느끼자마자 눈짓으로 내 동선을 조용히 쫓기 시작했다. 출입 기록을 남기라는 무언의 강요였다. 미간 한가운데 커다란 사마귀를 달고 있는 그는 매일 자리에 앉아서 눈을 굴리는 것 외에는 별다른 하는 일이 없어 보였다. 늘 그랬듯, 순순히 현관에 부착된 리더기에 손목을 가져다 댔다. 뒤이어 찰칵거리는 소리와 함께 스크린에 이름이 기록되었다.

[오전 7시 38분. 712호 최이안. 외출.]

이른 아침부터 바깥은 첨탑을 향해 가려는 사람들로 분주했다. 검푸른색의 곧게 뻗어 오른 건물들. 그 사이를 오고 가는 이들은 어느 누구도 고개 한번 돌리는 일 없이 모두 제 갈 길에만 충실했다. 전쟁 전에도 보기 드물었던 의욕적인 아침의 거리였다.

전쟁의 잔해들과 도시의 상흔이 어느 정도 없어질 즈음 첨탑은 그 모습을 드러냈다. 흠집 하나 없이 완벽하게 칠해진 단색의 송곳. 어떤 이들은 저 은색 송곳 같은 것이 재앙을 가져다줄 것이라며 반발했지만, 치료제를 통해 발작으로부터 자유로워진 대다수는 본부와 그들이 하는 일을 금세 지지하고 따르기 시작했다. 결국 반대의 목소리는 점차 힘이 없어지고, 얼마 지나지 않아 도시에서 사라졌다.

시내로 곧장 이어진 중앙 도로를 따라 걷다 보면 우체국과 물류창고 사이에서 간신히 형태를 유지하고 있는 기다란 쪽문을 하나 볼 수 있었다. 온통 시커먼 돌들로 이루어진 거리에서 유일하게 나무로 된 낡은 문이었다. 이제 이 구역 내에서 개발이 되지 않은 곳은 이곳뿐이었다.

문 안쪽 골목을 따라 들어가면 다 쓰러져가는 허름한 시장이 있었는데, 이 근방에서 가장 저렴하게 식자재를 구입할 수 있는 곳이기도 했다. 물론, 값이 싼 만큼 먹다 탈이 나더라도 누구 하나 책임져주지는 않았다.

간신히 고정되어 있는 뒤틀린 나무 문짝을 잡아당기자 귀에 거슬리는 불쾌한 마찰음이 거리에 울려 퍼졌다. 쪽문 너머 드러난 구불구불한 길 위로 익숙한 뒷모습이 보였다. 미아였다.

"일찍 나왔네."

"아, 이안."

갑작스러운 인기척에 놀랐는지 미아는 움찔하며 자리에 멈춰 섰다. 그녀는 아는 얼굴임을 확인한 뒤에야 겨우 긴장을 풀었다.

윈스키*에 전쟁이 터진 후 도시가 재건되기 전까지, 미아는 나와 같은 곳에서 지내던 이들 중 한 명이었다. 꽤 긴 시간을 그들과 함께했으나, 어느 날 한 명이 사라진 것을 시작으로 모두 도시를 떠나가 결국 나 혼자 남겨지고 말았다. 갑작스러운 일이었지만, 나도 그들을 붙잡지는 않았다. 이후 시장에 들를 때마다 종종 그녀를 마주치곤 했는데, 나머지 두 사람을 다시 보는 일은 없었다.

미아의 얼굴은 지난번보다 수척해져 있었다. 앙상하게 마른 탓에 큼직한 눈이 한결 더 도드라져 보였다. 경계심을 푼 미아가 곁으로 다가오자 익숙한 흙냄새가 슬쩍 풍겼다.

"그나마 지금이 사람이 가장 없을 시간대잖아. 지금 사서 얼른 돌아가지 않으면 집으로 가는 길이 골치 아파지니까."

미아는 빈정거리며 손목에 찬 플레브스를 흔들어 보여주었다. 불이 다 꺼져 아무 색도 보이지 않는 빈껍데기 상태였다.

"그거……."

"응?"

"충전이 안 된 것 같은데."

내가 손목을 가리키자 그녀는 웃음이 밴 얼굴로 내 표정을 슬쩍 관찰했다.

"여전히 뭘 모르나 보네."

그러고는 이내 귀찮다는 듯이 길을 재촉했다.

"이건 치료제를 안 맞은 사람한테는 무용지물이야. 정기적으로 본부에서 확인을 받은 사람만 쓸 수 있더라고. 족쇄나 마찬가지지 뭐."

미아는 허공에다 손목을 몇 차례 뒤집어가며 덤덤하게 말했다.

사라진 이들 중 다른 하나는 감염자인 도스였다. 그가 발작을 일으키며 뛰쳐나갔다 돌아왔던 3년 전 어느 날, 그때 플레브스를 처음 보았다. 허구한 날 발작에 시달리던 그는 그날 저녁 누구보다 멀쩡한 모습으로 돌아와서는 편안한 미소를 지어 보였다. 그의 손목에는 오묘한 빛을 내는 파란색 밴드가 둘러져 있었다.

"아. 안 맞았구나."

"당연하지. 내가 본부 근처에 가기라도 하면 아버지가 아주 난리를 치실걸. 나도 썩 내키지는 않고."

그녀는 습관적으로 양손을 이리저리 움직여가며 열심히 설명했다.

"그나저나 넌 여전히 표정이 없네. 누가 보면 원래부터 네오젠 사람인 줄 알겠어."

"어?"

"여기 사는 사람들, 갈수록 표정이 없어지잖아."

미아는 말을 하다 말고 갑작스레 얼굴을 들이밀었다. 그녀는 가만히 내 얼굴을 관찰하더니 곧 고개를 갸웃거렸다.

"아닌가, 지금 보니 살짝 달라진 것 같기도 하고."

그녀는 혼잣말로 조용히 중얼거렸다. 다시 걸음을 옮기는 미

---

* 네오젠이 들어서기 전 이곳의 지명. 아이잔의 수도.

아를 따라 나도 천천히 길을 걸었다.

"이안 너는 속을 알 수가 없어. 도통 말을 안 하니까 말이야."

"그런가."

"혹시 또 모르지. 말만 안 했지 속으로는 온갖 생각을 다 하고 있다거나."

딱히 틀린 말은 아니었다. 평소와 달리 요즘 들어 내 머릿속은 갈수록 더 시끄러워지고 있었다. 이상한 일이었다.

"그나저나, 별로 안 바쁜 것 같은데 나랑 같이 갈래? 검문소에 불이 켜지기 전에 난 여기 볼일을 끝내야 해서."

미아는 손사래를 치더니 재빨리 어딘가로 몸을 숨겨 들어갔다. 서두르는 그녀의 행동에 나도 엉겁결에 자세를 낮춰 따라 들어섰다.

자세히 보지 않았으면 있는지도 몰랐을 만큼 존재감 없는 장소. 이런저런 색깔의 천이 덧대어진 낡은 천막을 걷어 올리니 온갖 잡다한 물건들을 모아놓고 파는 작은 상점이 하나 나왔다. 문앞에 세워진 푯말에는 '거짓 평화를 타도하라'라는 글귀가 비뚤게 쓰여 있었다.

입구에 들어서자마자 오래된 먼지 냄새가 퀴퀴하게 풍겼다. 도시가 지어진 지는 겨우 3년인데, 이건 마치 십수 년 동안 묵혀진 냄새 같았다.

낡은 종이와 색이 바랜 천으로 도배된 정사각형의 공간. 한쪽에는 신발과 옷가지들이 아무렇게나 널려 있었고, 중앙에는 용도를 알 수 없는 물건들이 즐비해 있었다. 그 사이로, 만약 전쟁 중이었다면 절대 마주치고 싶지 않았을 것 같은 거대한 몸집의 사내가 눈길을 사로잡았다.

"아니스, 저 왔어요."

주인은 칼을 갈다 말고 미아의 목소리에 광대가 치솟도록 활짝 웃어 보였다. 크게 찢어진 입안으로 보이는 시꺼먼 잇몸이 남자의 인상을 한층 더 괴이하게 만들어주었다.

"왔구나 미아. 세상에, 오늘도 곱고 예쁘구나."

사내는 미아의 머리통보다도 더 큰 칼을 손에 쥔 채 어울리지 않는 곱상한 말투로 미아를 끌어안았다. 거구의 남자에게 파묻힌 미아가 꼭 단번에 집어 삼켜질 것만 같았다.

"한동안 오질 않아 걱정했잖니. 요즘 같은 세상에 너처럼 사람 냄새나는 아가씨를 알고 지낼 수 있다는 건 정말 행운이야. 알고 있니? 그런데 미아 너 왜 이렇게 마른 거니, 꼭 무슨 종잇장이라도 안고 있는 것 같네."

그는 기다렸다는 듯이 쉬지 않고 떠들어댔다. 갈라지고 거무죽죽한 저 입술에서 나오는 말이라고 하기에는 어울리지 않는 상당히 다정하고 친절한 어투였다. 사내는 반가움과 걱정을 드러내며 그녀를 그 자리에서 몇 번이고 들었다 놓기를 반복했다. 미아가 숨이 막힌 듯 쿨럭거리자 그제야 제자리에 내려놓고 그녀를 바라보았다.

"아버지가 한동안 몸이 안 좋으셨어요. 뭐, 그 덕에 이런저런 연설을 늘어놓을 힘이 없으셔서 집이 좀 조용하긴 했지만요."

미아는 익숙하다는 듯이 옷의 매무새를 정리하더니 곧장 가게 안을 뒤적거리기 시작했다.

"포먼 씨가? 그 혈기 왕성하신 분께서? 대체 어디가, 이젠 괜찮으신 거니?"

여전히 한 손에 칼을 쥔 채 남자는 잔뜩 오므린 표정으로 미아의 뒤를 졸졸 쫓았다. 그는 오직 미아에게만 온 신경이 집중된 듯 그녀에게서 한참을 눈을 떼지 못했다. 육중한 발걸음에 끼익 끼익 소리를 내던 나무 바닥이 갑자기 내 앞에서 조용해졌다.

"뭐요 당신?"

방금 전까지의 친절한 말투는 온데간데없이 사라지고, 그는 오래 마주 보고 있으면 안 될 것 같은 표정과 목소리로 내게 말을 걸었다.

"아, 저는."

"제가 데려왔어요."

미아는 이쪽을 쳐다보지도 않은 채 대답했다. 어느새 두 팔엔 잡다한 물건들이 한 아름 올라가 있었다. 그녀의 말에 남자는 잠시 온순한 표정을 지었다가 곧바로 방금 전의 사나운 얼굴로 돌아가 경계하는 듯한 태도를 취했다. 잔뜩 인상을 쓴 그는 나를 위아래로 열심히 관찰하면서도 눈은 절대 마주치지 않았다.

"치료제니 뭐니 하는 말에 다들 속아서 저놈들 좋은 짓만 하고 있는 꼴이군. 이놈도 그 얼빠진 것들 중 하나인가."

그는 내 손목에 채워진 플레브스를 보더니 심기가 불편한지 입으로 쯧 하는 소리를 내었다. 가까이서 보니 그는 몸집이 제법 큰 정도가 아니라 상당한 수준이었다. 간신히 끼니만 해결하며 사는 요즘 같은 때도 이 정도라면, 과거엔 도대체 어느 정도의 거구였을까 싶은 생각이 들었다. 못마땅한 표정의 그는 칼등으로 뒷목을 긁으며 미아를 향해 잔소리를 쏟아냈다. 그의 손목엔 아무것도 채워져 있지 않았다.

"미아, 본부에 정신 뺏긴 인간들하고 어울렸다가 네 마음만 다친다. 뭔 놈의 세상이 망하려면 그냥 망하지 더 이상한 놈들을 불러들여 가지고 나 원 참."

미아는 대답 대신 얼굴이 가려질 정도로 쌓아 올린 많은 물건들을 탁상 위에 우르르 쏟아부었다. 한눈에도 골동품 같아 보이는 낡은 것들투성이였다.

"이만큼이면 다 얼마죠? 아 그리고 먹을 만한 고기 있으면 주세요. 아버지 드시게 좀 갖다드려야 할 것 같아요."

"오 그래 잠깐만 기다려봐, 괜찮은 물건이 들어왔어."

또다시 삐거덕거리는 바닥 소리와 함께 남자는 육중한 몸을 냉장고 쪽으로 옮겼다. 김이 서린 문을 열자 묵은 피 냄새 같은 것이 고약하게 코를 찔렀다. 남자는 히죽거리며 가죽이 덜 벗겨진 무언가를 꺼내 들었다.

"어르신 몸보신 좀 하셔야지. 기다려봐, 손질 잘 해줄 테니까."

남자의 손에 들린 건 머리가 두 개 달린 노루였다.

9년 전, 2029년 6월 30일 토요일, 뉴타운.*

<속보입니다. 오늘 오전 윈스키 지역 서구 야산 부근에서 다리 여섯 개 달린 늑대 무리가 출몰해 지역 사회에 큰 충격과 공포를 주고 있습니다. 3년째 지속되는 전쟁으로 인한 전 세계적 혼란이 이어지고 있는 가운데, 전문가들은 잇따른 바이러스의 출현이 자연 생태계에까지 큰 혼란을 야기하고 있는 것으로 추정하여 연구에 총력을 기울이고 있습니다. 아이잔 정부는 이와 같은 상황에 대해……>

"야, 봤냐. 소름 돋네 진짜."

도스는 이안의 어깨를 툭 치며 TV를 가리켰다. 기가 막힌 듯 연신 고개를 갸웃대며 중얼거릴 때마다 그의 입에서 달짝지근한 껌 냄새가 풀풀 풍겨왔다.

"어, 그러네."

이안은 스크린에 눈길 한번 주지 않은 채 무신경하게 휴대폰 액정을 툭툭 두들겼다. 무성의한 대답이 맘에 들지 않았는지 도스는 한쪽 입꼬리를 올리며 비죽거렸다.

"넌 그게 문제야. 감흥 없는 거."

둘 사이의 대화는 대부분 이런 식이었다. 이렇다 할 반응이 없는 하나와, 그런 하나를 끈질기도록 귀찮게 구는 다른 하나. 한 녀석은 말이 너무 없어 별종 취급을 받았고, 또 다른 하나는 지나치게 남의 일에 관심이 많아 별종 취급을 받았다.

"대체 언제 사람이 되려나. 넌 진짜 나라도 옆에 있어서 다행인 줄 알아라."

무無에 가까운 이안과 달리, 도스는 늘 여러 감정이 뒤섞인 다채로운 얼굴을 갖고 있었다. 서로 다른 두 사람이 어떤 계기로 가까워질 수 있었던 건지 정확히 아는 사람은 없었다. 그저 어느 순간부터 둘은 떨어질 줄 모르고 늘 붙어 다니기 시작했다.

이안에게는 눈에 띄는 특징이랄 게 없었다. 필요할 때 이외엔 입을 열지도 않았고, 어느 일에도 딱히 관심을 보이질 않았다. 특유의 말투도 표정도 없는 그 아이의 얼굴 앞에서 기분이 언짢아지지 않는 사람은 드물었다. 남 말하기 좋아하는 동네 사람들은 5년 전 일어났던 끔찍한 일 때문에 아이가 저렇게 되었다고 수군거렸다. 이안이 그날 부모님을 모두 잃었기 때문이다.

당시 지역 신문에는 이안 어머니의 이름이 '남편을 살해한 여

---

* 윈스키의 업타운.

자'라는 수식어와 함께 자주 실리곤 했다. 사건 직후 그녀도 목숨을 잃었기 때문에 살해 동기와 과정에 대해서는 제대로 밝혀진 것이 없었지만, 정황상 그녀가 자기 남편을 죽였다는 사실만큼은 분명했다. 사건 현장으로부터 멀리 떨어진 곳에서 발견된 열두 살의 어린 이안은 어머니와 아버지의 피를 몸 여기저기 묻힌 채 정신이 나가 있었고, 한동안 입을 닫고선 말을 하지 않았다. 아이는 아무것도 기억하지 못했다. 결국 사건은 미궁 속에 빠진 채 종료되었다.

"야, 귀먹었냐."

도스는 이안의 어깨 위로 팔을 걸쳐 올린 채 깐죽대며 시비를 걸었지만 여전히 별 반응이 없었다. 가만히 기다려도 역시나 대답이 없자 그는 체념한 듯 멀찍이 떨어져 편하게 자세를 고쳐 앉았다. 하루 이틀 겪은 일이 아닌 듯했다.

도스는 좀이 쑤시는지 손가락을 달싹거리기 시작했다. 심심함을 견디지 못하는 도스의 성격상, 반응이 없다고 포기할 리가 없었다. 슬쩍 눈을 굴려 망부석처럼 앉아 있는 이안을 쳐다보더니 곧 은근한 미소를 띠며 일부러 언성을 높였다.

"야, 너는 세상이 이 지경인데도 별 느낌이 없냐? 생각 좀 해봐. 지금 바로 옆 나라에선 수천수만 명이 매일 같이 죽어 나가는데, 거기서 터지는 폭탄이 여기서는 터지지 말란 법이 있냐? 저거 봐, 뭔 일이 나려 하니까 짐승들까지 저 지경이잖아. 조짐이 안 좋다고."

"어, 그러니깐."

순간 도스의 얼굴이 울컥하며 벌겋게 달아올랐다.

"야 이씨, 뭐 보는 건데."

짜증이 난 도스는 이안의 손에서 휴대폰을 낚아챘다. 이안은 그마저도 신경 쓰기 싫다는 듯 두 팔을 축 늘어뜨리며 소파에 등을 기댔다. 빼앗은 휴대폰 액정에서는 격리 시설에 수용된 감염자들이 침을 질질 흘리며 날뛰고 있는 모습이 재생되고 있었다.

<환자들은 감염 후 평균 2주의 잠복기를 거칩니다. 초기 증상으로 저체온증을 동반한 세미 코마 상태에 돌입해 동면 상태와 비슷한 양상을 약 1~2일간 유지하게 됩니다. 이후 의식을 회복함과 동시에 고열, 다량의 구토, 심한 두통 등의 증상을 보이는데, 특징적으로 감정 억제 능력의 손실을 보입니다. 아직까지는 고열을 동반한 뇌염에 의해 발생한 중추신경계 손상이 원인일 것이라 추정하고 있습니다. 중요한 점은 이들 중 약 30%는 심각한 수준의 폭력 성향을 나타내며, 해당 증상 발현 한 시간 이내 그 자리에서 사망한다는 점입니다. 지금까지 밝혀진……>

감염자들의 모습을 비추던 화면이 넘어가고, 헝클어진 머리에 퀭한 눈을 한 남자가 등장해 바이러스에 대한 연구 결과를 보고했다. 생기 없는 눈빛과 움푹 파인 두 볼은 딱 죽기 직전이라고 해도 믿을 법한 몰골이었다.

몇 년째 세상이 뒤죽박죽되어가는 와중에도 제대로 밝혀진 것은 아무것도 없었다. 병의 원인이나 치료 결과에 대해선 근거 없는 추측과 가짜 뉴스만 난무했고, 그 가운데 오직 분명한 사실은 바로 내 옆 사람이 어느 날 갑자기 인간 같지 않은 모습으로 변할 수도 있다는 불안감뿐이었다. 그건 자신에 대해서도 마찬가지였다.

"저게 어떻게 사람이야, 짐승이지."

도스는 감염자들의 모습을 보고 있기 불편한지 휴대폰을 다시 이안에게 넘겨주었다. 잠자코 방송을 보던 이안의 눈에서 이전에 볼 수 없던 호기심 같은 것이 순간 드러났다. 도스는 이를 놓치지 않았다. 그는 한쪽 입꼬리를 들어 올리며 슬그머니 질문을 이어갔다.

"이안, 솔직히 말해봐. 너도 좀 겁나지?"

"뭐가."

"전염병 말이야. 어느 순간 갑자기 걸려서 미쳐 날뛰게 될까 봐. 겁 안 나?"

이안은 대답 대신 눈알을 이리저리 몇 번 굴리며 입술을 깨물었다.

"하긴, 너는 폭주할 만한 감정 자체가 없으려나."

"뭔지 몰라."

"뭐?"

"억제하지 못한다는 거. 그게 뭐지."

도스는 뭐라고 해야 할지 모르겠다는 듯 멀뚱히 이안을 바라보았다. 이안은 무표정한 얼굴로 도스를 바라보았다.

"어…… 뭐, 배설 같은 거 아닐까."

"배설?"

"속에서 뱉어내지 않고서는 못 견디는 그런 거. 구토나 설사 같은."

도스의 대답이 그럴듯하긴 했지만 이안은 여전히 의문이 가시지 않는 얼굴을 하고 있었다. 이안은 억제해야 할 만큼 무언가가 마음속에서 넘쳐흘렀던 적이 없었다. 곧이어 다물었던 입술을 열고 조용히 중얼거렸다.

"참지 못해 나오는 거면, 원래부터 속에 있었다는 거네. 저런 짐승 같은 게. 사람 속에."

이안을 바라보던 도스의 표정이 묘하게 일그러졌다. 이안의 얼굴에는 전에 본 적 없는 희미한 웃음이 배어 있었다. 그건 재미라기보다는 비웃음에 가까운, 활기라기보다는 회의에 가까운 표정이었다. 시꺼먼 눈동자는 그 순간 유독 더 짙어 보였다.

도스는 처음 이안을 만났을 때 느꼈던 이질감을 다시 떠올렸다. 피투성이가 된 몰골로 묵묵히 자신을 쳐다보던 모습. 구겨져 가는 자신의 얼굴을 미동 하나 없이 굳은 표정으로 응시하던 그 눈을.

"있지, 사람 속은 원래 복잡해. 이안 너만 그걸 모를 뿐이야."

두 사람은 더 이상 아무 말도 하지 않았다.

도스는 이안을 바라볼 때마다 자주 이상한 감정을 느꼈다. 이안의 텅 빈 눈을 마주할 때면 속 깊은 곳에서부터 아릿한 느낌이 들었다. 때때로, 미동조차 없이 무감한 이안을 보며 막연한 부러움이 생기는 날도 있었다. 도무지 이유를 알 수 없는 감정이었다.

이안은 무신경한 얼굴을 하고서는 다시 고개를 휴대폰 쪽으로 돌렸다. 도스도 고개를 저으며 쯧 소리를 내었다. 구시렁거리는 소리가 굳이 애를 쓰지 않아도 다 들릴 지경이었다.

"내가 계속 얘기하지만, 넌 진짜 나 하나라도 친구로 남아 있는 걸 다행으로 생각해야 해."

"응, 고맙다."

"진짜 저걸 그냥 확."

도스의 짜증스러운 반응에도 이안은 전혀 아랑곳하지 않았다. 그러더니 갑자기 쿵쿵거리며 주변을 살피기 시작했다.

"무슨 냄새가 나는데."

"뭐?"

"타는 냄새. 여하튼 그런 매캐한 냄새."

"너는 또 무슨 냄새가 난다고……."

쿵.

쿵.

쿵.

그 순간 갑자기 두 사람의 발밑으로 커다란 진동이 연달아 울려 퍼졌다. 잠시 잠깐의 정적이 흐르는 동안 도스와 이안은 굳은 채 서로를 바라보았다.

"야, 이거……."

짧은 정적을 뒤로, 진동은 조금 전보다 더 거세어져 온 집 안을 흔들었다. 그 순간 전기가 나가고, 여기저기서 사람들의 비명 소리가 들려왔다. 멀지 않은 거리였다. 뒤이어 계속되는 진동과 함께 폭발하는 소리가 점점 크게 다가오기 시작했다. 무언가 잘못된 것이다.

두 사람은 엉거주춤한 자세로 바닥을 기어가 재빨리 지하실 문을 열었다. 지금 당장 둘을 지켜줄 수 있는 건 그들 자신뿐이었다. 손에 쥔 휴대폰은 비명을 지르듯 경보를 울려댔다.

[위급 재난 알림: 여기는 행정안전부 민방위경보 통제소.
실제 공습경보를 발령합니다.
현재 시각, 우리나라 전역에 실제 공습경보를 발령합니다.]

###

"아니스, 매번 고마워요. 언제든 도움이 필요하면 꼭 얘기해요, 알겠죠?"

거구의 사내는 미아에게 오래된 소형 트럭 한 대를 내어주었다. 저런 게 여태 남아 있었구나 싶었다. 곳곳에 불에 그을린 자국이 있는 것이 눈에 띄긴 했지만 굴러가는 데에는 문제가 없어 보였다. 고무 천막으로 꼼꼼하게 덮어둔 짐칸 안에는 미아가 골랐던 물건들보다 훨씬 많은 양의 것들이 수북하게 쌓여 있었다.

"우리한테 포먼 영감님과 너의 안전만큼 큰 위안이 되는 건 없단다. 어서 올라타렴. 여기 이 녀석도 같이 태우는 건 영 맘에 안 들지만."

그는 마지막까지 경계의 눈빛을 감추지 않았다. 천천히 위아래를 훑으며 눈 밑을 찡그리던 그는 마지못한 표정으로 손에 들고 있던 작은 종이봉투를 내게 건넸다. 따끈한 열기가 남아 있는 봉투에선 독특한 향신료 향과 함께 고기 냄새가 솔솔 올라왔다.

"미아가 부탁하니 주는 거야. 아직은 완전히 정신이 나가기 전인 것 같으니, 먹으면서 뭘 따르는 게 옳은지 다시 한번 생각해보라고."

"저는 뭘 따르진……."

"됐고, 미아. 터널에 도착하면 지호가 기다리고 있을 거야. 안부 전해주렴."

미아는 남자와 가볍게 포옹한 뒤 서둘러 트럭에 탔고, 뒤이어 나도 옆자리에 올랐다. 하루 세 번 구역을 가로지르는 트램에 타는 것 이외 다른 무언가에 올라타본 일은 도시 재건 이후 처음이었다.

"참, 아니스. 다음 모임은 센이 직접 주관하기로 했어요. 곧 있으면 연락이 갈 거예요."

"센? 이번엔 얼굴을 보여준다던?"

"네, 직접 전할 말이 있다고 들었어요. 마을 회의 때 만날 수 있을 것 같아요. 아무튼 아니스, 고마웠어요. 이제 가볼게요."

남자는 미소를 띤 채 손을 흔들었다. 트럭이 멀어지는 동안 사이드미러에 비친 그는 한참을 그 자리에 서 있었다.

울퉁불퉁한 시장 길을 따라 트럭이 사정없이 요동쳤다. 거리에 드문드문 문을 연 상점들이 보였지만 몇 주 사이 그 수가 확연히 줄어들어 있었다. 문이 닫힌 상점마다 출입문 앞에 검은 쪽지들이 덕지덕지 붙어 있었다. 얼핏 독수리 문양이 새겨진 것으로 보아 본부에서 붙인 것임을 알 수 있었다.

요란하게 흔들리는 차 때문에 빈속이 울렁거리기 시작했다. 와중에 차창 앞 유리 귀퉁이에 쓰인 문장은 눈앞을 더 어지럽게 만들었다. '자유는 자유인의 것. 복종은 미련한 자들의 것.' 어설프고 제멋대로인 필체는 가게 앞에 세워져 있던 푯말 위의 것과 똑같아 보였다.

미아는 연이어 등장하는 골목길에서 정신없이 핸들을 꺾어댔다. 본부의 인력이 진을 치고 있는 공사 현장 근처를 지나는 길이었다. 그녀의 거친 운전 솜씨와 눈앞에서 요동치는 시뻘건 문장이 속을 메스껍게 만들 즈음, 트럭은 미로 같은 길의 끝에 다다르고 있었다. 남자의 가게에 머무는 동안 코에 박혔던 먼지 냄새가 빠지나 싶더니, 이번엔 골목 곳곳을 휘감는 묵직한 연기가 창문을 넘어 들어왔다.

처음 치료제가 보급되고 도시 재건이 시작되자 일부 발 빠른 사람들은 살길을 마련하기 위해 상권을 형성하기 시작했다. 전쟁이 남긴 숨 막히는 무기력이 온 도시를 휘감고 있는 와중에도 이전의 자본주의 사회 속 본능과 근성을 아직까지도 기억하고 있는 몇 안 되는 이들이었다. 그 최초의 공간이 바로 이곳, 시장이었다.

하나둘 모여든 이들은 도시의 잔해들을 모아 저마다 공간을 선점했고, 새로운 화폐가 도입되기 전까지는 물건을 교환해가며 어떻게든 이득을 취하려 했다. 그들은 새벽이면 도시를 탐색하며 쓸 만한 것들을 모았고, 어떤 이들은 몇 안 남은 짐승을 잡았으며, 좀 더 영악한 이들은 본부에서 제공된 물품들을 빼돌려 장사에 이용하곤 했다. 개중에는 자신의 노동력과 몸을 대가로 원하는 것을 얻어내는 이들도 있었다. 하지만, 그 어디에도 배부

름과 풍족을 이루어내는 이는 없었다.

시간이 지나 치료제의 투여가 반복될수록 사람들의 흥분은 점차 가라앉기 시작했다. 더불어 질병의 후유증도 사라져갔다. 도시가 모습을 갖춰감에 따라 시민들은 어느 정도의 안정을 되찾았고, 점차적으로 본부의 통제와 도움에 의존하며 그들이 제안하는 방식과 틀 안에서 적응해나갔다. 하지만 이와 반대로, 규제를 벗어나 자유롭게 살고자 하는 이들 또한 생겨났다. 그들 중 대부분이 이곳에 자리를 잡고 있었다.

그러나 꽤 오랜 기간 자유롭게 운영되던 시장도 더 이상 본부의 간섭을 피할 수는 없었다. 여론에 따르지 않는 이들은 얼마 지나지 않아 소수에 속하게 되었고, 그 소수는 다수에 밀려 갈수록 모습을 감춰만 갔다. 문명이 재건되어가는 순간이었다.

지난달부터 시장의 낡은 콘크리트 벽과 건물들이 조금씩 파헤쳐지고, 그 자리엔 곧게 날이 선 시퍼런 돌들이 서서히 들어섰다. 돌들을 깨고 다듬을 때마다 그 주변엔 희뿌연 연기가 스산하게 깔리곤 했는데, 공사가 한창일 때 그 주변을 지나가면 앞이 제대로 보이지 않아 사고를 당하는 이들이 종종 있었다.

"꽉 잡아."

단호한 외침과 함께 미아는 브레이크를 밟았다. 쿨렁거리며 달리던 트럭이 요란한 소리를 내며 급히 멈춰 섰다. 연기 때문에 여기가 정확히 어디인지는 알 수 없었다. 자욱한 연기 속에선 망치질 소리만 연이어 울려 퍼지고 있었다.

"여기서 잠깐 기다려야 하는데, 같이 있어줄래?"

당연하다는 듯 간결하고 분명한 목소리. 그녀의 말투에는 늘 힘이 실려 있어서 납득이 되기도 전에 얼렁뚱땅 미아의 요구에 따라 수긍하게 되는 이상한 일이 자주 일어나곤 했다. 별나지만, 그리 불편한 일은 아니었다.

"배고프다. 아까 받은 거라도 먹자."

"응. 뭘 기다리는데?"

미아는 어느새 봉투에서 샌드위치 하나를 꺼내 크게 한 입 베어 물고 있었다. 불룩 튀어나온 입을 다물고 대답을 못 하겠다는 듯이 손으로 '잠깐만'이라는 표시를 했다. 딱히 몰라도 될 만한 일이라는 생각에 나도 봉투 속을 뒤적여 튀긴 고기 같은 것을 한 덩이 꺼내 베어 물었다. 몇 달 만에 먹어보는 고기였다.

"내 친한 동생. 귀여워. 자주 이것저것 도와주기도 하고."

물끄러미 미아를 바라보니 그녀는 뭘 보느냐는 식으로 도무지 끔뻑이지 않는 큰 눈을 부릅뜬 채 나와 시선을 맞추었다. 입 안엔 여전히 음식이 남은 듯 계속해서 우물거리고 있었다. 우스꽝스러운 표정이다.

"아, 그래."

"참, 아까 어디 가려던 길이었어?"

미아는 샌드위치를 계속해서 밀어 넣으며 대화를 이어갔다.

"본부. 오늘 접종일이야."

"이안 너는 이미 면역이 있잖아."

"응."

"그럼 백신이 필요 없지 않아?"

"특수…… 치료인가 하는 걸 받으라고 하던데."

"말을 꽤 잘 듣는 타입이란 말이야."

딱히 나쁜 말 같진 않지만, 듣기 괜찮은 말도 아니었다.

"가만히 보면 너는 뭐든 주장하는 법이 없더라."

"그런가."

"답답하네."

미아는 고개를 크게 저었다.

"예전에 도스가 그러더라. 너는 누군가에게 영향을 받지도 않지만, 그렇다고 선을 넘는 법도 없다고. 말 잘 듣는 유령 같다나."

미아는 뭐가 웃긴지 입꼬리를 씰룩거리며 또다시 봉투 속으로 손을 뻗었다. 묵직하던 봉투가 거의 비워져가고 있었다.

"뭐, 요즘 같은 세상엔 너 같은 사람이 오히려 살기 편할 수도 있겠다. 그치?"

"딱히 생각해본 적이 없어서."

"스위치 좀 켜."

"뭐?"

"스위치 좀 켜고 살라고."

미아는 갑자기 짜증을 냈다. 누군가의 기분을 이해하는 일만큼이나 미아의 의도를 알아채는 일 또한 만만치 않은 골칫거리다.

"이안. 언젠가 네가 무언가 결정하고 싶어지는 날이 오면, 서쪽에 있는 강을 건너서 나랑 우리 아버지를 찾아와. 대신, 아무한테도 얘기하지는 말고."

"무슨 결정을 하라는……."

"미아!"

연기로 뒤덮인 차창 너머로 마른 몸집의 한 사내가 불쑥 모습을 드러냈다. 얼핏 보아 미아나 나와 같은 한국계인 것 같았다. 이곳에서 동양인을 마주치는 건 흔한 일이었지만, 같은 나라 사람끼리 뭉쳐 지내는 건 보기 드문 일이었다.

"지호 왔구나."

지호라는 이름의 남자는 어딘가 흐리멍덩하고 탁한 눈을 가지고 있었다. 미아와 마주 보고 있는 와중에도 그의 눈은 미세하게 초점이 흔들렸다. 차창 너머로 늘어뜨려놓은 팔에는 자잘한 칼자국들이 여럿 그어져 있었다. 미아는 그 상처를 바라보며 쓴 표정을 지었다.

"검문소는, 아직이지?"

"엊그제 우리가 굴려놓은 돌 때문에 아작이 나서 고치려면 좀 걸릴 거야. 그래도 본부 놈들이 곧 올 테니 서두르기는 해야 해."

남자의 목소리는 나른하고 기운이 없었다. 옆에 있는 낯선 이가 의식되는지 눈알을 굴려대다 몇 차례 나와 눈이 마주쳤지만, 내게 관심을 내보이기 싫은 듯 다시 재빠르게 시선을 거두어들였다. 어설펐다.

"다행이야. 아, 인사해. 이쪽은 이안, 전쟁 중에 만났어. 지금은 C 구역 소속. 그리고 여기는 지호. 최근에 서쪽에서 만난 사이야."

"아, 예. 처음 뵙네요."

그는 턱을 괸 채 고개만 위로 까딱하며 인사를 건넸다. 어딘가 부자연스러운 모양새였다. 눈을 마주치니 슬쩍 미간을 찌푸리는 것이 보였다. 그의 얼굴도 별다를 것 없이 일그러지고 있었다.

남자의 구겨진 얼굴이 순간 흥미롭게 느껴져, 대답하는 것을 잊은 채 그의 흔들리는 눈동자를 빤히 바라보았다. 1초, 2초, 3초……… 시간이 흐르며 그의 눈 속에선 지진이 일었다. 내 눈으로 그를 집어삼킬 수도 있을 것 같았다.

"이안. 그만하고 짐 내리는 것 좀 도와줘."

미아의 목소리에 나는 또다시 순종하듯 시선을 옮겼다. 그녀가 날카로운 눈빛으로 가만히 나를 훑어보고 있었다.

차에서 내린 미아는 남자를 데리고 트럭 뒤로 이동했다. 비뚤고 흐느적거리는 걸음걸이에 남자의 길고 검은 머리가 연신 출렁거렸다. 고무 천막을 걷어 올리자 내용물을 알 수 없는 커다란 자루들이 가게의 퀴퀴한 냄새를 풍겨대고 있었다. 그중 어떤 것에서는 방금 전 맡았던 오묘한 향신료 냄새가 났다.

"미아, 이쪽으로 나와 있어. 내가 할게."

남자는 익숙하게 미아를 챙겼다. 그는 비쩍 마른 몸으로 직접 가져온 수레에 자루를 들어다 날랐다. 짐을 하나하나 옮겨 실을 때마다 힘든 내색을 하지 않으려 참는 것이 보였다. 그런대로, 쓸 만한 일꾼 같았다.

날카롭게 쏘아보는 미아의 눈초리에 나도 짐 나르기에 동참했다. 주변엔 여전히 연기가 자욱했고, 어디에서 들려오는지 모를 망치질 소리가 끊이지 않고 울려 퍼졌다. 짐이 거의 다 옮겨지자 미아와 지호는 갑자기 골목 안쪽 바닥에 엎드리더니 이곳저곳을 두드려보기 시작했다.

"여기다."

그들이 흙먼지와 철창으로 덮인 덮개를 들어 올리자, 못해도 성인 남자 두세 명이 동시에 드나들 만한 큼직한 입구가 모습을 드러냈다. 속에서부터 한기가 새어 나왔다.

"이안, 부탁이 있어."

미아는 갑작스레 진지한 얼굴을 하며 평소에는 쓰지 않던 말투로 말했다.

"부탁?"

"여긴 터널이야. 우리들 사이에서는 그렇게 불려. 우리가 여기로 들어가고 나면 덮개를 닫고, 주변의 흙과 돌로 다시 덮어줘. 해줄 수 있겠어?"

터널. 얼핏 가게의 남자와 미아가 주고받던 대화가 생각났다. 구태여 낯선 말투를 쓰기에 대단한 말을 할 줄 알았는데, 생각보다 별거 아닌 일이었다. 그런데 '우리들'이라니 그건 누구를 말하는 거지. 이건 언제부터 여기 있었던 걸까.

"그리고 언제든 여길 떠나고 싶어지면, 이 터널을 통해 서쪽으로 와. 아까 했던 말, 기억하지?"

"무슨 말인지 모르겠지만, 문을 닫아주는 건 어렵지 않아."

그녀는 내 대답 따위는 전혀 아랑곳하지 않고 말을 이어갔다.

"네오젠은 곧 본모습을 드러낼 거야. 난 네가 그 전에 옳은 결정을 하기를 바라. 기억해, 터널. 그리고, 아무에게도 말하지 말고."

끝내 나는 아무런 대답도 하지 않았다. 그녀는 한동안 내 눈을 뚫어져라 응시하며 그 자리에 서 있었다. 내 머릿속에 자신의 말을 새겨 넣기라도 하는 듯 단호한 눈빛으로 말이다. 나와 눈을 마주치고 있는 와중에도 그녀의 얼굴은 좀처럼 일그러지는 일이 없었다. 어쩌면 그것이 내가 미아의 목소리에 귀 기울일 수밖에 없는 가장 큰 이유인지 모른다.

"또 보자."

그녀는 웃으며 마지막 인사를 건넸다. 두 사람이 터널 아래로 다 내려갈 때까지 나는 위에서 덮개를 잡고 서 있었다. 깊이를 알 수 없는 시커먼 구멍. 칠흑 같은 어둠 속에서 그들의 발소리가 저 멀리 사라졌을 때쯤 조용히 그 덮개를 내려놓았다. 뿌옇게 흙먼지가 날렸다.

덮개 위에 흙과 자갈을 덮고 나서 뒤를 돌아보자 그사이 누군가가 빈 트럭에 올라타 시동을 걸고 있었다. 가서 이야기를 해야 하나 싶던 찰나 이미 트럭은 출발해 뿌연 연기 속으로 사라졌다. 순간 생각이 많아졌지만, 굳이 내가 신경 쓸 필요는 없을 것 같았다. 이젠 본부로 가야 할 시간이었다.

'서쪽으로 와.'

미아가 남긴 말이 평소와는 다르게 머릿속을 한동안 떠나지 않았다. 서쪽이 정확히 어디를 말하는 건지, 네오젠이 본모습을 드러낸다는 게 무슨 말인지도 알 수 없었다. 뭐, 딱히 궁금하지는 않았다. 밑도 끝도 없는 그녀의 말처럼 눈앞엔 갈 길이 분간되지 않을 만큼 희뿌연 연기가 가득 차 있었다.

자욱한 연기 속을 걷는 일은 아무래도 익숙하지 않았다. 저 멀리 고개를 내밀고 있는 첨탑의 머리끝을 보고 얼추 방향을 유추할 뿐이었다. 몇 번이나 막다른 길에 부딪혀 방향을 틀고 나서야 출구로 향하는 안내판을 발견할 수 있었다. 문득, 지금껏 이런 연기 속에서 본부가 어떻게 건물들을 쌓아 올려왔는지 의아함이 생겼다.

멀리서부터 울려 퍼지는 망치질 소리 사이로 주머니 속 초침 소리가 희미하게 들려왔다. *21시간 49분 13초.* 안내장은 전력을 어떻게 유지하는지 몰라도 타이머를 꾸준히 작동시키고 있었다. 손목을 보니 플레브스의 파란 불빛이 한 눈금만큼 줄어들어 있었다. 나는 서둘러 걸음을 옮겼다. 첫 번째 트램을 타야만 했다.

출구로 보이는 문을 지나자 서서히 연기가 걷히고 흑백의 거리가 다시 모습을 드러냈다. 시장에 들어서기 전보다 한층 더 한산해진 모습이었다. 아마 대부분의 사람들이 이미 첨탑을 향해 걸어갔거나, 정거장에 모여 트램을 기다리고 있을 터였다. 필요 이상의 적막. 몇 안 되는 사람이 지나다니는 것이 보이긴 했지만, 거기엔 아무런 소음도 동반되지 않고 있었다. 사람들은 무표정했다.

각 상점들과 공공 기관엔 어느새 불이 다 켜져 있었다. 각 건물마다 똑같은 옷을 입은 경비원이 똑같은 위치에 같은 자세로 앉아 문밖을 내다보고 있었다. 얼핏 똑같은 사람이 여럿 복제되어 있는 것처럼 보였다.

[찰칵—]

순간 어디에선가 카메라 셔터 누르는 소리가 들렸다. 잘못 들었나 싶을 정도로 찰나의 순간이었다. 가던 길을 멈추고 주변을 두리번거리자, 가까운 건물의 경비원들이 나를 감시하듯 바라보는 시선이 느껴졌다. 거리의 적막이 함께 밀려왔다. 그 순간이었다.

"형!"

어느새 눈앞엔 처음 보는 어린아이가 서 있었다. 허리께에 겨우 와 닿을 법한 작은 아이였다. 언제 다가온 건지 인기척조차 듣지 못했다. 이상한 일이었다. 아이의 손목에는 불빛이 꽉 찬 플레브스가 채워져 있었다.

"트램을 타요."

"뭐?"

"트램을 타요."

아이는 나를 바라보고 있는 것처럼 보였지만 다시 보니 초점이 맞지 않는 눈을 하고 있었다. 슬쩍 올라간 입꼬리는 미소 짓는 얼굴로 보이게 했지만 부자연스러웠다. 같은 말을 반복하는 입이 꼭 텅 빈 깡통 같았다.

내가 아무런 대답도 하지 않은 채 가만히 바라보자 아이는 손을 들어 어느 한쪽을 가리켰다. 아이의 손끝을 따라가자 건물 틈사이로 카메라를 들고 있던 누군가가 황급히 몸을 숨기는 것이 보였다. 뭐지. 누구지. 왜.

"의문은 안전을 위협해요."

불그스름한 머리의 아이는 팔을 뻗은 채로 어딘지 모를 곳을 응시하며 말했다.

"안전은 저기에 있어요."

아이는 뻗은 팔을 옮겨 다른 곳을 가리켰다. 그곳엔 첨탑이 서 있었다.

"너, 뭐야?"

아이는 아무런 대답 없이 짓다 만 표정으로 작동이 멈춘 기계처럼 정지해 있었다. 태어나 처음 보는 종류의 인간이다. 그 경직된 얼굴이 언제 다시 풀어질까 궁금해 나는 아이의 얼굴을 유심히 살펴보았다. 그다지 특이한 점은 없었지만, 자연스러운 것도 아니었다.

멈췄던 입술이 슬그머니 달싹거리더니 아이는 다시 이상한 웃음을 지으며 말했다.

"트램을 타요."

"트램을 타요."

"트램을 타요."

"트램을 타요."

아이의 카랑카랑한 목소리는 점점 커져 주변의 적막을 깨뜨렸다. 다시금 주변 경비들의 시선이 모이는 것이 느껴졌다. 한산한 거리에는 바람 한 점 불어오지 않았다.

2029년 6월 30일 토요일, 무너진 지하실.

폭격이 멈추고 한참이 지나서야 도스는 호흡을 가라앉히고 제대로 숨을 쉬기 시작했다. 겁에 질린 도스를 마주하고 앉은 이안은 휴대폰 플래시를 켜 바닥에 내려놓은 채 차분히 도스가 진정되기를 기다리고 있었다. 도스의 숨소리가 조금씩 잦아들자 이안은 조용히 입을 열었다.

"이 위로 집이 다 무너져 내린 것 같아. 아마 올라가려면 한참 걸릴 것 같은데. 어쩌면 못 나갈 수도 있고."

이안이 평소처럼 무덤덤한 말투로 이야기하자, 도스는 순간 화가 치밀어 올랐다.

"미친 새끼. 넌 이런 상황에서마저 사람 같지가 않아. 아무렇지도 않아? 어? 진짜로 아무렇지 않으냐고!"

갑작스러운 분노였다. 겨우 진정되었던 숨이 금세 다시 끓어 올라 땅속 공기를 태우고 있었다. 몸을 웅크려야 겨우 들어갈 만한 좁은 공간. 몸을 벌벌 떨며 공포심을 쏟아내는 도스와 달리 이안은 편안한 숨을 내쉬었다. 그는 도스의 화를 받아내며 조용히 시선을 옮겼다. 자신의 눈빛이 도스에게 별로 도움이 되지 않는다는 것을 깨달은 듯했다.

이안은 말없이 주변을 두들겨보며 빠져나갈 만한 곳이 있는지 찾아보았다. 한참을 이곳저곳 두드리며 살피던 중 적당한 곳에서부터 조심스레 잔해들을 파헤치기 시작했다. 그러는 동안 도스는 몇 차례나 소리를 치고 욕을 해대었다. 극심한 공포는 사람의 밑바닥을 쉽게 드러낸다.

"그만하고 돕지 그래. 그렇게 소리를 질러대면 산소만 없어질 거야."

이안의 목소리에는 아무런 감정도 느껴지지 않았다. 무미건조한 어투에 단조로운 몇 마디 말이 다였다. 도스는 저런 식의 말투가 마음에 들지 않았지만, 곧 죽을지도 모른다는 생각이 이성의 끈을 겨우 붙잡고 있게 만들었다. 하지만 가슴을 부여잡은 손은 벌벌 떨리고 있었다.

부서진 자재들과 흙을 한 움큼씩 쥐어 옮길 때마다 이안은 잠시 멈추어 소리를 듣고 냄새를 맡아댔다. 그것은 그가 가진 가장 예민한 감각들이었다. 그는 휴대폰 불빛을 이리저리 비춰가며 묵묵히 살길을 찾아 나갔다. 신호는 잡히지 않았다.

주변은 내내 고요했다. 이따금씩 무언가 으스러지는 소리와 부스스 떨어지는 흙먼지가 이안의 움직임을 잠깐씩 멈춰 세울 뿐이었다. 도스는 무기력하게 그 뒤를 쫓았다. 한참을 전진했다 생각했지만 뒤를 돌아보니 고작 두어 걸음만큼 파헤쳐 나간 정도였다. 이안은 지치지도 않는지 미세한 틈들을 잘도 찾아내 방향을 이끌었다.

도스는 생각했다. 이안은 고장이 난 것일까, 아니면 인간다워지는 방법을 아직 모르는 것일까. 두렵기는 할까. 아니 두려움이 뭔지 알기는 할까. 가만히 그 뒤통수를 보고 있자니 또다시 울컥하고 무언가 치밀어 올랐다. 화가 났다.

퍽.

느닷없는 손찌검에 이안이 멈춰 섰다. 맞은 뒤통수가 제법 얼얼할 만한데도, 이안은 그 자세 그대로 굳어 있었다. 아무 말이 없었다.

"화라도 내봐. 제발 뭐든 좀 표현해보라고!"

도스의 얼굴은 잔뜩 일그러졌고, 눈 밑과 입술은 덜덜 떨리고 있었다.

이안이 천천히 고개를 돌렸다. 크고 검은 눈 밑으로 얼굴 근육이 아주 잠깐 구겨지는 것이 보였다. 이안이 도스를 향해 손을 뻗자 도스는 순간 움찔하며 몸을 웅크렸다.

"너…… 살기 싫은 거야?"

이안은 벌벌 떨고 있는 도스의 어깨에 손을 올려 지그시 눌러 앉혔다. 그다지 힘을 주지 않은 작은 동작에 도스는 쉽게 제압당했다. 불안정한 모습이었다. 도스는 오기라도 생긴 듯 이안의 눈을 똑바로 바라보며 피하지 않았다. 하지만 오그라드는 손가락을 보아 쉬운 일은 아닌 것 같았다.

"살기 싫다니, 누가."

참을 수 없는 무언가가 자꾸만 도스의 안에서부터 치솟아 올랐다. '이안 저 자식은 눈빛이 왜 저 모양일까. 말투도 맘에 안 들어. 사람을 무시하는 것도 정도가 있지. 재수 없는 자식. 그래. 이안은 오만해. 이안은 내게 상처 주는 걸 즐기는 거야. 지금껏 나를 비웃으면서 우월감을 느껴왔을 게 분명해.' 그의 생각은 확신에 이르기까지 질주를 멈추지 않았다. 터져 나오는 가시 돋친 감정들이 자꾸만 자신의 속을 긁어댔다. 내면의 쓰라림이 더해 갈수록 도스의 인상은 점점 더 구겨져갔다.

"지금 네 행동, 그게 살고 싶어서 하는 거야? 난 잘 모르겠는데."

이안은 불안정한 도스의 상태에도 아랑곳하지 않고 냉정하게 말을 이어갔다. 그의 희멀건 얼굴은 표정 하나 짓지 않고 앞에 선 사람을 움츠리게 만드는 이상한 힘을 가지고 있었다. 그리고 그것은 도스의 질주를 멈추게 하는 데에 분명 아무런 도움이 되지 않았다.

도스는 이안에게 위압감을 느끼는 자신의 처지가 못마땅했다. 지금 느끼는 공포와 위태로운 상황까지 이안에게 책임이 있는 것 같았다.

"살인자."

파르르 떨리는 입술에서 나오지 말았어야 할 단어가 불쑥 튀어나왔다. 도스는 힘이 풀려 흐릿해진 눈으로 시선을 이리저리 불안하게 옮겨댔다. 주변에서는 아무런 소리도 들려오지 않았다. 둘 사이로 무거운 정적이 흘러들었다.

2024년 8월 14일 수요일, 윈스키 북부 숲.

무더위에 땅이 끓어오를 듯했던 어느 여름, 그날 그곳엔 습기를 머금은 더운 공기가 숨 막힐 듯 가득했다. 어쩌다 한 번씩 불어오는 바람 사이로 드문드문 비릿한 피 냄새와 지독한 기름 냄새 같은 것이 섞여 실려왔다. 이안과 도스, 그리고 한 여자. 그날 그들은 모두 한 장소에 있었다. 온몸에 피칠갑을 한 채 혼이 빠져나간 듯 걸어오는 여자와, 그 손을 잡은 어린 이안. 이안은 어린 얼굴에 어울리지 않는 텅 빈 표정을 짓고 있었다.

그때, 멀찍이서 그들을 발견한 도스는 생각했다. 저 하얗고 작은 녀석이 사실은 사람의 모양을 한 악마일지도 모른다고. 저 얼굴은, 분명 사람의 것이 아니라고.

도스는 습관적인 호기심에 풀숲 뒤에서 숨을 죽인 채 두 사람을 지켜보았다. 시끄럽게 울어대는 매미 소리에 이안과 여자가 무슨 말을 하는지는 잘 들리지 않았다. 두 사람이 풍기는 스산하고 괴기한 기운은 더운 여름에도 온몸에 소름이 끼치게 만들었다. 도스는 마른침을 꿀꺽 삼켰다.

얼마 지나지 않아 피범벅이 된 여자가 휘청거리며 그 자리에 쓰러졌다. 옆에 있던 아이는 놀라는 기색도 보이질 않았다. 아이가 멍하니 쓰러진 여자를 바라보고 서 있자, 여자는 손을 내밀며 아이에게 무어라 말을 하는 것 같았다. 도스는 속으로 '혹시 도움이 필요한 건 아닐까'라고 잠시 고민했지만, 그 고민은 오래가지 않았다. 아이가 여자에게 다가가 목을 조르기 시작한 것이다.

하얀 얼굴의 그 아이는 제 두 손으로 여자의 목을 졸라 살해했다. 참혹한 현장 속, 소년의 얼굴에는 아무런 표정도 없었다.

"살인자."

도스는 무언가에 밀려 튕겨 나가듯 수풀 속을 헤집고 그들 앞에 나섰다. 바지 중앙은 축축하게 젖어 누런 물이 뚝뚝 떨어지고 있었다. 고작 열두 살. 천지 분간할 줄 모르던 아이가 앞뒤 없이 내지른 용기였다. 눈앞의 작은 살인마는 아무 소리도 듣지 못했는지 여전히 여자의 목을 쥐어 누르고 있었다. 불이 꺼진 여자의 눈이 도스를 향해 늘어져 있었다.

"그만해!"

도스는 용기 있는 아이가 아니었다. 적어도 12년간 살아왔던 마을 안에서는 그랬다. 그날 도스의 배 속에서는 태양 볕보다도 더 뜨거운 무언가가 부글부글 끓어올랐다. 그대로 내뱉지 않으면 순식간에 자기 자신을 집어삼킬 것 같은 열기. 이렇게 처참한 장면은 태어나 처음 목격하지만, 도스는 자신과 별반 차이 없는 체구를 가진 어린 소년의 가해 현장을 바라보며, 어쩌면 자신이 뭐든 해결할 수도 있을 것이란 생각이 들었다.

"왜?"

돌아온 건 냉소적인 대답이 전부였다.

'왜……라니.'

소년은 짓누르던 자신의 손을 떼어내고 돌아앉아 도스를 바라보았다. 한쪽 얼굴엔 검붉은 피가, 한쪽은 백지장같이 허연 피부가 그대로 대비되어 소년의 새까만 눈이 더욱 도드라지게 보였다. '악마'. 이건 분명히 악마일 거라고 도스는 생각했다.

"엄마를 도와주고 있는 거야."

이안은 건조한 음성으로 대답했다. 도스의 얼굴이 점차 일그러졌다.

2029년 6월 30일 화요일, 다시 지하.

　때때로 인간은 고통의 순간에 원망의 대상을 찾음으로써 자기 위안을 얻는다. 그 대상이 상황과 직접적인 연관이 있는지는 중요하지 않다. 오직 그 순간 자신의 무너짐과 괴로움을 전가할 수만 있다면 그것으로 충분하다.

　"살인자. 내가 그때 네가 한 짓을 덮어줘서는 안 되는 거였는데."

　도스가 찾은 대상은 지금 눈앞에 있는 이안이었다. 세상 어디에도 자기편이 없는, 찾아올 이도 돌아갈 곳도 없는 외톨이. 이 쓸쓸한 인생에게 모든 탓을 돌린다 해도 문제될 것이 없으리라는 비겁한 감정. 지금 자신에겐 상황을 해결할 아무런 힘도 남아 있지 않다는 게 도스의 유일한 핑계였다.

　"살인자. 살인자. 살인자!"

　도스는 고삐가 풀린 짐승처럼 제어되지 않는 감정을 폭발시켰다.

"살인자. 살인자. 살인자. 살인자!"

점점 더 높아지는 목소리는 목구멍이 아니라 창자에서부터 쏟아져 나오는 것 같았다. 도스는 떨리는 몸을 주체하지 못하고 사지를 바들거리며 계속해서 목청을 높였다. 그것은 흡사 뉴스에서 보던 감염자들과 비슷한 모양새였다. 그의 눈동자는 이제 어디를 보는지 분간하기 힘들 정도로 흐트러져 있었다.

이안은 폭주하는 도스를 가만히 지켜보기만 했다. 그는 도스에게 어떠한 영향도 받지 않고 있었다.

도스가 숨을 헐떡거릴 때마다 얼마 남지 않은 산소만 타들어갔다. 그는 멈추지 않을 것처럼 화를 내더니, 이내 제풀에 지쳐 쓰러지고 말았다. 이안은 고개를 돌려 파다 만 구멍만 물끄러미 바라보았다.

긴 침묵이 흐른 뒤 이안의 입가에 미묘한 웃음이 번졌다. 이안은 손을 뻗어 쓰러져 있는 도스의 이마에 가져다 대었다. 도스의 몸은 얼음장같이 차가웠다.

"재미있네."

###

트램은 돌고 돌아 종점인 A 구역에 멈춰 섰다. 하루 세 번, 첨 탑 아래에서 출발하는 트램은 매일같이 다운타운과 네오젠 구 역 전체를 순회한다. 그중 본부가 들어서 있는 이곳 A 구역은 종 종 '심해'라 불리기도 했는데, 구역 전체가 온통 진한 푸른색으로 둘러싸여 있기 때문이었다. 가장 밝은 파랑부터 검정에 가까운 빛깔까지. 그중 가장 짙은 푸른빛을 띠는 것은 마지막 승강장 맞 은편에 서 있는 '파트리키' 건물이었다.

<네오젠에서 알립니다. 현재 시각 오전 10시, 오늘의 업무가 모 두 할당되었습니다. 각 업무 수행자들은 14길 지하 1층 정거장 지 정된 차량 탑승 칸 앞에 대기해주시기 바랍니다. 다시 한번 네오 젠에서 알립니다. 현재……>

후텁지근한 트램 안을 벗어나 승강장에 발을 내딛자 본부의 안내 방송이 온 구역에 울려 퍼졌다. 머리 위로 높게 세워진 구

조물 사이사이에는 네오젠을 상징하는 파란 깃발들이 무수히 꽂혀 있었다. 곳곳엔 각 잡힌 제복을 입은 사람들과 일거리를 받으러 온 C 구역 주민들이, 승강장 옆 센터 앞에는 접종 증명서를 제출하러 온 사람들이 줄을 서 있었다. 한 달에 한 번, 백신을 맞을 때마다 기관에 증명서를 제출하고 신상정보를 업데이트하면 의료시설을 이용할 때 일정한 혜택을 받을 수 있기 때문이었다.

트램은 종점에서 승객들을 다 내려놓은 뒤 미끄러지듯 차고지로 들어갔다. 운행을 마친 뒤의 트램은 모든 창문과 출입구가 봉쇄되어 표면엔 작은 틈조차 찾아볼 수 없었다. 그 모습은 마치 매끄러운 송곳과도 같아 보였다.

[오전 10시 13분. C 구역 최이안. 특수 치료 예약자.
출입 허가.]

무늬 하나 없는 파트리키의 밋밋한 담벼락에 플레브스를 가져다 대자 안내 음성과 함께 철컥하고 벽 틈새가 벌어졌다.

"환영합니다."

발을 내딛기도 전에 열린 틈 사이로 육중한 체격의 남자가 인사말을 건넸다. 환영이라는 단어와는 썩 어울리지 않는 어조와 목소리였다. 그것은 마치 문이 열리면 읊어야 하는 대사 같았다. 그의 업무 목록 중 하나인 듯.

안쪽으로 완전히 들어서니 청량한 풀 내음과 신선한 공기가 묵직하게 밀려와 온몸을 감쌌다. 한 달에 한 번, 치료를 받으러 올 때만 맡을 수 있는 자연의 향이었다. 바깥에서는 느낄 수 없는 청량감에 뒤통수가 열리기라도 한 것처럼 머릿속 가득 시원함이 차올랐다.

파트리키는 밖에서는 전혀 들여다볼 수 없는 높고 검은 벽으로 둘러싸여 있었다. 시커먼 외관과 달리 안쪽은 잘 발육된 식물들과 나무들이 무성했는데, 한 가지 의아한 것은 일 년 열두 달 내내 바깥의 계절이나 날씨와 관계없이 이곳은 늘 공기가 맑고 적당한 온도와 습도를 유지하고 있다는 점이었다.

남자는 말없이 나를 향해 손을 내밀었다. 옷 속을 뒤적여 구겨진 안내장을 꺼내 그에게 건네자 초침 소리가 뚝 하고 끊어졌다. 남자는 자신의 손목을 뒤집어 플레브스로 안내장을 이리저리 훑었고, 그 움직임을 따라 밴드는 얇은 진동 소리를 내었다. 파란 불빛이 안내장 가운데 그려진 독수리의 발끝에 다다르자 벨 소리와 함께 한쪽 스크린에 안내 메시지가 떠올랐다.

[예약 장소가 변경되었습니다. 1607호실로 오십시오.]

남자는 확인이 끝난 안내장을 자신 옆에 세워진 얇고 기다란 기둥 안에 넣었다. 안내장은 그 안에서 바로 소각되었다.

"들어가도 좋습니다."

의례적인 안내 말을 남긴 채 남자는 볼일이 끝났다는 듯 자기 자리로 돌아가 정자세를 유지했다. 1607호. 낯선 네 자리 숫자를 기억하며 남자를 지나치자 멀리서 철컥하는 소리와 함께 안쪽 두 번째 담벼락의 틈이 한 번 더 벌어졌다.

3년 동안 파트리키에 출입하면서 1층 이외 다른 층에 올라가 본 적은 없었다. 사실, 나는 이 거대한 건물이 몇 층까지 지어져 있는지조차 모르고 있다. 폐허가 된 도시에 치료제를 들고 들어 왔다던 이들은, 사람들 사이에서 막연하게 '본부'라고 불릴 뿐 시 민들 앞에 제대로 모습을 드러내지는 않았다. 다만 웅장하게 재 건되어가는 도시와 파트리키의 거대한 외관을 바라보며, 본부 가 상당한 힘과 기술을 가졌을 것이라 생각할 뿐이었다.

신선한 이곳의 공기를 더 만끽하고 싶었지만, 열린 틈 사이로 보이는 안내자와 그새 눈이 마주치고 말았다. 정원에서 두 번째 문에 완전히 도달하기까지, 반달눈의 그 안내자는 내게서 시선 을 떼지 않았다.

안내자의 성별은 쉽게 분간이 가지 않았다. 이제껏 길을 안내 받는 것 외에는 대화할 일도 없었기 때문에 3년째 그것을 확인 할 길은 없었다. 그(그녀)는 내가 들어서는 것을 확인한 뒤 묵묵 히 앞장서서 길을 안내했다. 완만하게 경사진 기다란 복도를 따 라 그(그녀)는 규칙적인 발소리를 내며 속도를 유지했다. 그 보 폭과 발소리 역시, 3년 동안 늘 동일했다.

평소에 드나들던 103호실의 문을 지나 오늘은 한참이나 더 걸 어야 했다. 쭉 뻗은 길을 걷다 보니 새삼 '건물이 상당히 크구나' 싶 었다. 끝이 보이지 않는 길을 걸으며 지쳐갈 즈음, 안내자가 멈추 어 섰다. 그곳엔 커다란 엘리베이터가 있었다.

안내자는 승강기 안쪽 스크린에 무언가를 입력한 뒤 플레브스를 가져다 대었다. 엘리베이터쯤이야 전쟁 전에 흔하게 볼 수 있던 것이지만, 오랜만에 보니 왠지 낯설고 생소한 느낌이 들었다. 지금껏 도시 안 어디에서도 엘리베이터 같은 건 볼 수 없었기 때문이다. 널찍하고 깨끗한 내부 시설에 시선을 빼앗긴 사이 문이 닫히고, 엘리베이터는 안정감 있게 오르기 시작했다.

잠시 후 어둡던 공간에 빛이 쏟아져 들어왔다. 5층을 막 지나기 시작한 시점부터였다. 뒤를 돌아보니 유리 벽 너머로 파트리키 주변 전경이 펼쳐지고 있었다. 모자이크 처리라도 된 듯, 위에서 바라본 네오젠의 풍경은 흑백의 모눈들로 촘촘히 메워져 있었다.

<16층입니다.>

어느새 엘리베이터의 문이 다시 열리고 있었다. 안내자는 먼저 문밖으로 나가 한쪽을 가리키며 눈짓을 했다. 반달눈에 아무런 의중도 느껴지지 않는 굳게 다문 입을 한 채, 그(그녀)는 그저 한 방향만을 가리켰다.

엘리베이터를 보며 느꼈던 생소함은 시작에 불과했다. 16층은 1층과는 확연히 다른 모습이었다. 지금껏 도시 어디에서도 볼 수 없었던 장면. 마치 전쟁 이전의 과거가 그대로 복원되어 있는 것 같았다. 복도에는 과거 유명 화가들의 그림들과 조각품들이 가득했고, 심지어 스피커에서는 클래식 음악이 흘러나오고 있었다. 이런 게 지금까지 남아 있었단 말인가.

복도를 따라 여러 형태의 공간이 이어져 있었다. 유리 벽으로 구획된 각 공간마다 깨끗하게 잘 다려진 옷을 입은 사람들이 저마다의 일로 분주했고, 유리 벽 주변으로는 좋은 향기가 풍겨 나왔다. 그들의 손목에는 아무것도 채워져 있지 않았다. 어떤 이는 가정집처럼 인테리어된 편안한 공간에서 무언가를 시청하고 있었고, 어떤 이는 작업실 같은 공간에서 한가롭게 그림을 그리고 있었다. 그렇게 모든 공간이 다채롭게 이어졌다. '이게 뭐지.' 순간 머릿속 현실의 벽이 흔들거렸다.

급작스러운 환경의 변화에 미간이 더 심하게 찌푸려졌다. 어느 곳에서도 전쟁의 흔적은 보이지 않았다. 머리끝부터 발끝까지 말끔한 차림새의 사람들에게서는 여유와 느긋함이 느껴졌다. 그들은 지난 십여 년간의 시간과는 전혀 관계가 없어 보였다. 순간적으로 생각의 회로가 꼬인 듯 눈앞의 상황이 전혀 이해가 되지 않았다.

[삐 빅―]

넋을 놓고 있는 사이 손목에서 알림이 울렸다. 플레브스의 파란 불빛이 반 이상 소진된 것이다. 평소 별문제 없이 작동하던 이 밴드는 한 달을 주기로 충전력이 급격히 떨어지곤 했다. 다른 사람은 어떤지 모르겠지만, 내 경우엔 특수 치료일이 다가올수록 그러했다.

지나온 길을 돌아보니 안내자가 같은 자리에서 내 쪽을 보고

서 있었다. 그(그녀)는 내가 아무런 움직임이 없자 팔을 뻗어 가야 할 길을 다시 한번 가리켰다.

고개를 돌려 앞을 바라보았다. 눈앞의 상황은 여전히 현실감이 없었다. 하지만 가만히 서 있을 수는 없는 노릇이었다. 복잡해진 생각을 정리하자 그제야 복도에 울려 퍼지는 음악이 다시 귀에 들려왔다. 피아노. 그건 피아노 소리였다.

한 음 한 음 더해지는 건반의 선율이 귓가를 지나 머릿속의 한 부분을 자극했다. 그 소리에 집중할수록 머리를 짓누르고 있던 묵직한 무언가가 사라지며 개운한 느낌이 들었다. 음악이 내게 특별한 의미로 다가온 적은 없었지만, 지금 이 순간만큼은 막혀 있던 숨통을 틔워주는 듯했다. 알 수 없는 생경한 감각이었다. 싫지만은 않았다.

한 걸음 한 걸음 길고 긴 복도를 걸어가는 동안 유리 벽 속 사람들의 시선이 점차 나를 향하기 시작했다. 나도 천천히 그들을 바라보았다. 나와 눈이 마주친 어느 누구도 얼굴을 일그러뜨리거나 피하지 않았다.

'1607.'

짙은 녹색의 문 위에 반듯하게 쓰인 숫자와 함께 그 옆에 누군가의 서명이 새겨져 있었다. 방문을 밀며 들어서자 잘 꾸며진 서재가 나타났다. 한쪽 벽면은 역시나 통유리로 되어 있어 햇살이 쏟아지고 있었다. 방 안의 공기는 쾌적했다.

"왔군요."

한쪽에서 여자의 목소리가 들려왔다.

"잘 왔어요. 이쪽으로 와서 앉아요."

모습을 드러낸 여자는 나보다 한 뼘 정도는 더 커 보였다. 잘 차려입은 청색 정장은 복도에서 보았던 사람들의 것처럼 반듯하게 다려져 있었다. 손목에 차고 있는 것은 없었다. 여자는 지금까지 맡아본 적 없는 향을 풍기며 긴 보폭으로 걸어가 자리에 앉았다. 행동 하나하나가 자연스러웠지만, 또한 모두 낯설었다. 그녀는 테이블 위에 놓인 종이를 바라보며 내가 앉을 때까지 느긋하게 기다렸다. 먼지 한 톨 없는 탁자의 투명한 유리는 지나칠 정도로 깨끗했다.

"이안. 그동안 단 한 번도 빠지지 않고 치료에 참여했더군요. 어때요, 치료는 만족할 만했나요?"

"……."

이곳에 오면서 본 것들과 지금 내 눈앞의 여자만 본다면, 오히려 이제껏 바깥에서 겪어왔던 모든 것들이 다 허구였다고 생각하는 편이 더 자연스러울 것 같았다. 가슴속에서부터 간지러운 이물감이 느껴지기 시작했다.

여자의 말투와 행동에는 유려함이 깃들어 있었다. 그러한 여자의 모습을 설명할 만한 단어가 떠오르지 않아 한참을 생각하다 겨우 한 가지 표현을 찾아냈다. '세련되다.' 하지만 그 '세련된' 태도는 내가 살고 있는 바깥 현실과는 너무나 어울리지 않는 말이었다. 그것은 전쟁 이전에나 가능할 법한 태도였다.

여자는 내 대답 여부에는 별 신경을 쓰지 않았다. 그저 여유롭고 분명한 눈빛으로 계속해서 내 표정을 찬찬히 읽어나갔다. 눈을 부릅뜬 채 어딘가에 늘 힘을 주고 있던 미아의 눈빛과는 또 달랐다. 그녀는 앞에 놓인 종이에 펜으로 뭔가를 표시해나갔다.

"지난 3년간의 치료 기록을 토대로, 오늘부터는 치료가 아닌 그다음 단계로 넘어갈 수 있을지를 판단하려 합니다."

"다음 단계요……?"

"그건 결정이 되면 말씀드리죠."

여자는 손에 쥔 펜을 내려놓더니 다리를 꼰 채 의자에 기대어 앉았다. 안경 너머의 눈은 느긋하게 내 시선을 따라 움직였다.

"자, 그럼 지금부터 몇 가지 질문을 하겠습니다. 바로바로 대답해주세요. 그래야 정확한 판단을 내릴 수 있어요. 준비되었나요?"

"……네."

그녀는 의미심장한 미소를 지었다.

"예, 아니요로 대답해도 좋고, 생각나는 것이 있으면 무엇이든 말해도 괜찮아요. 정답 같은 건 없으니까."

나는 조용히 고개를 끄덕였다. 여자는 질문을 시작했다.

"최근 일주일 사이 꿈을 꾸었거나, 꿈이라고 생각되는 경험을 한 적이 있나요?"

"네."

"몇 번이나 되죠?"

"거의 매일 밤, 잠을 자는 동안에는 늘 꿉니다."

"그 외에는?"

"네?"

반문에 여자는 아무런 응답도 하지 않았다.

"전에는 몰랐었던 기분, 감각 등을 느낀 적이 있나요?"

"네 있습니다."

"언제 그랬죠?"

"조금 전, 이 방에 들어오는 길에 그랬습니다."

"무엇에 반응하던가요?"

"소리요…… 악기 소리."

"본인이 가진 가장 큰 의문은 무언가요?"

이 질문에 대해서는 아무런 대답을 할 수 없었다. 이곳까지 오는 내내 속에서부터 차곡차곡 쌓여가던 의문이 있음에도 그것을 표현해낼 수가 없었다. 가슴팍을 간질이던 이물질이 목구멍까지 역류해 입을 틀어막은 것 같았다. 여자는 내 얼굴을 살피며 다시 종이에 무언가를 기록했다. 쏟아져 들어오는 햇빛에 눈이 부셔 가까이에서도 그 내용은 보이지 않았다.

"괜찮아요, 다음 질문으로 넘어가죠. 이안, '전쟁'이라는 단어를 들으면 무엇이 가장 먼저 생각나죠?"

"……허무."

"'인간'이라는 말을 들을 때는?"

"모순."

"'감정'은?"

"지나침."

"그럼 '안전'은?"

"첨……탑."

예상하지 못한 단어가 입 밖으로 튀어나왔다. 여자는 나의 마지막 대답에 이전보다 더 만족스러운 웃음을 지었다. 왜 그런 대답이 나왔는지 스스로도 이해가 되지 않았지만, 그것이 아닌 이유를 찾아낼 수도 없었다. 그건 분명 그럴듯한 답이었다.

"좋아요 이안. 생각한 것보다 훨씬 좋네요."

그녀는 꼬았던 다리를 풀고 의자를 당겨 내 쪽으로 몸을 기울였다.

"잠깐 손목을 볼 수 있을까요?"

나는 팔을 테이블 위로 올렸다. 여자는 내 손목에 채워진 플레브스를 이리저리 눌러 만지더니 방금 전 사용하던 펜으로 밴드의 화면에 무언가를 적었다. 문 앞에서 보았던 그녀의 서명이었다. 펜의 움직임을 따라 화면에 그어진 서명은 잠시 후 짧은 알림과 함께 화면의 밑으로 옮겨졌다. 파란 불빛은 이제 겨우 한 눈금만을 남겨두고 있었다.

"자, 이제 3년간의 치료를 마쳐도 될 것 같네요."

"끝난 건가요?"

"끝은 아닙니다. 다음 단계로 가야 하죠."

여자는 기록하던 종이를 흔들어 보이며 일어나 책장 쪽으로 향했다. 빼곡히 메워진 책들 사이로 손바닥 하나를 넣었다 뺐다 할 수 있을 정도 크기의 작은 사각형 구멍이 보였다. 그녀는 종이를 돌돌 말아 구멍 안으로 밀어 넣었다. 서류가 바닥에 닿기가 무섭게 덮개가 닫혔다. 덮개 위에도 그녀의 서명이 진하게 새겨져 있었다.

[똑똑.]

"모드, 준비되었습니다."

어느새 문 앞에는 또 다른 누군가가 와 있었다. 모드. 저 여자의 이름인 듯하다. 새롭게 등장한 이는 반달눈의 안내자와 마찬가지로 성별이 구분되지 않고, 나이도 가늠이 안 되는 묘한 얼굴을 하고 있었다. 그(그녀)가 들어서자 방 안에 은근한 나무 향이 번졌다.

"포럼은, 열려 있나요?"

"열려 있고, 시간에 맞춰 비워질 예정입니다. 단둘이 만나길 원하십니다."

"잊지 마요. 소독은 꼭 해야 합니다."

모드는 소독이라는 말을 강조하며 내게 시선을 고정했다. 사납지는 않지만 친절하지도 않은, 감정이 잘 읽히지 않는 눈이었다. 표정을 읽을 수 없는 그녀의 얼굴은 생소하면서도 묘한 편안함을 주었다. 안정감. 이곳에 오는 동안 겪었던 잠깐의 혼란을 제외하고는, 이 방에서의 대화는 안정감을 느끼게 하였다.

"네, 모드. 안전이 가장 중요하니까요."

두 사람은 서로 눈빛을 교환하며 무언가를 주고받았다. 그 주고받는 것 중에는 '나'도 포함되어 있었다.

방문을 나선 후 그(그녀)는 앞장서 나를 인도했다. 목적지는 알려주지 않은 채 조금 전 걸어왔던 길과는 정반대 방향의 복도로 향했다. 구석진 복도에는 불 몇 개만 켜져 있었다. 코앞에서

또각거리는 구두 굽 소리는 1607호와 멀어질수록 점점 크게, 불규칙적으로 울렸다.

또각. 또각. 또각또각.

"참 좋은 일이네요."

그(그녀)가 먼저 말을 걸어왔다. 좋은 일. 뭐가 좋은 일이지.

"네?"

"좋은 일이에요. 선택되었다는 거."

딱히 이해가 되지 않는 말에 적당한 반응을 보이는 것만큼 귀찮은 일도 없다. 왜 사람들은 본론을 바로 이야기하지 않는 걸까.

"안전하지 않은 삶을 상상해본 적이 있나요? 그건 정말 끔찍한 일이죠. 선택은 당신을 가장 안전한 곳으로 인도해줄 거예요. 너무 기대되지 않나요?"

그(그녀)는 마치 혼자만의 세상에 갇혀 있는 것처럼 보였다. 말투는 외워둔 대사를 읊는 것처럼 인위적이었다.

"당신은요?"

좀 전까지 간질거리던 가슴팍이 순간 그 요동을 멈추었다. 입밖으로 꺼내기 힘들었던 마음속 물음 중 하나가 토하듯 불쑥 내뱉어졌다.

"당신은 그럼 그 선택이란 걸 받은 겁니까?"

나의 물음에 그(그녀)가 걸음을 멈췄다. 그 뒤를 따르던 나도 주춤하며 멈추어 섰다. 그(그녀)는 곧추세운 등 위로 목을 몇 번 가볍게 돌리며 뼈 소리를 내고는 손가락을 이마에 대고 문질렀다. 드러난 그(그녀)의 손목에는 완전히 충전된 플레브스가 빛을 내고 있었다.

"받았죠."

순간 그(그녀)의 목소리가 어둡고 날카롭게 변했다.

"난 이제 그들과 같아진걸요. 난 매우 안전하고, 행복하답니다."

그(그녀)는 다시금 힘을 주어 대사를 외듯이 말했다. 간신히 무언가를 삼키는 것처럼 얼굴엔 애써 참는 기색이 역력했다.

"당신도 곧 행복해질 거예요. 저처럼."

그(그녀)는 슬그머니 웃어 보였다. '행복'이 저런 불안정한 눈빛을 갖게 만드는 것이라면, 과연 그걸 가져야 할 필요가 있는걸까.

또각. 또각. 또각또각.

긴 복도는 쉽사리 끝나지 않았고, 그(그녀)는 다시금 불규칙한 발소리를 내기 시작했다.

각진 그(그녀)의 어깨 너머로 복도 끝 엘리베이터 문이 열리는 것이 보였다. 저 멀리 반달눈의 안내자가 이쪽을 바라보고 있었다.

"이제 곧 당신은 경계선을 넘게 될 겁니다. 행운을 빌겠어요."

2029년 7월 1일 일요일, 폐허가 된 뉴타운.

달빛이 밝은 밤, 처참하게 무너져 내린 가옥들 사이로 상처 입은 손 하나가 땅속에서 모습을 드러냈다. 여기저기 찢기고 긁혀 너덜너덜해진 그 손은, 땅바닥 위 이곳저곳을 만지며 이제 겨우 지상에 다다랐음을 깨달은 것 같았다.

시간이 얼마나 흘렀을까. 누군가가 거친 숨과 함께 지면 위로 머리를 비집어 꺼내 드는 것이 보였다. 흙으로 온통 시커멓게 뒤덮인 얼굴. 이안이었다. 그는 모자랐던 숨을 한껏 들이마시며 무너져 내린 땅 위의 현실을 처음 맞닥뜨렸다.

땅속이나 땅 위에서나 고요한 적막은 매한가지였다. 주변으로 엉성하게 불어오는 바람 소리만 들릴 뿐, 인기척은 들리지 않았다. 이안은 탈진하기 직전이었다. 그는 미처 끄집어내지 못한 하반신의 끝자락까지 숨이 가 닿도록 한참 동안이나 숨을 들이마시고 내뱉기를 반복했다.

그때, 이안의 눈에 저 멀리 누군가가 가까이 다가오고 있는 것이 어렴풋이 보였다. 달그락거리는 소리와 함께 들려오는 느린 보폭의 발소리. 이안은 두 팔에 힘을 주어 땅속에 박힌 다리를 빼보려 했지만 역부족이었다. 힘을 주면 줄수록 근육과 뼈마디에 힘이 풀려 온몸이 파르르 떨렸다. 한 걸음. 두 걸음. 발소리는 계속해서 커져오다 곧 이안의 눈앞에서 멈추었다.

"도와줘?"

굵은 심지가 박힌 듯 힘 있는 목소리가 이안의 머리 위에서 들려왔다. 이안은 힘겹게 눈을 들어 앞에 서 있는 이를 바라보았다. 추레한 옷차림의 나이 든 사내. 달빛 아래 우뚝 서 있는 그 모습은 커다란 고목나무를 떠올리게 했다.

"같이 해, 아빠. 내가 도와줄게."

남자의 뒤에서 한 여자아이의 목소리가 들려왔다. 아이는 남자가 끌고 온 수레에서 내려와 이안 앞으로 절뚝거리며 걸어갔다. 다리에 칭칭 감긴 붕대와 묻어 있는 피를 보아 부상을 당한 듯했다.

"땅을 좀 파야 되겠다. 그치 아빠."

여자아이는 온전치 못한 다리로 잘도 걸어 다녔다. 아이는 땅에 박힌 이안을 물끄러미 쳐다보더니 곧 수레 쪽으로 다시 걸음을 옮겼다. 이안은 눈을 끔뻑거리며 힘들게 숨을 내쉬었다. 시커먼 눈동자는 조용히 두 부녀의 움직임을 쫓고 있었다.

"그래, 우리 미아 말이 다 맞지 뭘."

미아. 소녀의 이름은 미아였다. 사내는 입으로는 맞장구를 치면서도 걱정스러운 눈빛으로 딸아이의 다친 다리를 계속 쳐다보았다. 아이는 수레를 한참 뒤적이더니 커다란 삽 두 자루를 꺼내 들었다.

"이게 또 이렇게 요긴하게 쓰이네."

큼지막한 하나를 아버지의 손에 툭 쥐여주고서는, 아이는 나머지 하나를 들고 이안의 등 뒤쪽을 향해 걸어갔다. 미아의 눈빛에는 활기가 남아 있었다. 마치 이 난장판 속에서도 아무런 타격을 받지 않은 것처럼 말이다. 사내는 딸아이가 삽으로 여기저기 쿡쿡 쑤셔대며 제멋대로 땅을 헤집는 것을 보더니, 결국에는 팔을 걷어붙이고 미아에게 다가갔다.

"미아, 그러다 그 사람 다쳐. 비켜봐, 아빠가 할게."

이안의 정신은 점점 흐려져가고 있었다. 지금 이안이 인지할 수 있는 것은 죽음의 위기가 비켜 갔다는 사실과, 두 사람이 주고받는 대화 속에 들려오는 '미아'라는 이름뿐이었다. 뭉그러져가는 정신의 한쪽 끝을 부여잡고서 이안은 천천히 생각을 이어갔다. 도스. 도스를 꺼내야 한다.

"저기……."

이안은 남은 힘을 쥐어짜내 사내의 바짓단을 움켜쥐며 말을 걸었다. 남자는 하던 일을 멈추고 자세를 낮추어 귀를 기울였다.

"그래, 말해봐. 어떻게 도와줘?"

"밑에…… 있어요."

"뭐?"

"제 밑에…… 사람이…… 있어요."

땅속 좁은 공간. 도스는 이안의 발목에 오른쪽 팔이 칭칭 감긴 채 매달려 있었다. 폭격 직후 갑작스러운 발작을 제어하지 못한 도스는 그대로 정신을 잃었고, 뒤이어 급격히 체온이 떨어지기 시작했다. 감염 증세였다. 이안은 고민 끝에 걸치고 있던 셔츠를 벗어 도스를 자기 발목에 매어둔 채 땅을 파기 시작했다. 달리 다른 방법이 없었다. 그렇게 꼬박 하루가 넘는 시간 동안, 이안은 온몸으로 도스를 끌며 쉬지 않고 땅 위까지 기어 올라왔다. 놀라운 정신력이었다.

이안의 말을 들은 사내와 미아는 부리나케 몸을 움직이기 시작했다. 엉망진창이 된 녀석의 몰골을 보아 땅속 다른 녀석의 상태도 말이 아닐 게 분명했다. 부녀는 땅을 파는 동안 이안에게 이것저것 물으며 대화를 시도했다. 하지만 이안은 이미 정신을 잃은 뒤였다. 어딜 가나 낯선 느낌을 주던 이안의 얼굴도, 무방비 상태에서는 여느 열일곱 소년의 얼굴과 다를 것이 없었다.

"아빠, 여기 이제 다리가 보여. 내가 이쪽에서부터 꺼내볼게."

나이 든 사내가 이안의 하반신을 끄집어내는 동안, 딸은 조금 떨어진 곳에서 잔해들을 파헤치다 또 다른 누군가의 다리를 발견해냈다. 군데군데 찢긴 바지 사이로 상처 난 속살이 뻘겋게 피를 머금고 있는 것이 보였다.

"이봐요, 내 말 들려요?"

미아가 축 늘어져 있는 다리를 툭툭 건드리며 불러보았지만, 아무런 반응이 없었다. 살짝 드러난 발목에 손을 가져다 대어보니 살갗이 얼음장처럼 차가웠다. 이미 죽은 지 오래된 시체일지도 모른다는 생각이 들었는지 미아는 흠칫거리며 손을 떼었다.

"조심해 미아, 잘못 건드렸다가는 무너져서 더 다칠 수도 있어."

"응, 알아."

"아는 거 맞아?"

"응."

미아는 늘어진 두 다리를 가만히 바라보며 잠시 우두커니 멈춰 있었다.

"조금만 있어봐요, 내가 안 아프게 얼른 꺼내줄게."

혼자만 알아들을 수 있을 만큼의 작은 소리로 미아가 웅얼거렸다. 미아는 작고 마른 손으로 주변의 나뭇조각과 돌들을 마저 치우기 시작했다. 다친 다리를 웅크려 앉은 채 힘을 줄 때마다, 다리에 감긴 붕대에 붉은 피가 조금씩 더 번져갔다.

정신을 잃고 늘어진 소년의 몸을 꺼내는 일은 생각보다 쉽지 않았다. 사내는 이안의 주변 잔해들을 말끔히 걷어낸 뒤 조금씩 땅을 파 내려갔다. 조심스레 이안을 잡아당겨보았지만, 어딘가에 단단히 박히기라도 한 건지 꿈쩍도 하지 않았다. 그리고 그건 미아가 발견한 쪽도 마찬가지였다.

"이 두 사람, 아무래도 어디에 끼어 있는 것 같은데."

사내가 땀으로 얼룩진 얼굴을 대충 닦아내며 말했다.

"아빠, 얘들 묶여 있어."

파헤쳐진 흙구덩이 속 겨우 드러난 도스의 한쪽 어깨와 팔은 너덜너덜해진 회색 셔츠로 둘둘 감겨 이안의 발과 연결되어 있었다. 미아는 또다시 한참을 멈춰 있다 문득 정신을 차리고는 다시 흙을 파헤치기 시작했다.

미아의 손이 바쁘게 움직일수록 묻혀 있던 이의 머리가 조금씩 지면 밖으로 드러났다. 얼굴이 보이자마자 미아는 재빨리 손가락을 그의 코끝에 가져다 대었다. 미적지근한 공기 사이로 손끝에 차가운 콧김이 느껴졌다. '살았구나.' 미아의 눈에 울컥하고 증기가 차올랐다.

"이제 한쪽 다리만 빼내면 되는데. 미아, 그쪽에서 풀 수 있겠니?"

"응."

웅얼거리며 말하는 미아의 목소리가 잘 들리지 않자 사내는 딸이 있는 쪽을 향해 걸어갔다.

"괜찮은 거야?"

남자가 자상한 목소리로 물었다. 얼굴에는 우려와 걱정이 배어 있었다. 동그랗게 웅크리고 앉아 있는 미아의 머리 너머로 죽은 듯이 땅에 박혀 있는 다른 한 소년의 모습이 보였다. 앳된 얼굴이었다.

"미아, 힘들면 안 해도 괜찮아. 아빠가 할게."

"아냐 아빠, 괜찮아. 할 수 있어."

사내는 애잔한 얼굴로 그 모습을 바라보다 말없이 이안에게로 돌아갔다. 미아가 고집을 부릴 때면 일단 한 걸음 물러나는 쪽이 더 낫다는 것을 그는 잘 알고 있었다. 사내는 크게 한숨을 쉬었다. 이안은 여전히 정신을 잃은 채 널브러져 있었다.

미아가 묶여 있는 두 사람의 팔다리를 푸는 동안, 남자는 이안의 얼굴을 물끄러미 훑어보았다. 여기저기 생채기가 나고 흠집이 나 있었지만, 가만히 보니 참 고운 녀석이라는 생각이 들었다. 남자는 손목에 옷자락을 쭉 늘어뜨려 쥐고서는 이안의 얼굴에 묻은 흙먼지를 살살 털어내주었다. 얼굴을 덮고 있던 시커먼 것들을 얼추 닦아내니 유난히 하얀 어린 피부가 드러났다. "너희가 무슨 죄가 있겠니." 남자가 작은 소리로 중얼거렸다.

"다 풀었어!"

얼마 후 미아가 신이 난 목소리로 외쳤다. 남자는 미아의 기분 좋은 말투에 싱긋 웃으며 자리를 털고 일어났다.

"이야 우리 딸 역시 잘하……."

남자는 한껏 과장된 추임새를 넣으며 미아를 추켜세우려던 참이었다. 그 순간 남자의 눈에 미아의 머리 뒤로 낯선 그림자가 일렁거리며 다가오는 것이 보였다. 그건 사람의 것이 아니었다. 낮은 높이의 그것이 서서히 움직여 올 때마다 기분 나쁜 두 개의 불빛도 함께 거리를 좁혀왔다.

"왜……그래, 아빠?"

미아가 의아한 목소리로 물었다. 그것의 등장은 한순간에 폐허가 된 공터의 숨을 얼어붙게 만들었다. 사내는 정면을 주시한 채 조심스레 옆에 놓인 삽자루로 손을 뻗었다. 천천히 호흡을 유지한 채, 남자는 한쪽 손가락을 입에 가져다 대며 미아에게 조용히 하라는 신호를 보냈다. 그의 눈에는 경계와 살기가 가득했다.

미아는 뒤통수가 서늘해지는 느낌이 들었다. 목덜미를 타고 소름이 돋아 올랐다. 경직된 아버지의 모습에 자신도 모르게 숨을 죽이자, 그제야 등 뒤에서 저벅거리며 다가오는 발소리가 귀에 들어왔다. 하나, 둘. 아니, 셋. 그 소리는 한 사람의 것이 아니었다. 귀를 기울이니 그르렁거리는 소리가 적막한 공기를 울리며 조금씩 커져왔다. 그건 짐승의 것이었다.

"미아, 눈 감아."

남자는 순식간에 삽자루를 낚아채 그것을 향해 집어 던졌다. 그와 동시에, 짐승의 울음소리가 적막한 공간을 찢어발기듯이 터져 나와 사방을 진동시켰다. 미아는 귀를 틀어막고서 구덩이 속으로 재빨리 몸을 숨겼다. 웅크린 미아의 등이 사시나무 떨듯 떨리고 있었다.

###

엘리베이터는 16층에서부터 한참을 내려가 어느 컴컴한 지하 통로에 멈춰 섰다. 화면에는 B30이라고 표시되어 있었다. 안내자를 따라 문을 나서자, 기다란 파이프가 빼곡한 높은 천장과 복도를 따라 설치된 여러 대의 카메라, 그리고 용도를 알 수 없는 기계들이 보였다.

안내자는 걸어가는 동안 벽에 설치된 기계에 규칙적으로 플레브스를 가져다 대었다. 찰칵, 하며 기계가 밴드를 인식함과 동시에 카메라에서 나오는 초록색 빛이 안내자와 나를 번갈아가며 비췄다. 긴 복도를 따라 찰칵거리는 소리를 여섯 번 더 들은 뒤 안내자는 막다른 검은 벽 앞에서 걸음을 멈췄다. 광이 나고 불투명한 검은색 벽이었다.

＜신원확인을 마쳐주십시오.＞

벽에서 익숙한 여자의 음성이 들려왔다. 매일 아침 첨탑에서 흘러나오던 것과 동일한 목소리. 안내자는 단정한 걸음으로 한쪽에 물러나 자세를 잡은 뒤 손을 내밀어 내가 서야 할 위치를 알려주었다. 그러고는 곧장 볼일이 끝났다는 듯이 검은 벽만 바라보았다.

<정면을 응시해주십시오.>

검은 벽에서 안내 음성이 흘러나와 앞을 보라며 다그쳤다. 하얀색 실선이 벽의 위에서부터 아래로 몇 차례 흘러 내려가는 것이 보였다.

<신원확인이 완료되었습니다. 검열을 종료합니다.>

마지막 실선이 바닥에 내려가 닿자, 증기 빠지는 소리가 나며 검은 벽이 바닥으로 천천히 내려앉았다. 벽 뒤로 처음 보는 승강장이 나타났다. 황당할 정도로 거대한 공간이었다.

지면 아래 깊숙한 곳에 위치한 승강장은 바깥에서 보아왔던 것과는 차원이 다른 수준의 시설을 갖추고 있었다. 선로 위로는 한눈에 보기에도 웅장하고 화려한 외관의 트램들이 번듯하게 정차되어 있었고, 선로 바깥쪽으로는 잘 차려입은 사람들이 오가고 있었다. 제복처럼 각이 잡힌 옷을 입은 사람들의 손목에는 플레브스가 보였고, 보다 다양하고 화려한 옷을 입은 사람들의 손목에는 아무것도 채워져 있지 않았다. 옆에 서 있는 안내자의 모습을 다시 보니, 그(그녀)의 옷차림도 각이 잡혀 있었다.

"애덤, 오늘도 충직하네."

승강장 입구에 발을 내딛자마자 보라색 셔츠를 입은 한 남자가 말을 걸며 다가왔다. 족히 2미터는 넘어 보이는 큰 키와 다부진 체격은 여러 이들 중에서도 유독 이목을 끌었다. 전쟁 전이었다면 방송에서나 주로 볼 수 있을 법한 외형이었다.

남자는 반달눈의 안내자를 애덤이라고 불렀다. 그는 은근한 눈웃음을 지으며 그(그녀)의 어깨에 손을 올렸다. 그의 손목엔 아무것도 채워져 있지 않았고, 잘 가꾸어진 매끄러운 살결에서는 윤이 났다. 순간 안내자의 얼굴에 미세한 떨림이 일었다.

"카알은 참 보는 눈이 없단 말이지. 너 같은 녀석을 이런 잡일이나 시키고 말이야. 안 그래?"

남자는 턱을 치켜들고서 손끝으로 안내자의 머리칼을 어루만졌다. 내리깐 시선으로는 옆에 서 있는 나를 위아래로 천천히 훑어보기 시작했다.

정체 모를 이 남자가 등장한 이후로, 지금껏 미동 없던 안내자가 흔들리는 것이 느껴졌다.

"거기, 너. 이름이 뭐야, 이름 가지고 있어?"

남자는 느닷없이 내게 말을 걸었다. 그의 질문은 일반적이지 않았다. 이름이 있느냐니. 세상에 이름을 가지지 않은 사람이 있었나.

"이안. 최이안."

남자는 눈썹을 치켜올리며 눈을 동그랗게 떴다.

"하—"

남자의 입에서 짧고 굵직한 웃음이 튕겨 나왔다. 그는 뻐딱하게 서서 머리를 긁적거렸다. 해석하기 힘든 표정이었다. 웃는 걸까, 당황하는 걸까, 아니면 이름을 이해하지 못했나. 지금까지 만나왔던 사람들의 보편적인 반응과는 달랐다. 가슴속 어딘가가 다시 간질거리기 시작했다.

"웃기네, 너."

그는 세상에서 가장 황당한 것을 목격한 사람처럼 반응했다. 그러다 곧 그(그녀)에게로 다시 관심을 돌렸다.

"애덤, 난 네가 내 옆에서 지냈으면 좋겠는데. 카알에게 한번 얘기해볼까? 내가 보기엔 너도 그걸 더 좋아할 것 같은데."

남자는 자기 얼굴을 안내자의 귓가에 가까이 가져다 대었다. 그가 숨을 들이쉬자 안내자의 꽉 쥔 주먹이 살짝 흔들렸다. 플레브스 위로 드러난 그(그녀)의 갈색 팔에 얇은 털들이 바짝 곤두서는 것이 보였다.

[삐 빅—]

때마침 안내자의 손목에 찬 플레브스에서 알림 소리가 울렸다. 남자의 눈 밑이 질끈 하고 일그러졌다.

"거슬리네."

안내자의 플레브스는 파란 불빛이 반쯤 줄어든 채 깜빡이고 있었다. 남자는 조급한 사람처럼 좀 더 적극적으로 안내자의 머리끝부터 이곳저곳을 더듬었다. 노골적이었다.

"그 변태 자식 요즘도 위치 추적하고 노나 봐? 널 이제 막 만났는데 말이야. 아깝게."

남자가 경직된 그(그녀)의 허리를 불쑥 감아 잡아당기자 무방비 상태의 안내자가 휘어져 흔들거렸다. 지나가는 이들 중 어느 누구도 두 사람에게 신경을 쓰지 않았다. 안내자의 표정은 여전했지만, 주먹은 계속해서 바들바들 떨리고 있었다.

"잘 가. 또 보자."

그는 안내자를 다루는 데에 능숙해 보였다. 몰아치듯 농락하며 그(그녀)를 휘저어놓더니, 금세 냉담하게 태도를 바꾸고는 하던 짓을 그만두었다. 그는 무미건조한 인사만 남긴 뒤 제 갈 길을 가버렸다. 남자가 떠난 뒤, 그(그녀)는 비틀거리는 다리에 힘을 주며 간신히 자세를 유지했다. 남자가 지나간 자리에는 아무런 체취도 남아 있지 않았다.

안내자는 얼마간 호흡을 가다듬더니 다시 길 안내를 시작했다. 나는 조용히 그 뒤를 쫓았다.

다섯 개의 선로, 정차해 있는 두 대의 트램, 승강장 양쪽 끝에 비치된 여덟 개의 검은 벽. 머리 위로 둥글고 크게 휘어 있는 천장에는 처음 보는 단어들과 여러 숫자들이 크게 띄워져 있었다.

선로를 따라 반듯하게 닦인 길 곳곳에는 상점들이 늘어서 있었고, 가게의 투명한 유리창 안쪽으로는 본 지 오래된 갖가지 음식들이 진열되어 있었다. 사람들은 일상적인 일처럼 음식을 사고 먹고 하며 제 갈 길을 갔다. 모두가 번지르르하게 차려입고서 한껏 여유 있는 걸음걸이로 승강장을 거닐었다.

'이게 뭐지.'

이곳저곳에서 풍기는 다양한 음식 냄새로 코에 짜릿한 자극이 일었다. 덩달아 머리 한쪽이 욱신거렸다. 눈으로 보고 있으면서도 내가 보는 것이 무엇인지 제대로 이해가 되지 않았다. 통로양 끝의 검은 벽들은 시시각각 열렸다 닫히며 사람들을 들여보내고 있었다. 지금껏 어디에 숨어 있었는지 모를 만큼, 너무 많은 수의 사람들이었다.

네오젠이 들어서기 전, 이곳 윈스키는 이민자들의 도시이자 살기 좋고 윤택한 땅으로 잘 알려져 있었다. 그만큼 풍부한 자원과 다양한 인종, 그리고 많은 인구를 보유한 곳이었다. 사람들은 이곳을 '행운의 땅'이라 부르기도 했다.

전쟁과 바이러스가 전 세계를 뒤덮는 와중에도 윈스키는 재앙의 마지노선처럼 여겨졌다. 정확한 이유는 모르겠으나, 이곳까지 재앙이 들이닥치는 데에는 다른 곳보다 오랜 시간이 걸렸다. 덕분에 완전히 몰락한 다른 나라들에 비하면 이곳의 피해는 미미한 수준이었다.

그러나 결코 상황이 좋은 것은 아니었다. 떨어진 폭탄의 수가 적었을 뿐 전염병에 의한 피해는 극심했기 때문이다. 살아남은 자들의 수도 얼마 되지 않았다. 전쟁이 종결되고 전염병이 더 이상 번지지 않게 되었을 때는, 이전 인구의 1/10도 채 되지 않는 사람들만이 살아남아 겨우 목숨을 유지하고 있는 상황이었다. 때문에 도시가 재건된 이후에도 바깥에는 사람의 머릿수보다 건물이 더 많다고 생각될 만큼 텅 비어 있는 곳이 많았다.

'이게 뭐지?'

하지만 눈앞에 펼쳐진 상황은 내가 지금껏 알고 있던 것과는 온통 다른 것들뿐이었다. 파트리키 1층을 벗어난 이후로 줄곧 현실의 벽이 허물어지고 있는 느낌이 들었다. 꿈속에서나 경험했던 몽롱하고 애매한 느낌이 점점 나를 잠식해가고 있었다. 무언가 잘못된 건 아닐까.

〈현재 시각 오전 11시 29분. 본 열차는 1분 뒤 포룸 로비를 향해 출발합니다. 네오젠은 항상 편안하고 안전한 운행을 여러분에게 약속합니다. 감사합니다.〉

안내자는 나를 트램 안으로 인도했다. 변함없는 저 반달눈을 보고 있으니 왠지 가슴이 더 답답한 느낌이었다. 속에서부터 일어나던 간지러운 이물감도 갈수록 더 심해지고 있었다. 나는 손바닥으로 가슴팍을 꾹꾹 문지르며 그(그녀)의 뒤를 따라 천천히 트램에 올라탔다.

이곳의 트램은 바깥에서 타던 것과는 달리 쾌적한 온도를 유지하고 있었다. 좌우로 둘씩 구분되어 있는 좌석은 시내에서 매번 타던 것보다 훨씬 크고 편안해 보였다. 두어 칸 정도를 걸어가던 안내자는 좌측 한자리에 시선을 고정하고 그 앞에 멈춰 섰다. 내가 앉을 자리였다.

"애는 좀 별로야. 몸통이 얇은 게 오래 못 버틸 꼴인데."

안내자와 나란히 좌석에 앉아 등을 기대자 뒤쪽에서 젊은 여자들의 대화 소리가 들려왔다.

"가끔은 이런 것들이 반전을 가져다준다고, 몰라? 지난번엔 얘가 나한테 40만 디엔을 벌어다 줬거든."

대화 내용을 듣자 하니 무언가를 구매하는 중인 듯했다. 두 여자는 수만에서 수십만 디엔의 단위들을 아무렇지 않게 언급하며 대화를 이어갔다. 몇 년 동안 일하지 않고 먹고 놀기만 하더라도 남을 만큼의 액수였다.

통로를 지나던 사람들이 모두 자리에 앉자 문이 닫히고 트램이 움직이기 시작했다. 지금껏 타고 다녔던 트램은 운행할 때마다 지독한 쇠 냄새를 풍겨대기 일쑤였는데, 이곳에서는 아무런 냄새도 나지 않았다. 창밖으로 보이는 건너편 선로에는 또 다른 트램이 한 대 들어와 정차하는 중이었다. 전쟁이 일어나기 전 여느 도심의 기차역에서 보던 광경과 다를 것이 없었다.

<지금 운행 중인 열차는 제2승강장, 제3승강장을 지나 포럼 로비에 도달할 예정입니다. 환승을 원하시는 분께서는 잠시 후 도착하는 제2승강장에서 하차해주시기 바랍니다. 다시 한번......>

트램은 지상으로 올라가는 법 없이 지면 아래에서만 움직였다. 두 번의 정차 이후 마지막 종착지를 향해 달리는 동안 옆에 앉은 안내자는 꼼짝도 하지 않았다. 반듯하게 세워진 등은 시트에서 떨어질 줄을 몰랐다.

"날 어디로 데려가는 겁니까?"

대답을 기대하고 던진 질문은 아니었다. 다만 무엇이라도 물어보지 않고서는 견디기가 힘들었다. 오늘따라 머릿속 생각들이 유난히 그치질 않았다. 온몸 구석구석으로 손이 닿지 않는 곳까지 간지러운 느낌이 번져 나갔다.

그(그녀)는 대답 대신 손을 들어 차창 밖을 가리켰다.

트램은 사방이 온통 회색빛으로 칠해진 거대한 벽 앞을 지나고 있었다.

승강장에 내린 뒤 한참이 지나서야 그 거대한 것이 첨탑의 하단부 기둥이라는 것을 알게 되었다. 한눈에 담기도 어려울 만큼 커다란 은색 기둥의 뿌리가 승강장의 천장을 뚫고 치솟아 있었다. 트램은 첨탑을 따라 크게 한 바퀴 돈 뒤 승객들을 모두 내려놓고선 미끄러지듯 어딘가로 사라져버렸다. 안내 방송은 '포룸'이라는 명칭을 반복해 말해주고 있었다.

"엄마 저 사람 옷이 이상해."

지나가던 한 어린아이가 제 어미에게 일러주듯 볼멘소리를 했다. 아이의 눈은 옆으로 찢어져 내 쪽을 향하고 있었다. 아이 옆에 선 여자는 흘긋거리며 이쪽을 쳐다보는 듯싶더니, 이내 아이를 자기 쪽으로 돌려세우고는 가던 길을 재촉했다. 간지러운 느낌이 목덜미를 타고 머리까지 올라오기 시작했다. 머리가 지끈거린다.

안내자는 이번엔 나를 첨탑 안으로 인도했다. 어디로 데려가는 거냐며 한 번 더 질문을 던졌지만, 그(그녀)는 끝끝내 대답을 하지 않았다. 길고 긴 복도, 어둡고 좁은 통로, 작은 소리 하나조차 들리지 않는 적막. 낯선 그 길의 끝에서, 그(그녀)는 마지막으로 어느 것 하나 새겨져 있지 않은 커다란 철문을 향해 손을 뻗었다.

'그래서 대체 이게 다 뭔데.'

울컥하고 성급함이 샘솟았다. 나는 안내자의 손끝이 가리키는 쪽을 확인하자마자 열린 문 안으로 거리낌 없이 들어섰다. 차가운 회색 공간. 그곳엔 기다란 의자 외에는 아무것도 없었다. 따라 들어오는 발소리가 들리지 않아 뒤를 돌아보자 안내자가 그 자리에 꼼짝 않고 서서 문을 닫으려 하고 있었다. 그(그녀)의 반달눈이 순간 매서운 빛을 띠었다.

쾅.

문이 닫혔다. 닫힌 문 너머로 멀어져가는 발소리가 들렸다. 안내자는 마지막까지 아무 말도 남기지 않고서는 그냥 그렇게 사라져버렸다.

한계. 한계다. 사방이 꽉 막힌 벽을 보고 서 있으니 가슴의 답답함도, 욱신거리던 머리의 통증도 더 심해지는 것 같았다. 속에서는 얽히고설킨 생각들이 미친 듯이 반복 재생되기 시작했다. 왜. 왜. 왜. 왜. 왜. 그 모든 생각의 끝에는 '왜'라는 한 글자만이 되풀이되고 있었다.

〈소독을 시작합니다.〉

느닷없는 안내 음성과 함께 회색 벽 틈새로 뿌연 연기가 빠른 속도로 새어 나오기 시작했다. 나는 상황을 인지하기도 전에 점차 정신이 아득해지는 것을 느꼈다. 금세 숨이 차올랐다. 고개를 들자 온통 회색뿐인 천장이 점점 빠른 속도로 회전하기 시작했다. 돌아가는 천장을 따라 내 몸도 함께 휘어지며 지축이 흔들렸다.

쿵.

바닥의 차가운 기운이 등에서부터 팔과 다리로 이어지는 것이 느껴진다. 막이 내리듯 눈앞의 장면이 점차 어두워진다. 나는 그대로 정신을 잃었다.

나비

Nabi

"드시죠."

눈앞의 남자가 정갈하게 다듬어진 수염을 쓰다듬으며 눈짓을
보냈다. 방금 막 구워낸 듯 온기가 느껴지는 소고기에서는 먹음
직한 육즙이 배어 나오고 있었다. 보기 좋게 구워진 채소들과,
수분이 가득 찬 과일들, 버터 냄새가 풍기는 빵이 한 사람이 먹
기엔 너무 많을 정도로 가득 담겨 내 앞에 차려져 있었다.

"궁금한 게 많을 겁니다. 하지만 허기가 지면 집중이 어려운
법이니 우선 식사 후에 얘기합시다. 아, 나는 신경 쓰지 말아요."

남자는 점잖게 식사를 권했다. 뇌리에 스며들 기세로 갖가지
음식의 냄새가 콧속 깊숙이 빨려 들어왔다. 입안엔 금세 침이 고
였다. 나는 남자의 말이 끝나기가 무섭게 포크를 집어 들어 고기
를 한 점 찍어 베어 물었고, 곧 따끈한 육즙이 입안 한가득 터져
흘렀다. 한쪽 목덜미에 얄팍하게 소름이 돋았다.

홀린 듯이 음식들을 집어먹는 동안 반대편에 앉은 남자는 한
가롭게 서류를 읽으며 차를 마셨다. 흐트러짐 없는 부드럽고 단

정한 자세. 생기라고는 전혀 보이지 않는 남자의 창백한 얼굴에서 유독 밝고 시린 눈동자만이 생명력을 가진 듯 눈길을 끌었다. 마치 짐승 같은 눈. 그의 검은색 옷에는 티끌 하나 묻어 있지 않았다.

'새로운 날의 창조'. 마주 앉은 남자의 머리 위로 무게감 있는 필체의 글귀와 본부의 상징인 독수리가 그럴듯하게 새겨진 것이 보였다. 조각상에서 느껴지는 웅장함과 그 아래 보이는 남자의 얼굴이 어우러져 왠지 모를 기묘한 이질감이 느껴졌다.

나는 혀 전체로 맛을 음미하며 계속해서 주변을 살폈다. 조금 전 내가 들어왔던 회색 방의 출입구는 어느새 굳게 닫혀 틈새 하나 보이질 않았다.

마침내 이곳에 오기 전, 나는 저 회색 방 안에서 무방비 상태로 가스의 폭격을 맞아야만 했다. 무색무취의 가스에 정신을 잃은 뒤, 다시 눈을 떴을 때가 되어서야 한쪽 벽면이 갈라지며 다른 출구가 등장했다. 열린 문 안쪽의 작은 공간에는 검은색 옷 한 벌이 걸려 있었고, 옆에는 간단한 메모가 쓰여 있었다.

[옷을 갈아입으십시오.]

구겨지지 않은 고급 소재의 옷을 입어보는 게 얼마 만인지. 서늘한 질감이 살갗에 닿을 때마다 상쾌한 느낌을 주었다. 폼이 나는 옷. 그리고 어깨에 붙어 있는 의미를 알 수 없는 모양의 견장. '이런 걸 왜 주는 거지.' 나는 어색한 동작으로 옷을 갈아입고 한

동안 거울을 바라보다, 곧 앞에 보이는 마지막 문을 향해 걸음을 옮겼다.

문 뒤에 나타난 것은 엄청난 규모의 텅 빈 홀이었다. 저 멀리 홀의 중앙으로 음식이 차려진 테이블이 보였고 그 앞에 한 중년 남성이 앉아 있었다. 남자는 자신을 카알이라고 소개했다.

"카알입니다. 아마 직접 내 이름을 부를 일이 그리 많지는 않을 겁니다."

낯선 남자에게서 찰나의 순간 동질감이 느껴졌다. 눈은 파인 듯 깊었고, 얼굴에는 흔하거나 익숙한 표정 하나 없었으며, 바른 자세에서는 부자연스러운 것이 조금도 느껴지지 않았다. 무無에 가까운 그 얼굴이 왠지 익숙했다.

접시를 반쯤 비우고 나니 더 이상 먹기가 힘들었다. 오랜만에 누리는 풍족한 식사였지만, 이미 오래전에 줄어든 위장은 음식을 제대로 받아들이지 못했다. 남자는 내 속도에 맞춰 찻잔을 내려놓고 나를 기다리고 있었다.

"이제⋯⋯."

"질문하시죠."

말을 꺼내자마자 그는 내 의중을 파악하고 있다는 듯 먼저 화두를 던졌다.

"이해가 안 됩니다."

"그럴 겁니다."

"여긴 뭘 하는 곳이죠."

"포룸. 모두가 모이는 장소입니다."

"그 모두라는 게 누구인데요?"

"보이는 것을 제외한 나머지. 당신이 알고 있는 것을 제외한 전부이죠."

그는 여유롭게 답했다. 하지만 혼란스러움은 가시질 않았다. 묻고 싶은 것은 많았으나, 어디서부터 무얼 물어봐야 할지 감이 오질 않았다.

"우린 당신을 지켜봐왔습니다."

정적이 길어지려던 찰나, 그는 대화의 주도권을 가져갔다.

"괜찮다면 내 얘기를 먼저 들어보는 건 어떻겠습니까."

답답함에 숨이 막혀오던 나는 순순히 그의 제안에 응했다. 동시에, 너무 쉽게 순응하는 스스로가 부모 앞에 선 어린아이처럼 미숙하다는 느낌이 들었다.

"우리는 스스로를 '네오젠'이라는 이름으로 규정해왔습니다."

그는 테이블에 두 팔을 올려 깍지를 쥔 채 몸을 앞으로 스윽 기울였다. 기름칠을 한 것처럼 부드러운 몸짓. 나도 그를 향해 살짝 몸을 기울였다.

"우린 세계 3차 대전 이전부터 존재했습니다. 세계보건기구 (WHO)의 숨겨진 7번째 사무소에 속했죠. 지금 네오젠이 들어선 곳의 북쪽, 그곳에 우리가 있었습니다. 험난한 협곡 깊숙한 곳에 있어 주요 관계자가 아닌 이상 위치를 알진 못했죠. 당시 우리는 바로 옆 지역까지 전쟁이 발발했다는 소식을 들었고, 이후 오랫동안 그곳을 벗어날 수 없었습니다. 다행히 전쟁은 협곡을 넘지 않은 채 끝이 났고, 알다시피 대정전이 시작되었죠."

이야기는 예상보다 훨씬 이전 시점에서부터 시작되었다. 대정전, 그리고 세계 3차 대전. 불과 십여 년 사이 일어난 일들이었지만, 마치 먼 옛날의 이야기처럼 느껴졌다.

"우리는 나라 간의 불필요한 논쟁을 벗어나 다음 세대를 위한 실질적인 대안을 마련하는 데 목적이 있었습니다. 하지만 전쟁 후 우리 존재를 아는 이들은 모두 사라지고, 통제 본부와의 연락도 끊어졌죠. 나라도, 국민도 없어진 와중에 협곡 아래엔 너무 많은 인재들이 남아 생명만 부지하고 있었습니다."

확실히 귀에 잘 들어올 만한 이야기는 아니었다. 현재와 동떨어진 과거, 이미 쓸모없어진 이전 시대의 잔재일 뿐이었다. 천천히 과거를 되짚어보았지만, 떠오르는 것은 산산조각이 난 풍경과 지금의 회색 도시가 전부였다.

"사명도 목적도 잃어버린 채 연명하던 중, 우리는 그곳에 남아 있는 수많은 연구 자료들과 기술, 그리고 자원들을 보며 이런 생각을 했습니다. '우리가 문명을 다시 일으킬 수 있다.'라고 말이죠."

남자는 테이블 위에 놓여 있던 서류 한 장을 집어 들었다.

"이건 우리가 밝혀낸 MMS-02 연구 결과의 요약 문서입니다."

그는 그 빳빳하고 두꺼운 종이를 기다란 테이블 위로 쓱 밀어 보냈다. 종이는 과일 접시 밑에 탁하고 부딪혀 멈춰 섰다.

"이게 뭔가요."

"지난 수년간 인류를 덮쳤던 전염병에 대한 연구죠. 우린 그걸 MMS-02라고 부릅니다."

[MMS-02. "Mad Men Syndrome."

- 발생일/장소:

    2023년 2월 중국, 러시아, 영국을 포함한 7개 국가에서 동시 발생. 최초 발원지 확인 불가.

- 감염경로:

    NALT(코점막 연관 림프조직), GALT(위장관 연관 림프조직), EALT(눈 연관 림프조직) 등을 통한 중추신경계 침투 및 잠복기 돌입. 공격적 충동과 관련된 변연계 신경전달물질상 변화 없이는 1단계로 진입하지 않음.

- 주요 증상:

    1단계: 특징적 초기 저체온증

    2단계: 2일 이내의 세미 코마

    3단계: 감정 억제 능력의 손실

    4단계: 충동적 공격 성향

- 비고:

    특정되지 않은 대부분의 감정 억제 기능이 마비. 폭주 후 불규칙하게 일시적 의식 저하 상태로 들어가며 이를 반복함. 3단계에 머무를 경우 이후 개인 성향에 따른 특정 촉발 원인과 패턴을 가지게 됨. 4단계 돌입시 증상 발현 1시간 이내 사망. 4단계 공격 성향에 대한 판단 기준은 상이하나, 발현 후약 10분 동안 지속적으로 통제 불가능한 분노 폭발, 타인과자신에 대해 상해할 의지를 보일 경우 해당 단계에 들어선것으로 판단해도 무방함……]

"당신이 주목해 보았으면 하는 부분이 있습니다. 아래쪽을 보시죠."

느린 속도로 대충 서류를 훑어보고 있자니, 그가 한 부분을 지목해 알려주었다. 종이의 맨 아래쪽, 굵게 표시된 한 문장이 있었다.

[감정과 이성의 완전한 분리만이 치료를 가능하게 함.]

"익숙하실 겁니다."

"예?"

"그 문장. 친숙하다고 생각하지 않았나요."

틀린 말은 아니다. 그건 분명, 흥미를 일으키는 표현이었다.

"지난 3년간 당신을 지켜보며 몇 가지 가설에 도달할 수 있었습니다. 그 문장은 그중 하나죠."

"가설……이라뇨."

남자는 이번엔 바로 답을 주지 않고, 대신 나를 지그시 쳐다보았다. 힘 하나 주고 있지 않은 그의 무덤덤한 얼굴에서 시선을 피하기 힘든 분명한 위압감이 느껴졌다.

"이안. 당신에게 결핍된 게 뭐라고 생각하십니까."

그는 의외의 질문을 했다. 느닷없이 결핍이라니. 왠지 그의 의도를 알 것 같았다. '감정', 이 말이 듣고 싶었던 건 아닐까.

"의지."

대답을 하려는 사이, 그는 순서를 가로채 자문자답을 했다.

"당신에게 부족한 건 자유의지입니다. 무언가를 선택하는 힘이죠."

"그게 무슨……."

"당신은 남들보다 더 나은 조건을 갖고 있음에도 그것을 깨닫지 못했더군요. 마치 무기력에 잠식당한 사람처럼."

그는 좀 더 낮고 분명한 목소리로 말을 이어갔다.

"지금껏 당신을 관찰하며 알게 된 것은, 당신은 입력에 대한 기능은 출중하지만 출력에 대한 기능이 현격히 떨어진다는 점입니다. 외부 자극에 대한 반응이 일반인보다 훨씬 활발한 데 비해, 그 정보를 재가공하여 출력하는 기능은 오히려 퇴화되었다고 여겨질 정도였죠. 그건 곧 당신이 가진 결핍 때문에 발생하는 문제이기도 합니다."

"출력……이요?"

"기능 저하. 간단히 말해, 욕구가 없는 사람처럼 보였을 거란 뜻입니다. 감정을 느끼지 못한다 해서 욕구가 없는 건 아닌데도 말이죠."

그의 눈빛은 노골적이었다. 사방이 뚫린 공간에서 나를 발가벗겨놓고 진단하는 느낌이다. 반박할 만한 말이 떠오르진 않았다. 그의 말은 직접적이었지만, 불편한 의도가 느껴지지는 않았다.

"스스로가 다른 이들과 다르다는 건 이미 알고 있었을 겁니다. 아닌가요?"

나는 고개를 끄덕였다. 늘 느껴왔지만 입 밖에 꺼내본 적 없는 사실이었다.

"MMS-02는 고도로 발달된 이성을 가졌거나 감정에 의한 자극을 받지 않는 사람에게는 영향을 끼치지 못합니다. 당신의 경우도 마찬가지였죠. 지난 사회에서 그건 '병'처럼 여겨졌을지 모르지만, 이제 상황이 달라졌습니다. 오히려 그것이야말로 진정한 특권일지 모릅니다."

그의 목소리가 주변 공기에 느리고 무거운 파동을 일으켰다. 표정 없는 그의 얼굴을 마주 보며, 나도 모르게 손가락을 달싹거렸다.

"우리는 자유의지와 이성적인 선택을 할 능력을 가진 이들을 통틀어 네오젠이라고 부릅니다. 그런 견고한 정신력을 가졌다는 건 지금 시대에 매우 값진 일이죠. 그래서⋯⋯."

"그래서⋯⋯."

"우린 당신을 선택하기로 했습니다."

카알은 고개를 돌려 주변의 텅 빈 공간을 둘러보았다. 그의 날카로운 코로 깊은숨이 몇 차례 들어가고 나오는 것이 보였다.

"첨탑 안에 들어온 건 처음이죠?"

"네."

"이 안엔 아직 더 많은 것들이 남아 있죠."

그는 기다란 손가락으로 탁탁거리며 테이블을 작게 두드리기 시작했다.

"당신이 우리와 뜻을 함께한다면, 더 나은 현실을 소유하게 해드리죠. 갖고 싶지 않습니까?"

입안에 모여 있던 침이 목구멍 뒤로 소리를 내며 넘어갔다. 주변이 너무 조용한 탓에 그 소리가 다 들릴 지경이었다.

카알은 나의 반응을 살핀 뒤 의자 밑으로 손을 뻗었다. 그는 직사각형의 검은색 가방을 집어 들어 테이블 위에 선을 맞춰 올려놓았다. 달칵하는 소리를 내며 가방이 열리고, 그 안에서 그는 아주 익숙한 것을 꺼내 들었다. 지난 3년간 매달 보아왔던, 치료제를 놓을 때 쓰던 주사기였다.

"이게 뭐라고 생각하십니까."

"치료제 아닌가요."

"아닙니다."

"네?"

"이미 면역이 있는 자에게 치료제를 쓸 필요는 없죠. 당신에게 그런 결함이 없었다면 진작 이상하게 여겼을 일인데, 안타깝습니다. 그동안 질문도 없이 순종적으로 따르더군요. 우리는 당신 안의 무기력이 끊어지도록 도움을 주고 있었을 뿐입니다."

그는 눈을 느슨하게 내리깔고 주사기를 만지작거리며 말했다.

"분석 결과, 이안 당신이 스스로 자유의지를 발휘하게 하기 위해선 '의문'을 심어줘야 한다는 것을 알아냈죠."

그는 '의문'이라는 단어에 유난히 힘을 주어 발음했다. 가슴속에 다시 진동이 일기 시작했다. 오른쪽 머리가 지끈거리고 쑤신다.

"자꾸 머리가 아프죠?"

나는 한쪽 눈을 찡그린 채 고개를 끄덕였다.

"인위적으로 자극을 유도해낸 것이라 몸에 무리가 갔을 겁니다. 그 점은 사과하겠습니다."

"이게 다 무슨 말인지 잘……."

"그동안 우리는 당신의 죽어 있던 감각을 깨우는 작업을 해왔습니다. '의문'이라는 형태를 만들기 위해 꽤 다양한 접근이 필요했죠. 그래서 사물과 상황을 볼 때마다 자의적인 해석을 반복하도록 유도했습니다. 당신은 몰랐겠지만, 무의식은 계속해서 변화해갔을 겁니다. 간혹 이런 작업은 지나치게 많은 꿈을 만들어내거나, 환각, 환청을 유도하기도 하죠."

'환각……?'

"그 작업을 얼마나 반복했는지 아마 짐작하지 못할 겁니다. 당신은 좀처럼 흥미를 모르는 인물이었으니까요. 처음엔 1년을 예상했지만 그 이상의 시간이 필요하더군요. 그리고 마침내 오늘에서야, 당신에게 길이 열린 것을 확인했습니다."

그는 말을 하며 자연스레 가방을 닫고 제자리에 돌려놓았다. 테이블 위에는 주사기와 투명한 약물이 담긴 유리병만 놓여 있었다.

"우리 사회에서 필요 이상의 '의문'은 독약과 같지만, 당신의 경우 적당량의 자극이 필수적이었습니다. 극약 처방과 비슷한 개념이라고 생각하면 편할 겁니다."

카알은 주사기를 씌워둔 캡을 열고 바늘을 병에 쑥 집어넣었다. 투명했던 약물이 바늘에 일렁이며 탁한 흰색으로 변했다. 그는 자리에서 일어나 내 쪽으로 천천히 걸어왔다. 머리의 통증이 순식간에 더 심해졌다. 눈을 뜨기가 힘들다.

"오늘부로 마지막이 될 이 약을 맞으면, 이제 당신은 장벽 너머의 진짜 현실을 알게 될 겁니다."

다가오는 그를 보고 자리에서 일어나려 했지만, 카알은 내 어깨를 지그시 눌러 내려앉혔다. "걱정 마요."라고 그는 속삭이듯 말하며 내 머리를 한쪽으로 슬쩍 젖혔다. 부드럽지만 거부하기 힘든 손길이었다.

큼지막하고 긴 바늘이 목 어딘가에 깊숙이 들어가는 것이 느껴졌다. 저릿하고 뜨거운 것이 목에서부터 서서히 퍼져나갔다.

"축하해요, 이안. 선택받은 걸."

2029년 7월 1일 일요일, 뉴타운 상가 거리.

그들은 묵직한 수레를 끌고 하룻밤 머물 곳을 찾아다녔다. 수레 안에는 이안과 도스가 낡은 가죽 자루와 함께 실려 있었다. 남자는 한 손으로는 수레의 손잡이를, 한쪽 어깨에는 이름 모를 짐승의 사체를 짊어지고 걸었다.

"전멸이라도 한 건가."

거리는 무서울 만큼 조용했다. 곳곳에 시체들은 그득했으나, 생존자는 좀처럼 만날 수 없었다.

"아빠, 나 다리 아파."

미아는 피곤한 기색이 역력했다. 나라의 남쪽 끝에서 수도까지 꼬박 보름을 걸어왔으니 당연했다. 교통 시설은 모두 마비되었고, 시시각각 늘어나는 감염자들과 폭동 때문에 운전을 할 수도 없었다. 온갖 종류의 미치광이들과 폭동, 폭격 속에서 무사히 이곳까지 도달한 건 어찌 보면 천운에 가까운 일이었다.

"오늘은 여기서 쉬자."

남자는 작고 낮은 한 건물을 바라보았다. 그나마 다른 데보다 손상이 덜한 건물이었다. 그는 어깨에서 사체를 내려 한쪽에 던져두고는 수레에서 물주머니 하나를 꺼내어 들었다.

"우선 이거라도 좀 마셔, 있을 데 마련하고 나서 이것저것 구해 올 테니까."

미아는 손에 받아 든 게 뭔지 물을 샐 도 없이 단숨에 그것을 들이켰다. 남자는 의미심장한 얼굴로 웃음을 참고 있었다. 갑자기 미아의 미간이 사납게 일그러져갔다.

"으악."

이게 뭐야, 하고 미아는 혓바닥을 쭉 내민 채 성질을 부렸다.

"정신이 번쩍 들지? 몸에 좋은 거야. 그거라도 있을 때 마셔 둬."

"아 진짜 싫어."

미아는 발을 동동거렸다. 좀처럼 쓴맛이 가시지 않았다. 혀를 날름거릴 때마다 입 주위에서 괴상하고 텁텁한 냄새가 풍겼다.

그 주머니 안에는 독특한 물이 들어 있었다. 겨우내 스카우루스*들이 서식지에 모아둔 미룸 나무 열매껍질에서 만들어진 물이었다. 그것들은 동면에 빠지기 전 미룸 열매들을 모아두곤 하는데, 계절이 지나 스카우루스들이 떠나간 자리엔 알맹이 없이 말라비틀어진 껍질들과 뽀얀 빛을 내는 물이 한가득 고여 두 계절을 더 버티곤 했다. 물은 곧바로 마셔도 될 만큼 깨끗한 상태를 유지하다가, 다음 겨울이 다가올수록 검은 빛깔을 띠며 서서히 증발해 없어졌다. 고약한 맛에 비해 좋은 효능이 많았지만, 심한 냄새 때문에 접근하는 이는 거의 없었다.

"스카우루스 물이야. 맛은 좀 그래도 기운이 날 거다."

"아빠 제발 이런 것 좀 주워오지 마. 스키…… 뭐? 이런 건 아무도 안 먹는다고."

미아는 잔뜩 성을 내며 물주머니를 아버지에게 다시 돌려주었다.

"스키 아니고 스카우루스."

"그래 그거. 아무튼."

남자는 연신 능청맞게 웃으며 씁쓸한 물을 벌컥벌컥 들이켰다. 미아는 이해할 수 없다는 표정으로 아버지를 쳐다보았다.

"너 이게 왜 고약한 맛이 나는 줄 알아?"

"몰라."

남자는 목소리를 가다듬었다. 미아는 아차 싶었는지 얼른 다른 곳으로 고개를 돌렸다. 일장 연설이 시작될 조짐이었다. 그때 마침 수레 위의 이안과 눈이 마주쳤다.

"어, 쟤 일어났다."

미아는 곧장 수레로 다가갔다. 자리를 피할 만한 좋은 핑곗거리를 발견한 셈이다. 남자는 그러든지 말든지 자세를 고치며 큰 숨을 들이쉬고 말문을 열었다.

"그건 말이다, 고 녀석들 하는 짓이 고약하고 얄궂어서 그래.

---

* 아이잔에서 드물게 발견되는 다람쥐과의 포유류.

기껏해야 숲 한 언저리에 숨어 지내면서 자기들끼리 계급을 나누고 영역 다툼을 벌이다가 매년 개체 수가 줄어들거든. 힘도 없으면서 모여 살 생각은 안 하고 배척하는 데에만 도가 텄지."

"야, 내 말 들려?"

미아는 이안의 이마를 짚으며 딴소리를 했다. 이안은 대답 없이 눈만 끔뻑거렸다.

"걔네가 계급을 어떻게 나누는지 알아? 꼬리야, 꼬리. 나 참. 아무 무늬 없는 단색 꼬리는 상류 집단에 끼워주고, 줄이 하나 그어져 있으면 평생 공격을 당해. 꼬리는 대물림될 수밖에 없는 건데, 고작 그걸로 신분을 따지고 산다더라. 더 황당한 건, 그 줄이라는 게 그냥 봐서는 제대로 보이지도 않는다는 거야. 털을 비집고 들춰야 겨우 보여, 겨우."

남자가 제 자랑하듯 아는 것을 떠드는 동안, 미아는 이안과 대화를 시도하고 있었다.

"어디 아픈 데 있어? 괜찮아?"

이안은 힘겹게 입을 달싹거렸다. 마른 두 입술이 살짝 피를 보이며 쩌억 하고 벌어졌다.

"물……."

"아 너 목마르구나. 잠깐만."

미아는 날랜 몸짓으로 다시 아버지를 향해 돌아섰다.

"초식동물 중엔 아마 그것들이 제일 사납고 성질도 더러울 거다. 영악하기는 또 엄청나서 포식자의 사정거리 안에 쉽게 들어가지도 않아요. 그렇다고 사람이 자기들을 건드리나? 아니. 주변에서 다 내버려 두는데 걔들은 자기들끼리 서로 괴롭혀."

"사람도 다르진 않잖아 아빠. 그렇게 보면 사람이나 짐승이나 같지 뭐."

미아는 터벅터벅 다가가 아버지의 손에서 물주머니를 낚아챘다.

"미아야. 사람한테는 말이지, 본성을 뛰어넘을 의지라는 게 있어요. 인류에 대한 희망을 저버리면 안 된다고."

"그런 게 있었으면 이 지경이 되지도 않았겠죠."

"요게."

미아는 아버지를 피해 재빠르게 다시 수레 쪽으로 걸음을 옮겼다. 남자는 약이 오른 얼굴을 하더니 또 금세 표정을 풀고 이내 건물을 살피기 시작했다.

남자는 입구에 들어서기 전 옆에 던져두었던 죽은 짐승을 쭉 들어 올렸다. 분명 절반은 개처럼 생겼는데, 귀가 있어야 할 자리엔 귀 대신 입이 길게 찢어져 있었다. 주둥이를 들춰보니 날카로운 이빨들이 찢어진 자리까지 촘촘히 박혀 있었다. 들을 귀는 없이 물고 뜯을 입만 몇 배로 커진 정체 모를 짐승. 오래 쳐다보고 있기엔 너무나 불쾌한 생김새였다.

"넌 뭐냐 도대체."

남자는 사체를 다시 어깨 위에 둘러메고 계단을 오르기 시작했다. 남자가 걸음을 뗄 때마다 짐승의 머리와 여섯 개의 다리가 달빛을 받으며 흔들거렸다.

미아는 물주머니를 손에 들고 이안 앞에 서서 뭔가를 생각하고 있었다. 이런 걸 다친 애한테 먹여도 되나 싶은 얼굴이었다.

"미안해. 맛이 좀 없을 거야."

일방적인 동의를 구한 뒤, 미아는 물주머니 입구를 이안의 입에 바짝 가져다 대었다. 벌어진 입을 따라 희뿌연 물이 졸졸 흘러 들어가고, 얼마 안 가 이안의 눈 주위가 사정없이 찌푸려졌다. 물은 들어가다 말고 입 옆으로 줄줄 샜다.

우-웩.

이안은 용수철처럼 몸을 일으켜 구역질을 했다. 물을 다 뱉어 내고도 한참 동안이나 침이 질질 흘렀다.

"미안, 가진 물이 이것뿐이라 어쩔 수가 없었어."

이안은 항의할 힘도 없어 보였다. 수레에 걸터앉은 이안의 팔다리가 가늘게 파르르 떨렸다.

"일어난 거야?"

남자는 건물을 살펴보고 오는 길이었다. 미아는 미안했는지 괜히 아버지에게 툴툴거리기 시작했다.

"이것 봐, 얼마나 맛이 구리면 얘가 벌떡 일어나냐고."

"몸에 좋은 거라니까 그러네."

사내는 몸을 숙여 손으로 이안의 볼을 살살 두드리며 느긋하게 웃었다. 그러고는 이안이 자기를 바라보자, 두꺼운 손가락으로 이안의 눈 이곳저곳을 뒤집어보며 상태를 확인했다.

"물맛 죽이지? 어디 보자. 이제 얼굴에 생기가 좀 도네."

"힘들어하는 거잖아."

"불그스름한 게 이제 산 사람 같잖냐. 아깐 꼭 죽은 사람 같았어."

미아는 삐죽거리며 이안을 쓱 쳐다보았다. 듣고 보니 얼굴이 좀 더 나아진 것 같기도 했다.

"뭐 여하튼, 둘 다 살아서 다행이다. 그치 아빠."

"살 놈은 사는 거지. 어이 너, 안 그러냐. 살아서 좋지?"

남자는 이안의 머리를 어린아이 쓰다듬듯 살살 만져주었다. 이안은 물끄러미 남자를 바라보았다. 생면부지의 그 사내는 인자한 얼굴로 이안을 계속 다독였다. 자신을 살피는 남자를 바라보며 이안의 머릿속에 문득 한 단어가 떠올랐다.

'따뜻하다.'

###

따뜻하다. 약물이 목덜미에서 시작해 아래위로 퍼져 흘러 들어갔다. 불쾌하지 않을 정도의 열기가 신경세포와 모세혈관 하나하나를 깨우며 전신을 감싸 안았다. 의자에 앉아 움찔거리며 반응을 보이자 카알은 부드럽게 내 머리에 손을 올려놓고 이리저리 돌려보며 나를 관찰했다. 온몸에 퍼진 열기로 양쪽 볼 언저리가 서서히 달아오르는 것이 느껴졌다.

 "보기 좋네요, 이안. 지금이 좀 더 살아 있는 느낌이 드는 게."

 턱을 들어 올리자 목에 남아 있던 약물이 울컥하고 마저 퍼졌다. 입에서 아 하고 탄식이 터져 나왔다. 눈도 좀 더 맑아진 느낌이다. 보이는 모든 것을 눈으로 흡수할 수 있을 것 같은 기분이 든다.

 가슴속 진동도, 두통도, 간질거리는 이물감도 더 이상 없었다. 잠을 잘 자고 깨어난 듯 온몸엔 힘이 흘러넘쳤다. 살면서 경험했던 모든 일들이 새롭게 나열되듯, 머릿속에서는 생각들이 빠르고 명쾌하게 흘러가기 시작했다.

"기분이 어떤가요."

"개운하네요. 나한테 무슨 짓을 한 건진 모르겠지만."

질문을 듣자마자 망설임 없이 속마음이 불쑥 튀어나왔다. 평소답지 않은 빠른 반응에 나도 모르게 당황스러운 기색을 보이자, 그는 한쪽 눈썹을 살짝 치켜올리며 웃음을 지었다.

"이제 대화다운 대화를 할 수 있을 것 같군요."

그는 미묘한 웃음을 흘리고선 자리로 돌아가 자세를 잡고 앉았다. '웃기도 하는구나' 싶었다.

"자, 이안. 우리 다시 원점으로 돌아가보죠."

"내게 정확히 뭘 원하는 겁니까."

카알은 턱을 살짝 들고 나를 내려다보았다.

"서쪽."

"서쪽?"

"당신이 서쪽에 가주었으면 합니다."

몇 마디의 짧은 대화가 오고 가는 사이 나는 무언가 달라지고 있음을 느꼈다. 나를 잠식하고 있던 먹먹한 기운이 완전히 사라진 것 같다. 대신 어떤 힘이 느껴진다. 뭐든 할 수 있을 것 같은 출처 모를 힘.

"이안, 우리는 현재도 전염병과의 싸움을 계속해나가는 중입니다. 이건 인류의 존속 여부를 결정지을 만큼 치명적인 문제죠. 그런데, 아직까지도 상황의 심각성을 전혀 인지하지 못하는 미련한 자들이 있습니다. 그들이 바로 서쪽에 있죠."

미아가 내게 남겼던 말이 번뜩 생각났다. 그 애가 찾아오라고 했던 곳도 서쪽이다.

"날이 지날수록 그들은 근거 없는 믿음에 사로잡혀가고 있습니다. 얼마 전엔 검문소를 공격해 한 명의 사망자와 다섯 명의 부상자를 만들어냈죠. 그들은 이미 선을 넘었습니다."

그런 일이 있었던가. 타인을 공격하는 일은 도시 재건 이후 중단되었다고 생각했는데.

"그들이 원하는 게 뭡니까."

카알은 나의 빠른 반문에 아까와 같은 웃음을 살짝 내비쳤다.

"치료와 시민에 대한 보호를 중단하는 것. 그들이 우리에게 요구하는 것은 이것입니다."

"보호를 중단하라뇨."

터무니없는 소리다. 이제 겨우 이전의 삶에 한 발짝 가까워졌는데 말이다.

"그들 사이에 돌고 있는 음모론 때문이라고 알고 있습니다. 치료제가 사람을 해친다고 믿는 거죠. 그러면서도 이성적인 대화는 거부합니다. 근거가 없으니까요. 그것이 남은 인류마저 몰살시킬 수도 있는 위험한 행위라는 걸 모르는 겁니다. 해서, 우리는 검문소 사건을 기점으로 그들을 반란군이라 부르기로 결정했습니다."

이야기를 듣는 중 미아의, 그리고 시장에서 만났던 이들의 얼굴이 떠올랐다. 얼핏 그들의 대화에서 '검문소'라는 단어를 들었던 것 같기도 하다. 그럼, 그들이 다 반란군인 걸까.

"이제 말에 점점 힘과 속도가 붙는 것 같군요. 어때요, 생각하고 말하는 데 불편함이 있나요?"

"없습니다. 머리가 이상할 정도로 맑네요."

"다행이군요. 아마 시간이 지날수록 더 좋아질 겁니다."

기분 좋은 열기가 온몸에 계속해서 퍼져나가고 있었다. 활기. 그래, 활기가 느껴진다.

"다시 본론으로 돌아가죠. 문제는 그들이 바이러스를 지닌 채로 도시를 누비고 다닌다는 점입니다. 아니나 다를까 최근 들어 변이된 바이러스가 곳곳에서 검출되고 있습니다. 새로운 MMS가 언제 또 기승을 부릴지 모르는 일이죠. 아마 과거보다 더욱 참혹한 지경에 이르게 될 수도 있습니다."

"그들이 상황을 망치고 있다는 말이네요."

카알은 기다란 입술의 한쪽을 살짝 올리며 천천히 말을 꺼냈다.

"이안, 사명감을 가져본 적이 있습니까?"

"아뇨."

"중요하고 필요한 사람이 되는 기분을 느낀다는 건 매우 값진 일이죠."

"그런 걸…… 느껴야 하나요?"

"느낄 필요는 없습니다. 사실 부여받는 게 더 중요하죠."

카알은 테이블 한쪽에 작게 박혀 있던 검은색 유리에 손바닥을 가져다 댔다. 뒤이어 유리에서 작은 진동이 울리더니 테이블 한가운데 커다란 지도가 떠올랐다. 지도엔 파랗게 칠해진 3개의 구역과, 강 건너 빨간색 구역, 그리고 사이사이에 회색 구역들이 표시되어 있었다.

"이건 네오젠이 관리 중인 구역들을 나타낸 지도입니다."

그는 손으로 지도를 가리켰다. 손끝이 가리키는 곳에 수면 위처럼 물결이 일었다.

"파란색은 정기 접종이 꾸준히 이루어지고 있어 집단 면역이 형성되어가는 구간, 회색은 곧 개발에 들어갈 땅이죠. 그리고 붉게 칠해진 곳, 이곳에 반란 집단이 모여 살고 있습니다."

지도에 표시된 네오젠은 이미 땅의 상당 부분을 차지하고 있었다. 수도였던 윈스키를 중심으로 물줄기가 흐르는 비옥한 땅, 그리고 과거 자원 개발이 꾸준히 일어났던 지역까지 모두 점령한 상태였다. '도시'보다는 '나라'라 불리는 것이 더 어울릴 법한 모양새였다.

"거기에 센이라는 자가 있습니다."

"센?"

"정보에 따르면, 그들은 지금 개혁을 일으키겠다며 우리를 몰아낼 계획을 세우는 중이라 합니다. 실제 반란을 일으키겠다는 거죠. 그들을 진두지휘하는 게 바로 센입니다."

"개혁이라면 설마……."

"전쟁을 일으키겠다는 뜻으로 해석하고 있습니다."

전쟁이라는 말에 목덜미가 살짝 뻐근해졌다. 기껏 되찾아놓은 평화를 망칠 작정인가. 개운해졌던 머리에 묵직한 두통이 다시 일기 시작했다. 불쾌하다.

"우리는 당신이 그자를 찾아주길 바랍니다."

"잠깐만요. 그런데 왜 나죠? 이곳엔 이미 사람도 자원도 충분해 보이는데요."

그는 잠시 동안 아무 말 없이 나를 쳐다보았다.

"확인해보려는 겁니다. 당신이 진짜 현실을 누릴 자격이 있는지."

"자격이요?"

"인간의 감정이라고 하는 것이 어떻게 한 시대를 멸망에 밀어 넣는지, 당신도 이미 보지 않았습니까. 그 과오를 반복하지 않으려면 그만큼 강한 정신력이 필요하겠죠. 당신은 전쟁 이후 이곳에만 있어 몰랐겠지만, 세상에는 인류의 존속을 기원하는 이들이 아직 많이 남아 있습니다. 재앙을 이겨낼 만큼 강한 이들이죠. 당신이 오늘 보았던 것들은 그 단면일 뿐입니다."

"생존자들을 이곳에 다 모아두기라도 한 건가요?"

"일반적인 생존자는 아닙니다. 말했듯이, 특별한 이들만이 선별되죠."

"선별이라면……."

"정제된 이성과 정신력을 가진 자들. 감염으로부터 자유롭고, 안전성이 보장된 경우에만 이곳에 들어올 수 있습니다."

나는 속으로 입술을 잘근 깨물었다.

"우린 당신으로부터 '무기력'을 끊어냈고, 삶을 윤택하게 해줄 자원도 이미 가지고 있습니다. 상황이 좋죠. 이제 남은 건 당신이 알맞은 재목인지를 확인하는 것뿐입니다. 감정의 족쇄에 매여 이성적 판단을 하지 못하고 과오를 반복하려는 자들을 당신이 제대로 구분해낼 수 있는지 보려는 거죠. 만약 동참한다면, 위험 요소가 제거된 자들과 앞으로의 세상을 안전하게 누리게 될 겁니다. 풍요롭게."

그의 많은 말 중 '풍요'라는 단어가 유독 귀에 들어왔다. 오는 길에 보았던 낯선 장면들이 선명하게 떠오른다. 현실감 없이 느껴지던 그 모든 것들을, 정말 가질 수 있다는 말인가.

"센이라는 자를 찾기만 하면…… 되는 겁니까?"

"그렇습니다."

"그럼 찾아내고 난 다음은요."

"당신은 우리의 일원이 되고, 우리는 반란군을 저지할 수 있게 되겠죠."

그는 매우 간단한 일처럼 가볍게 이야기했다. 카알은 곧 고개를 살짝 기울이며 기묘한 얼굴로 나를 빤히 쳐다보았다.

"부디 그간의 몇 년 사이 궁핍함에 길들여지지 않았길 바랍니다."

그의 마지막 말에 속에서 울컥하고 열기가 치솟았다. 끼니를 해결하기도 힘들었던 수년간의 시간이 떠올랐다. 산송장처럼, 그저 목숨만 건진 채 연명해온 날들이었다.

"정말 찾기만 하면 된다는 거죠."

"찾아서 우리에게 알리기만 하면 됩니다. 설명은 이 정도면 충분하겠죠."

"네, 뭐. 어느 정도는."

"결정을 돕기 위해, 우선은 작은 것부터 보여주도록 하겠습니다."

카알은 검은색 유리 조각에 무언가를 다시 입력했다. 그의 손
놀림을 따라 테이블 위의 화면이 바뀌기 시작했다.

[C-00720 최이안. 26세.

MMS-02 자가 면역 보유자. 최초 접종일 2035년 10월 9일.

특수 치료 시작 일자 2035년 11월 27일.

접종 횟수 총 28회.

사회 보장 안전 시스템 등록 완료.

개인 지정 보급일 매월 5일……]

지도가 없어진 뒤의 화면에는 나에 대한 그동안의 기록과 매
달 받았던 치료('명목상'이라 밝혀진)의 결과, 그리고 본부에서 지
금까지 보급받은 내역 등이 상세히 기록되어 있었다.

[소속 변경.]

"앞에 보이는 원 안에 손을 대보시죠."

그는 손을 뻗어 점잖게 한쪽을 가리켰다. 그의 말에 따라 검은
색 원 안에 손을 올려놓자 화면 위에 작게 파동이 일었다. 잠시
후 검은색 원이 흰색으로 깜빡이며 손목에 찬 플레브스에 진동
이 일기 시작했다.

[소속 변경 확인 요청 중.]

한동안 진동이 계속되었다. 카알은 기다란 손가락을 계속 움직여댔다.

"곧 끝날 겁니다."

플레브스의 화면이 정신없이 바뀌기 시작했다. 손 밑의 원에서는 가느다란 선이 손바닥 전체를 훑으며 지나다녔고, 이따금 손바닥 한가운데로 찌릿하며 무언가 파고드는 느낌이 들었다.

"이게 뭔가요."

"필요한 절차입니다."

손바닥에 느껴지던 미세한 통증이 사라지자 진동이 점차 줄어들기 시작했다. 검은색 원도 더 이상 깜빡거리지 않았다. 플레브스는 뒤이어 짧은 알림 소리와 함께 화면에 '사용을 중단합니다'라는 문구를 보여준 뒤 순식간에 작동을 멈추었다.

[소속 변경 완료.]

"이제 손을 떼도 됩니다."

안내 문구와 함께 스크린 위에 떠 있던 내 사진 한가운데에 파란색 독수리 문양이 진하게 새겨졌다.

"앞으로는 더 이상 플레브스가 필요하지 않을 겁니다."

카알은 눈짓으로 손목을 가리키며 밴드를 풀기를 권유했다.

"뭐가 어떻게 된 거죠?"

"파트리키 안을 자유롭게 드나들 수 있는 권한을 준 겁니다. 많은 말보단 한 번의 경험이 더 나은 법이니."

나는 한 손으로 플레브스를 풀며 눈으로는 그를 계속 유심히 살폈다.

"우선은 본부 안에 임시 거처를 마련해놓았으니 그곳에서 안정을 취한 뒤 서쪽에 다녀오면 됩니다. 일을 마치고 돌아오면 그땐 더 나은 거주지를 제공하도록 하죠. 뭐, 지금 받게 될 집도 나쁘진 않을 테지만."

"집이요?"

"작은 선물입니다. 문제가 되나요?"

그의 무덤덤한 말투가 한층 더 건조하게 느껴졌다.

"플레브스…… 없이 이동을 어떻게 하죠."

"그건 안전이 확인된 사람에게는 불필요한 물건이죠. 이제는 오른쪽 손바닥을 가져다 대는 걸로 충분할 겁니다."

카알은 자신의 빈 손목을 들어 올려 보이며 말했다.

"그럼 당신도, 면역을 가지고 있었나요?"

나는 문득 궁금해졌다. 그도 나와 같은 종류의 인간일까.

"그렇다고 볼 수 있죠."

별로 중요하지 않은 일이라는 듯이, 그는 무심하게 짧은 대답만을 남기고 자리에서 일어났다.

"자, 그럼 새로운 거처로 가서 나머지 준비를 마쳐보도록 하죠. 안내는 애덤이 도와줄 겁니다."

그가 손을 뻗어 가리키는 쪽으로 저 멀리 문 앞에 반달눈의 안내자가 와 있는 것이 보였다.

"필요한 모든 건 방에 도착하면 자연스럽게 알게 될 테니 염려 마시죠. 아 그리고, 아마 한동안은 시간이 지날수록 약물의 효과가 더 활발해질 겁니다."

그는 주사를 놨던 자리를 가리키며 말했다.

"그러니 너무 놀라지 않았으면 좋겠군요. 그럼, 건투를 빕니다."

카알은 간결하게 말을 마치고 내게서 시선을 거두었다. 그의 단호한 행동이 대화가 끝났음을 말해주었다. 나는 그저 한동안 물끄러미 바라보다 그가 가리킨 방향을 향해 몸을 돌렸다.

또다시 문 앞에 서 있던 안내자와 눈이 마주쳤다. 그(그녀)는 내가 출입구에 도달할 때까지 시선을 떼지 않을 참인 것 같았다. 홀의 중앙에서 문까지 향하는 길이 유독 길게 느껴졌다. 문 앞에 거의 도달할 즈음 슬쩍 고개를 돌려 내가 서 있던 자리를 바라보았다. 그곳엔 텅 빈 테이블만 보일 뿐, 아무도 없었다.

2029년 7월 2일 월요일, 상가 건물 옥상.

"맛없다."

"그러게, 맛이 없네."

한여름의 태양이 오전부터 지면을 뜨겁게 달구었다. 땅 위는 폐허가 되었지만 하늘의 사정은 그와는 별개로 평온했다. 막힘 없이 탁 트인 건물의 옥상. 그 한가운데에서 미아와 그 아버지, 그리고 이안이 볕을 그대로 받아 쬐며 음식을 먹는 중이었다. 그들과 조금 떨어진 곳 옥상 난간 위에는 도스가 빨랫감처럼 건물 바깥 쪽으로 머리를 늘어뜨린 채 걸쳐져 있었다. 의식은 없었다.

"생긴 건 그래도 맛은 있을 줄 알았는데. 얘는 사람한테는 여러모로 쓸모가 없는 애였네."

미아는 짐승의 맛이 영 맘에 들지 않는지 내내 구시렁거렸다. 옆에 있는 아버지의 표정도 썩 좋진 않았다. 맛이 없다면서도 두 사람은 쩝쩝거리며 남은 고기를 열심히 씹어 삼켰다. 이안은 조용히 먹기만 할 뿐, 별 반응이 없었다.

햇볕은 정오에 가까워질수록 점점 더 뜨거워져 그들의 정수리를 달궜다. 옥상 한쪽 귀퉁이에 버려둔 짐승의 내장과 가죽, 발, 머리 주변엔 어느새 벌레가 꼬여 악취가 났다. 쭉 찢어진 그것의 주둥이 때문에 댕강 잘린 짐승의 머리가 반으로 쩍 갈라져 있는 것처럼 보였다.

남자는 얼마 남지 않은 고기를 우적우적 씹으며 이안을 살폈다. 아이는 도통 알 수 없는 표정으로 입만 아래위로 움직이고 있었다.

"맛없지?"

남자의 물음에 이안은 눈동자만 살짝 굴려 눈을 맞춘 뒤 고개를 끄덕였다. 남자는 그 모습이 우스운지 피식하고 웃었다.

"넌 몇 살이냐, 얼핏 우리 딸이랑 또래로 보이는데."

"열일곱이요."

"어, 나랑 같네."

와중에 동갑내기를 만난 것이 반가운지 미아가 화색을 띠었다. 입 주위엔 새카맣게 탄 고기 부스러기가 묻어 있었다.

"이야, 그것참 반갑고 좋네. 그나저나 아저씨가 아까부터 궁금한 게 있었는데, 물어봐도 되려나 모르겠네."

"아빠는 또 무슨 이상한 소릴 하려고. 뭔데 그래."

이안이 대답하기도 전에 미아가 먼저 나서서 조바심을 내었다.

"넌 대체 어딜 보고 있는 거냐?"

이안은 여전히 두 눈만 끔뻑였다. 적당한 대답을 생각해내지 못한 것 같기도 했다. 남자의 목소리에는 웃음기와 장난이 슬쩍 배어 있었다.

"아저씨 보고 있는데요……."

"아냐. 너 지금 딴 데 보고 있어."

남자는 이안의 양쪽 턱을 덥석 붙잡고서 요리조리 돌려가며 얼굴을 관찰하기 시작했다. 그 모습을 미아는 옆에서 한심하다는 듯이 쳐다보고 있었다. 한두 번 있는 일이 아니었다.

"그만 좀 해. 자꾸 그렇게 엉뚱한 소릴 하니까 병원에서도 쫓겨난 거 아냐."

미아는 아버지의 그런 행동이 마음에 들지 않았다. 겉으로만 잘나가는 의사였지, 괴짜에 순 엉터리처럼 보일 때가 더 많았다. 전쟁 직전 누명을 쓰고 의사 자격까지 잃었을 때도 사실 크게 놀라진 않았다. 아버지는 항상 어딘가 이상하고 손이 많이 가는 존재였다. 미아는 처음엔 눈썹을 찌푸리더니, 시간이 지날수록 입 주변까지 일그러뜨리고 못마땅함을 내비쳤다. 남자는 아랑곳하지 않고 하던 일을 계속했다.

"이 아빠가 보통 예리한 감을 가진 게 아니에요. 얜 눈을 마주치는 척만 하지 분명 딴 델 본다니까."

남자의 손 위에서 이안의 고개가 힘없이 이리저리 휘둘렸다. 이안이 얌전히 남자의 손길에 당하고만 있자, 미아는 안되겠다 싶었는지 제 아버지의 등을 짜악 하고 세게 때렸다. 남자가 '억' 소리를 내며 이안의 얼굴에서 손을 떼었다. 이안은 내심 턱이 아팠는지 조용히 제 얼굴을 매만졌다.

"불편해하잖아. 하지 마, 좀."

한쪽에서는 도스가 움찔거리며 깨어나는 중이었다. 뒷덜미는 어느새 빨갛게 익어가고, 머리맡 쪽에서는 앓는 소리가 작게 터 져 나왔다. 난간에 눌려 접혀 있는 배를 보니 충분히 그럴 만도 했다. 몸이 말을 듣지 않는지, 도스는 허공에 대고 쥐가 난 두 팔 을 허우적거렸다.

"어어, 저것 봐라."

남자는 도스가 난간 아래로 점점 흘러내리는 것을 발견했다. 그는 순식간에 몸을 일으켜 도스가 매달린 쪽을 향해 달려갔다.

난간에 걸쳐 있던 도스의 몸이 명치 아래께로 미끄러지면서 떨어지려는 찰나, 남자는 짐승의 덜미를 잡듯 아이의 허리춤을 쭉 끌어올렸다. 조금만 늦었으면 머리부터 건물 아래로 곤두박 질을 쳤을 것이다.

"잡았다 요놈."

"아파······."

겨우 눈을 뜬 도스는 지금 여기가 어디이며, 누구의 목소리가 들려오는 것인지조차 제대로 알지 못했다. 오래 거꾸로 매달려 있던 탓인지 얼굴 쪽으로 피가 쏠려 있었고, 눈에서는 눈물이 줄 줄 흘렀다. 도스는 남자의 손에 대롱대롱 매달린 채 작은 목소리 로 고통을 호소했다.

"어이구, 이거 얼굴이 말이 아니네."

남자는 시멘트 바닥 위에 인사불성인 아이를 뉘어놓은 뒤 찬 찬히 상태를 살펴보았다.

"밤새 발광하고 그 난동을 피우더니, 이제는 또 우는구나. 병도 참 지랄맞지."

"욕하지 말라니까 아빠."

"넌 잔소리 그만하라니까."

미아는 아버지 곁으로 다가와 간섭을 하기 시작했다. 도스의 망가진 몰골을 보고도 별로 놀라지 않는 걸 보니 이미 어떤 상태인지 잘 알고 있는 듯했다. 도스는 희끄무레한 눈으로 머리맡의 두 사람을 쳐다보았다. 눈물이 멈추지 않는 두 눈에는 혼란과 불안이 가득했다.

"아빠."

"응."

미아는 살짝 풀이 죽은 목소리로 아버지에게 말을 건넸다.

"얘 괜찮을까?"

"모르지. 살 놈은 살아."

그 바이러스는 정확한 명칭이 정해지기도 전에 빠른 속도로 온 세상을 망가뜨리고 말았다. 종말이 오려면 핵이나 기후변화, 아니면 차라리 드라마에서 보던 좀비라도 나와줘야 더 그럴듯했을 것 같은데. 우습게도 전 세계를 집어삼킨 건 고작 인간의 '감정'이었다.

희로애락이라는 보편적인 감정들이 이성의 통제를 벗어나 폭주하기 시작하자, 인간은 인간으로서의 기능을 제대로 수행하지 못하게 되었다. 인간이 가진 '인격'이라는 고차원적 가치는, 어느 날 갑자기 '감정'이라는 시시껄렁한 대상에게 무차별적으로 점령당해 그 주도권을 빼앗기고 말았다. 도스 역시, 그렇게 서서히 잡아먹혀가는 중이었다.

미아는 측은한 눈으로 도스를 바라보았다. 남자의 표정도 그리 편안해 보이진 않았다.

"아파요……."

"그래, 아플 만하지."

"누구세요……."

"포먼. 너 구해준 사람."

도스의 얼굴은 식은땀과 열, 그리고 눈물로 범벅이 되어갔다. 퉁퉁 부어 있는 두 눈은 울음 그치는 법을 잊어버린 것처럼 연신 물기를 쏟아냈다. 그 울음엔 아무런 이유도 없어 보였다.

"견뎌. 그대로 잡아먹히면 안 된다."

"아파요……."

"안다니까."

"누구야 당신……."

"포. 먼. 그만 좀 물어봐."

남자는 온전하지 못한 상태의 도스와 계속해서 대화를 이어나갔다. 퉁명스럽게 대답하면서도 그의 한쪽 손은 여전히 아이를 달래주고 있었다.

도스의 흐느낌은 점점 더 커졌다. 하염없이 눈물만 흘리던 아이는 이제 그르렁거리며 악에 받친 슬픔을 드러냈다. 고작 열일곱 살. 그 안에 무슨 슬픔이 있었기에 그리도 계속 터져 나오는지는 누구도 알 수 없었다. 원래 있었던 것인지, 그 순간 만들어진 것인지, 아니면 사람이 본래 그런 것인지. 그 감정은 도스를 집어삼킬 듯 말 듯 그 애의 인격과 줄다리기를 하고 있었다.

"짐승……."

세 사람을 바라보고 있던 이안이 작은 목소리로 중얼거렸다.

"응? 방금 뭐라고 했어?"

미아는 잘도 그 소리를 듣고 이안에게 되물었다. 정확히 무슨 말인지는 알아듣지 못한 것 같았다. 이안은 대답하지 않았다.

"잘못 들었나? 무슨 말 하지 않았어?"

"무슨 말이든 했나 보지 뭘 그래. 가서 애 머리에 받쳐줄 만한 게 있나 찾아봐줘." 포먼이 말했다.

"분명 뭐라고 했는데……."

이안은 다시 아무렇지 않게 도스에게로 시선을 옮겼다. 새빨개진 몸과 부자연스러운 버둥거림, 일그러진 얼굴과 괴이한 울음소리. 그것은 원래 알던 도스의 모습과는 거리가 좀 멀어 보였다.

이안은 공허한 눈으로 도스의 모습을 머리끝부터 발끝까지 조각조각 상세히 읽으며 관찰했다. 미아는 자루 속을 뒤지면서도 힐끔힐끔 이안을 쳐다보았다. 차분히 앉아 있는 그 애의 주변 공기가 이상하게도 지금의 뜨거운 기온과 상관없이 냉랭할 것처럼 느껴졌다.

순간, 이안의 굳게 다문 입술 위로 작고 미세한 웃음이 스치듯 지나가는 것이 보였다. 태어나 처음 보는, 이상한 미소였다.

###

안내자와의 말 없는 동행은 여전히 조용했다. 그(그녀)와 왔던 길을 거슬러 파트리키로 돌아가는 동안 주변의 것들을 좀 더 유심히 살펴볼 수 있었다. 과거의, 아니 어쩌면 과거보다 더 훌륭할지도 모르는 내부 시설, 보안이 철저한 통로, 쾌적한 공기, 그럴싸한 향기를 풍기는 수많은 사람들. 그리고, 그들의 손목. 묶여 있을 때는 몰랐지만, 이제 보니 곳곳에 플레브스를 찬 손목들이 이전과는 다르게 무겁고 답답해 보였다.

애덤이라고 불리던 내 옆의 이 사람은 이리저리 손짓해가며 길을 안내하는 것이 평생의 의무인 것처럼 행동했다. 안내자가 어떤 인물이건 나와는 별 상관 없었지만, 아무런 궁금증을 갖지 않기에는 같이 걷는 길이 너무 길고 적막했다. 그(그녀)의 조용한 걸음은 강박에 빠지기라도 한 듯 유난히 일정하고 튀는 데가 없었다.

빠르게 회전하는 머릿속 생각들과, 온몸을 감싸도는 따뜻한 혈류, 그리고 시원하게 들이마실 수 있는 맑은 공기는 지금 눈에 보이는 그 어떤 것보다도 경이로운 것이었다. 얼굴의 미세한 근육 하나하나에도 힘이 들어가고 나가는 것이 느껴졌다. 나는 조용히 내 옆의 안내자와 같은 반달눈을 지어보려 눈 주위 근육에 힘을 주어보았다. 쉽지는 않았다.

"뭐야. 그새 나비*가 되셨네."

마지막 승강장에서 벗어나 파트리키 건물로 막 들어서려던 참이었다. 뒤에서 들려온 목소리에 안내자의 안정적이던 발걸음이 순간 멈칫하고 가던 길을 멈추었다.

"어이. 아, 이제 선생이라 불러야 하나. 얼굴에서 때는 좀 벗겨내야 할 것 같은데. 안 그래 애덤?"

향이 없는 남자. 진한 보라색 셔츠를 입은 그 사내는 아까처럼 아무런 예고 없이 다가와 불쑥 말을 건넸다. 대체 이 남자는 아까부터 왜 승강장 주위에서만 맴돌고 있는 걸까.

그는 익숙하게 그(그녀)의 어깨에 긴 팔을 걸치고 아까와 비슷한 표정으로 나를 내려다보았다. 존중도, 비웃음도 아닌 이상한 표정. 저런 얼굴로 내게 선생, 선생이라. 몇 차례 코로 숨을 들이쉬어도 전혀 느껴지지 않는 감각, 그의 무취, 무향의 괴이한 기운이 신경을 거스르게 만들었다.

"나한테 무슨 볼일이 있습니까?"

"없지."

"그럼 그 안내자에게 용건이 있습니까?"

---

* nabi. 예언자를 뜻하는 히브리어.

"뭐? 누구?"

그는 눈썹을 비뚤게 들어 올리며 불만을 표했다. 말 같지도 않은 소리를 듣는다는 얼굴이다.

"뭐야, 이거 말하는 거야?"

그는 안내자의 정수리 부분에 손가락을 가져다 대었다. 그러곤 그(그녀)를 향해 '이거'라 지칭하며 기이한 표정을 지었다.

"'그거' 아니고 그 '사람' 말하는 겁니다."

"하—"

기가 막히다는 듯이 그의 동굴 같은 입에서 또 한 번 한숨이 터져 나왔다. 저 얼굴과 그(그녀)의 머리를 찍어 누르고 있는 손가락을 보고 있으니 속이 조금씩 메스꺼워지는 것 같다.

"새로 온 나비는 좀 더 똑똑할 줄 알았는데. 별로네."

남자는 나를 위아래로 훑어보았다. 느리고 노골적인 눈. 그의 시선이 닿는 곳마다 몸 구석구석이 간지럽고 따끔거리기 시작했다. 역겹다.

"기억을 못 하나 본데 내 이름은 이안입니다. 나비가 아니라. 아까도 분명 이야기했을 텐데요."

남자의 얼굴이 미묘하게 일그러졌다. 저건 화일까. 아니, 불쾌함인가. 아니, 그보다 좀 더 복합적이고 신경을 거스르는 기분을 일컫는 표현이 필요하다.

"어떻게 생각해, 애덤. 나비 옷을 입어놓고 자기가 나비가 아니라는데, 그런데도 내가 선생이라고 불러야 할까?"

애덤의 정수리 위에 얹혀 있던 남자의 손은 이내 그(그녀)의 턱을 쥐어 잡고 흔들기 시작했다. 안내자의 불그스름했던 얼굴이 순식간에 창백하게 변했다.

"그만하시죠."

그는 그(그녀)의 턱을 더 세게 쥐었다. 안내자는 저항할 방법을 모르는 사람처럼 그 모든 하찮은 대우를 감내하고 있었다. 벌어진 입에서는 짧은 탄식도 새어 나오지 않았다. 그 반달눈은 여전했다. 벌겋게 일그러진 턱에 손 한번 가져다 대 막지도 못한 채 말이다.

"그만하시죠."

"애덤. 카알이 아무래도 일을 제대로 안 하나 봐. 응? 애덤, 말을 해봐."

남자는 갑자기 그(그녀)의 목을 한 손에 움켜쥐었다. 안내자의 얼굴이 순식간에 붉게 변했다. 뒤이어 그(그녀)의 발이 점점 땅에서 떨어져 들려 올라가기 시작했다.

쿵.

가슴속에서 묵직한 울림이 일었다. 축 늘어진 그(그녀)의 몸. 그 몸을 지탱하는 저 보잘것없이 얄팍한 안내자의 목을 바라볼수록 그것은 반복해서 둔탁한 소리를 냈다.

'이안.'

안내자는 희미하게 눈을 떠 나를 바라보았다. 끔뻑이는 눈꺼풀 밑으로 희끄무레한 눈동자가 초점을 맞추려 애를 쓰고 있었다.

'이안.'

머리가 다시 아파온다. 무겁고 지끈한 압박이 뇌를 쥐어짠다.

머릿속 모든 것들이 수축과 이완을 반복하며 눈알을 빨아들이는 느낌. 이대로 무기력의 수면 아래로 다시 가라앉기라도 하는 건 아닐까.

쿵.

쿵.

쿵.

조명이 꺼졌다 켜진 것처럼, 아주 짧은 순간의 암전을 뒤로 시릴 듯이 밝은 빛이 쏟아져 들어왔다. 강한 빛에 눈을 제대로 뜨기가 힘들어 앞에 펼쳐진 장면을 제대로 인지하기까지는 시간이 걸렸다. 그리고, 내 손에 쥐어져 있는 이것이 무엇인지도.

'어⋯⋯?'

내 양손을 뜨겁게 달구고 있던 것은 방금 전 그 남자의 목이었다. 뭐가 어떻게 된 일인지 남자는 내 밑에 누워 내 손에 목을 붙들린 채 시뻘게진 눈으로 나를 노려보고 있었다. 그의 벌어진 입에서는 뜨거운 증기가 끅끅거리는 소리와 함께 쏟아져 나왔다.

고개를 들어보니 주변엔 어느새 모여든 사람들로 가득했다. 승객들은 수군거리며 나를 향해 손가락질했고, 다른 한쪽에서는 플레브스를 찬 대여섯 명의 무리가 이쪽으로 몰려오는 중이었다. 언제부터인지 애덤은 멀쩡한 얼굴로 내 곁에 서 있었다. 그(그녀)는 아무 일도 없었다는 듯 한쪽 손으로 가야 할 방향을 가리켰다.

나는 손에서 힘을 풀고 자리에서 일어섰다. 꿈인지 현실인지 모를 몽롱한 기운이 가시질 않았다. 신기하게도 좀 전의 두통과 머릿속의 불쾌한 통증들은 깨끗하게 사라졌다.

돌아보니 플레브스를 찬 무리가 보라색 셔츠를 입은 그 남자를 들것에 실어 옮기고 있었다. 쓰러진 남자의 목에는 벌겋게 새겨진 손자국이 남아 있었다.

미처 정리되지 않은 기억을 하나하나 되짚으며 나는 다시 안내자의 걸음을 뒤쫓았다. 그 짧은 순간에 꿈이라도 꾼 것일까. 기억을 아무리 되짚어봐도 도무지 그 직전의 장면이 떠오르질 않았다.

암전. 기억나는 건 오직 암전뿐이었다.

규칙적인 애덤의 발소리에 맞춰 숨을 다시 길게 내쉬었다. 심장박동이 조용히, 낮게, 천천히 안정을 찾아가는 것이 느껴졌다.

여섯 개의 검은 문과 두 개의 계단, 그리고 세 개의 통로를 지나 또다시 엘리베이터에 몸을 실었다. 부드럽게 승강기가 상승했고, 잠시 후 주홍빛 햇살이 안으로 쏟아져 들어왔다. 유리 벽 너머의 세상에서는, 어느새 해가 저물고 있었다.

<14층입니다.>

엘리베이터의 문이 열리고, 안내자는 한 발짝 먼저 내려 또다시 한쪽을 향해 손을 내밀었다.

[나비의 문]

통로의 입구에는 '나비의 문'이라는 이름이 크게 새겨져 있었다. 거창하게 꾸며진 입구와는 달리 그 안쪽에는 밋밋한 천장과 바닥, 투명한 유리창이 지속되는 곧은 길뿐이었다. 하지만 들이치는 햇살의 온도와 그 은근한 냄새는 꽤나 근사했다. 오염되지 않은, 볕에 달구어진 공기의 냄새.

"여기입니까?"

햇살이 쏟아지는 길을 따라 몇 개의 문을 지나던 그(그녀)는 속도를 줄여 어느 문 앞에 멈춰 섰다. 1406호. 애덤은 문 옆의 리더기에 손바닥을 갖다 대는 시늉을 했다. 가까이 가져다 대기만 했을 뿐인데도 그(그녀)의 플레브스에서 경고음이 살짝 울렸다. 애덤은 황급히 손목을 내려 마주 잡았다.

나는 그(그녀)가 보여준 대로 손을 갖다 대었다. 기계 표면의 차가운 감촉이 그대로 손바닥에 전해졌다.

[찰칵—]

문을 열자 새하얀 천장과 바닥에 반사된 빛, 열린 창문을 통해 들어오는 쾌청한 바람이 포근한 냄새와 함께 밀려왔다. 기존에 지내던 아파트와는 비교가 안 될 정도의 널찍한 방이었다. 벽 전체를 차지한 창문, 잘 세탁된 이불과 침대, 그리고 가지런히 걸린 여러 벌의 정장. 줄 세워져 있는 정장에는 내 어깨 위에 얹어진 것과 같은 견장이 부착되어 있었다.

'나비 옷을 입어놓고 지가 나비가 아니라는데.'

아까 전 남자가 나를 나비라 부르며 했던 말이 떠올랐다. 이 견장을 보고 한 말이었나. 문득 뒤에서 아무런 인기척이 느껴지지 않아 돌아보니 안내자는 사라지고 없었다.

"가버렸네."

내 것이라 여기기엔 너무 좋고 깨끗한 집. 오른손을 뻗어 가장 가까운 곳에 세워져 있는 장식장을, 이어 한 걸음씩 옮겨가며 곳곳에 배치된 가구와 전자 기기들을 만져보았다. 매끄럽고 부드러운, 티끌 하나 없이 섬세하게 가공된 단면. 스치기만 해도 여기저기 가시가 박혀 상처를 입던 바깥의 물건과는 차원이 다른 것들이었다.

[자화상]

깨끗한 벽과 가구들 사이, 유일하게 시커먼 빛깔을 띠고 있는 커다란 액자가 눈에 들어왔다. 마치 미술관의 작품처럼 전시된 검은 그림 옆에는 음각으로 '자화상'이라고 작게 이름이 쓰여 있었다. 표면엔 붓으로 수십수백 번을 덧칠한 것처럼 미세한 결들이 빼곡했다.

'자화상……'

검은 그것을 가만히 보고 있으니 왠지 모르게 마음이 차분해졌다. 어떤 소리도 들리지 않는 편안한 고요. 나는 힘을 빼고 깊은숨을 몇 차례 들이마셨다. 마치 잠과 같은 숨이다.

그것은 이상한 그림이었다. 선도, 형태도 없이 은색의 예리한

액자에 둘러싸여, 앞에 서 있는 이에게 무언가 말을 거는 듯 오묘한 기운을 풍겼다. 무심결에 손을 뻗어 그림의 한가운데 손바닥을 가져다 대었다. 거칠고 단단한 아니, 생각보다 훨씬 날카로운 질감이 손바닥 구석구석 빠르게 전해졌다. 그러더니 그림의 표면 온도가 순식간에 높아지며 손 주변이 일렁거리기 시작했다.

예상치 못한 현상에 급히 손을 떼보려 했지만 어찌 된 일인지 손바닥이 고정되어 움직일 수가 없었다. 마치 눈앞의 기묘한 일렁거림에 포박이라도 당한 것처럼 말이다.

<대화를 원하시면 '연결'이라고 말씀해주십시오.>

기묘한 현상은 거기서 끝나지 않았다. 잠시 후 그림의 정중앙에 마치 누가 붓으로 그리기라도 하듯 하나둘 글자가 새겨졌다. 문장이 완성되자, 표면은 곧 유리와 같이 매끈하게 바뀌어갔다.

"연결."

그림 전체의 표면이 한 번 더 움직이기 시작했다. 손가락 사이사이 흐르는 정체 모를 물질은 움직일 땐 모래 알갱이처럼 곱고 유연해졌다가, 움직임이 멎는 순간 다시 거칠고 단단한 돌의 표면처럼 굳어지길 반복했다. 그것은 마치 살아 있는 생물처럼 흐르기도 하고 멈추기도 하다, 조금 지나 자연스레 표면에서 손을 분리시켜주었다. '자화상'은 어느새 일렁거림을 멈추고 새로운 문장을 보여주었다.

<목소리만으로 대화하시겠습니까? 혹은 시선을 맞추며 대화하시겠습니까? '목소리' 혹은 '시선'으로 대답해주십시오.>

"목소리."

또다시 소리 없는 물결이 일었다. 휘몰아치는 그것을 계속 보고 있으니 그 속으로 빠져들 것 같은 기분이 온몸을 지배했다. 싫지 않은 느낌이다.

"안녕하세요."

예고한 대로 그것은 곧 자신의 목소리를 들려주었다.

"무엇에 대한 답을 원하시나요. 여기서 기다리고 있겠습니다."

사람과 닮았지만 사람의 것은 아닌 이질적인 음성. 자화상은 정중하게 대화의 시작을 알렸다. 나는 잠시 앞에서 들려오는 목소리의 여운을 곱씹어보았다. 눈에 보이는 건 미끈하고 어두운 단면이 전부였다.

"넌, 뭐지?"

"당신에게 답을 주는 존재입니다."

존재. 너에게도 존재란 말을 사용할 수 있는 거구나.

"이름이 뭐야. 이름 갖고 있어?"

"애덤. 저는 애덤입니다."

우스운 일이었다. 사람도 아닌 것이 꼭 사람처럼 말을 하고, 하다못해 스스로를 불러달라며 이름을 말한다. 하필 이름은 왜 애덤인지.

"사명을 수행하기 위해선 저와의 대화를 통해 정보를 얻으셔야 합니다. 나비."

그것의 언변은 제법 유창했다. 하지만 대답을 하면서도 독백을 하는 듯한 느낌을 지우기 어려웠다.

"내가 왜 나비지?"

"저는 나비에게만 응답하기 때문이죠."

"나비가……."

"네. 나비가 뭔지 궁금하시군요."

자화상은 대화의 맥락을 능숙하게 파악하고 주도했다.

"나비는 네오젠의 입이 되어 그 뜻을 전하는 자들을 일컫는 말입니다. 네오젠이 나비에게 사명을 부여한다면, 애덤은 나비가 바른길로 가는 것을 돕죠."

"나 같은 사람들이…… 더 있어?"

"네. 나비와 애덤들 모두 네오젠이 유지되기 위해 꼭 필요한 존재들입니다."

애덤'들'이라니. 그럼 애덤이란 이름도 한 사람의 것이 아니란 얘기인가.

"잠깐만, 설명을 들어야겠어."

"무엇에 대한 답을 원하시나요."

"전부. 지금 여기, 이곳에서 일어나는 일과 내가 뭘 알아야 하는지, 다."

문득 내가 아는 것보다 모르는 것이 더 많다는 사실에 심기가 불편해졌다. 밖에서 첨탑을 바라보며 살아온 지난 몇 년간의 생활은, 알고 보니 퍼즐의 단 한 조각일 뿐이었다. 나는 왜 지금껏 이 안에 뭐가 있는지 궁금해하지 않았을까.

"순서대로 답을 드리죠. 먼저 이곳 파트리키에는 3계급이 존재합니다. 파트리키, 예언자인 나비, 그리고 이들을 돕는 애덤입니다. 그들만이 이곳에 출입할 수 있죠."

"말 못 하는 반달눈의 애덤을 본 적은 있어."

"애덤은 한 명이 아닙니다. 이곳에 있지만 손목의 표식을 여전히 가지고 있는 모든 이들이죠. 저를 포함해서요."

자화상은 대답과 동시에 검은 면 위로 파란빛을 은근히 드러냈다.

"자유를 얻으신 겁니다."

내가 손목을 물끄러미 바라보니, 자화상이 말을 건넸다.

"보여?"

"네. 보이고, 느껴집니다."

"뭐가 느껴지는데?"

"특권을 얻은 자의 힘이요. 특권자들에게는 표식이 필요 없죠."

특권이라니. 그래, 남몰래 누리는 풍요는 특권이라 불릴 만하지.

"나비인 당신은 삶을 선택할 특권, 방향을 제시할 특권, 또한 시작할 특권을 가지셨죠."

"그럴듯하네."

"네오젠의 특권은 총 8가지입니다. 시작, 선택, 제시, 소유, 지명, 번성, 군림, 종결. 그중 애덤은 오직 하나, '선택'만을 가지죠. 반면 파트리키는 총 7개를 갖습니다. 하지만 가장 중요한 한 가지를 포함한 8개 전부는 파트리키 총사령관에게만 허락됩니다."

"중요한 한 가지?"

"종결. 끝낼 수 있는 특권입니다."

'끝……?'

"모든 일의 끝을 지정할 수 있죠. 그들 스스로가 곧 '시작'이자 '마지막'일 수 있습니다."

자화상이 열거한 말들은 그 뒤에 붙은 특권이라는 단어만 빼면 아주 흔하고 평범한 것이었다. 대체 그런 게 언제부터 특별해졌는지, 왜 어느 누구에게 지정되어 있는지 납득하긴 어려운 일이었다.

"이 건물 안에서만 통용되는 놀이, 뭐 그런 것 같네."

그것은 갑자기 말문을 닫고 잠시 동안 정적을 유지했다. 연결이 끊어지거나 자리를 이탈한 것 같지는 않았다. 모르긴 몰라도 지금 여기엔 분명 어딘가 자화상의 기척이 남아 있었다.

"왜 대답이 없어?"

"유감스럽습니다."

"무슨 말이야."

"아직 깨닫지 못하셨다는 게 안타깝네요."

"알아듣게 얘기해."

"그럼, 시선을 맞추고 대화하시겠어요?"

"뭐?"

"더 높은 단계의 교감을 통해 정확한 의미를 전달해드리고자 함이죠."

그것은 처음 내게 언급했던 두 가지 중 나머지 하나였다. 목소리와 시선. 그게 뭔지 확인해서 나쁠 건 없었다.

"좋을 대로 해."

곧 그림의 중앙에 물방울 같은 무언가가 가로지르듯 떨어져 물결이 일었다. 지금껏 알고 있던 공간과 중력의 개념과는 전혀 다른 움직임이었다. 이내 물방울은 수십수백 개가 되어 폭우처럼 그림 전체를 두들기기 시작했다. 아득한 광경이다.

'이안.'

물줄기는 곧 하나의 물웅덩이를 이루며 얼룩처럼 번졌고, 뒤이어 몇 가지의 색이 나타났다. 시린 하얀색, 서슬 퍼런 검은색, 희미한 붉은색. 그것은 빠른 속도로 누군가를 그려나갔다. 긴 머리칼, 창백한 얼굴, 홍조와 핏빛 입술, 그리고 그림자를 집어삼킨 듯 시커먼 눈동자까지.

'이안.'

자화상에 그려진 얼굴은 단순하고 전혀 현실적이지 않았지만, 그 위에 찍힌 두 눈에서는 살아 있는 이의 것처럼 분명한 힘이 느껴졌다. 다리가 굳어버리기라도 했는지 나는 그 자리에서 한 걸음도 움직일 수 없었다. 내 앞의 검은 두 눈빛에 사로잡힌 한 마리 짐승처럼, 혹은 모든 권한을 상실당하기라도 한 것처럼.

'이안.'

그것은, 절대 잊을 수 없는 누군가의 눈이었다.

적막하고 깊은, 나의 고향과도 같은 어둠.

그리고 그 중심에서 늘 나를 바라보던 ……

나의 주인,

내 어머니의 눈.

2026년 8월 11일 화요일, 어린 이안의 집.

비가 내리는 오후. 이안은 열린 창문 앞에서 창틀에 튀는 빗방울을 맞으며 가만히 서 있었다. 이안의 집이 바로 보이는 건너편 길 위에는 또래 아이 세 명이 창가에 서 있는 이안을 힐끔거리며 자기들끼리 수군거리는 중이었다. 같은 학교, 같은 반. 서로 알고는 있지만 이안에게 섣불리 말 한마디 붙이지 못하는 아이들이었다. 5학년 아이들 사이에서는 이안에게 말을 거는 것이 일종의 담력 테스트처럼 여겨지곤 했다.

"이안. 거기 서 있지 말고 이리 오렴."

"네."

집 안의 공기는 늘 그렇듯 적당히 차가웠고, 거실 의자에 앉아 있는 이안의 어머니 근처에서는 그녀의 체취가 섞인 무거운 머스크 향이 맴돌고 있었다.

"얼굴에 빗물이 다 묻었잖니."

그녀는 아들의 하얀 얼굴에 튄 빗방울들을 섬세한 손길로 하나하나 닦아주었다.

"학교에서 전화가 왔던데. 안나라는 아이가 수업 중 뛰쳐나갔다고."

"네."

"말을 걸었니?"

그녀는 아들을 지그시 바라보았다. 검고 진한 눈동자가 이안의 것과 꼭 닮아 있었다. 이안은 대답 대신 손목 안쪽을 보여주었다. 핏줄이 다 드러나 보이는 허연 살결에 얇고 가느다랗게 상처가 나 있었다.

"이게 뭐야."

"미술시간에 그 애가 떨어트린 칼에 베였어요. 그래서 쳐다봤는데, 안나가 갑자기 도망갔어요."

여자의 한쪽 눈 밑이 살짝 일그러졌다.

"비겁하고 영악한 아이랑 짝이 되었구나. 그래서, 어떻게 해줄 생각이니."

"아무것도요."

"뭐?"

그녀는 차갑게 눈을 내리깔고 못마땅한 듯 깊게 숨을 내쉬었다.

"이안 너는 항상 마지막에 엄마를 실망시키는구나."

어머니의 얼굴이 구겨지자 이안은 시커먼 눈을 커다랗게 뜨고선 입술을 잘근잘근 씹어대기 시작했다. 표정의 변화는 크게 없었지만, 몸은 굳어 있었다.

"누구든 네게 해를 끼치면, 다음부턴 그런 짓을 못 하도록 분명히 깨닫게 해주라고 말했을 텐데. 아직도 그걸 모르겠니?"

"실수였어요. 그 앤 일부러 그런 게……."

여자는 이안의 말이 끝나기도 전에 아이의 팔을 끌어다 상처 난 부위를 손으로 세게 누르기 시작했다. 이안은 눈썹을 질끈 하며 앓는 소리를 냈다.

"그런 건 중요하지 않아. 보렴. 누군가의 실수 한 번에 너는 이만큼이나 고통을 느껴야 하잖니."

여자가 팔을 누를수록 하얗게 질려 있던 이안의 얼굴이 불그스름하게 변해갔다. 표정 하나 없이 손에 힘을 주고 있던 그녀는 아이의 얼굴색이 변하자 그제야 팔을 놓아주었다. 이안의 눈동자는 좀 전보다 탁해져 있었다. 여자는 다시 이안의 얼굴을 쓰다듬었다.

"유약한 건 너희 아빠 하나로 충분해. 그런 모습은 네 속에서 얼른 지워버리렴."

"……네."

이안을 대하는 그녀의 말투는 고상했지만, 그 속엔 거부하기 힘든 힘이 실려 있었다. 이안은 스스로 무언가를 느끼기도 전에 그녀가 지시하는 대로 생각하고, 움직여야만 했다.

"기억해둬, 유약한 건 나쁜 거야. 쓸모없는 것들을 속에 담아 두고 살수록 곁에 있는 사람에게 해를 끼치지."

"아빠도요?"

이안이 반문하자 여자의 얼굴에 미묘하고 섬뜩한 표정이 번졌다.

"그럼. 엄마는 네 아빠가 유약하고 불안정한데도 옆에 있어주려 했어. 그런데도 아빠는 엄마를 배신했지. 그게 다 하찮은 감정 때문에 생기는 일이란다."

이안은 어머니가 하는 말을 다 이해할 수 없었다. 아버지가 나쁜 사람이라고 생각해본 적이 없었기 때문이다. 최근 들어 아버지가 집에 들어오지 않는 날이 잦아지고, 밤마다 방 안에서 어머니의 고함 소리가 들렸던 게 이안이 아는 전부였다.

이안에게 있어서 아버지는 유일하게 자신을 바라보며 밝게 웃어주는 사람이었다. 내심 자신도 아버지와 같은 표정을 짓고 싶다고 생각했지만, 그건 어머니가 허락하지 않는 일이었다.

"이안, 너는 엄마를 배신하지 않을 거지?"

여자는 이안의 두 손을 꼭 붙잡고 미소를 지어 보였다. 분명 웃는 얼굴이었으나, 아버지가 보여주던 자연스럽고 따뜻한 미소와는 전혀 달랐다. 이안은 그 얼굴을 두려워했다.

"너는 나와 같아. 그러니 늘 엄마를 이해하고 도와야 해. 그럴 수 있지?"

"……네."

"착하구나."

그녀는 잔뜩 굳어 있는 이안을 끌어다 자신의 품 안에 가두어 안았다. 아이는 무기력하게 그녀가 이끄는 대로 자신을 내버려 두었다. 속에서 여러 가지 것들이 동시에 느껴졌지만, 이안은 그것을 읽어내는 법을 알지 못했다. 그저 막연하게 먹먹한 채로, 열심히 아버지의 체취를 떠올려보려 애쓸 뿐이었다. 그건 이안이 불안한 상태에 놓일 때마다 자신도 모르게 나오는 습관 같은 것이었다.

여자는 이안의 머리를 쓰다듬으며 작게 속삭였다.

"엄마가 알려줄게. 우리한테 해를 입히면 어떻게 되는지."

###

"이제 좀 더 분명하게 뜻을 전할 수 있겠군요."

어머니의 눈을 한 자화상이 차분한 음성으로 말을 건넸다. 그리 긴 시간이 지난 것 같진 않는데, 이미 오랜 시간 진을 빼앗긴 것처럼 입안에서 단맛이 느껴졌다. 몸 여기저기에 얄팍한 소름이 돋는다.

"네가 왜 그 모습을 하고 있는 거야."

"제게 '왜'라는 건 없습니다. 모든 건 나비에게서 비롯된 것이죠."

자화상은 알아듣기 힘든 소리를 했다. 나는 미간에 힘을 주며 애써 눈앞의 형상을 마주했다. 천천히, 저게 내 어머니가 아니라는 생각을 머릿속에 주입시켜가며.

"중요한 건……."

그것은 부드럽고 분명하게 다음 화두를 던졌다.

"나비가 지금껏 알고 있던 세상은 이미 끝이 났다는 사실입니다. 새 시대가 이르렀고, 당신이 그 시대의 부르심을 받았다는 것. 나비가 알아야 할 건 바로 이것입니다."

부르심. 어머니의 얼굴이 내게 말을 한다.

너는 부르심을 받았다. 이안, 너는 이걸 알아야 해. 이안, 새 시대가 열렸어.

"그래서. 그다음은 뭔데."

그것의 눈을 바라보는 건 서 있기조차 버거울 만큼 힘든 일이었다. 두 다리는 여전히 제자리에서 떨어지질 않았다.

"당신이 그 부르심에 응답할 차례랍니다."

"이미 난 카알과 만난 뒤에 여기 온 거야. 내가 입고 있는 이 옷, 그리고 여기 서서 너와 대화하고 있는 정도면 충분히 대답이 된 거 아니야?"

"제 눈을 쳐다보고 말씀하셔야죠."

숨이 턱하고 막힌다. 자화상이 어머니의 눈을 드러낸 이후로 속에서부터 원인 모를 동요와 부자연스러운 떨림이 계속되고 있었다. 짜증, 슬픔. 아니, 분노. 아니. 알고 있는 단어들을 하나씩 떠올려보아도 딱 맞아떨어지는 답을 찾을 수가 없다. 언제부터 내 속에 이런 것들이 들어앉아 있었던 거지.

"두려워하실 필요 없습니다. 당신이 사명에 집중하면 다 사라지게 될 것들이에요."

아. 두려움. 이건 두려움이라고 부르는 게 적당하겠구나.

"당신의 첫 번째 사명은 서쪽으로 가서 '센'이라는 자의 행방을 알아 오는 것. 맞습니까?"

어머니의 얼굴이 다시 말을 건넨다. 이안, 그 길을 가렴. 내 말을 들으렴.

"……맞아."

"그 사명을 위해 네오젠의 지침을 온전히 따르겠다고 약속할 수 있으신가요?"

"할게."

떨림이 증폭될수록 온몸에서 빠르게 힘이 빠져나가는 것이 느껴졌다. 잠시 동안 잊고 있던 무기력이 다시금 밀려들어오고 있었다. 등 뒤에선 식은땀이 흘렀다. 그만하고 싶다. 그런데 왜 도망갈 수가 없을까.

다행히도, 그것은 나의 마지막 대답을 들은 이후로 서서히 얼굴을 지워나가기 시작했다. 나를 집어삼킬 것처럼 강렬했던 두 눈 역시 언제 그랬냐는 듯 색이 바랜 물감처럼 흐릿해지다가 말끔히 지워져버렸다. 남은 건 검고 작은 알갱이로 이루어진 울퉁불퉁한 단면뿐. 어머니의 얼굴은 저 어둠 속으로 금세 묻혀버렸다.

"이젠 정말로 준비가 되신 것 같군요. 축하드립니다."

자화상은 별로 달갑지도 않은 축하를 전했다. 눈앞의 포식자는 사라졌지만 아직 몸에서 떨림이 사라지진 않았다.

"오늘은 대화를 이만 마치셔도 좋습니다. 하루의 피곤함을 씻어내고 어서 쉬셔야죠."

예상과 달리 그것은 쉽게 대화를 마치려 했다. 들어야 할 말이 아직 한참 남은 것 같았지만, 그것과 눈을 마주친 이후로 순식간에 기운이 빠져 서 있을 자신이 없기도 했다.

"나머지 이야기들은……."

"내일 들으시죠. 당장 필요한 지침들은 출발하시기 전에 알려 드리겠습니다."

"출발한다고?"

"가셔야죠. 서쪽으로."

그것은 온도가 느껴지지 않는 음성으로 가야 할 길을 한 번 더 일러주었다. 나는 힘겹게 숨을 내쉬며 자화상으로부터 급히 돌아섰다. 서둘러 이 불쾌한 느낌들을 지워내고 싶었다.

첫 번째 대화의 마무리. 대화 끝에 남은 건 오로지 내가 그곳으로 가야만 한다는 당위, 아니 명령뿐이었다. 가슴 한구석이 아리고 불편했지만 그 지시를 거절해서는 안 될 것 같은 부담감이 동시에 나를 지배했다. 내일 나는 서쪽으로 가야만 한다.

"우리의 나비가 되신 것을 다시 한번 축하드립니다. 부디 편안하고 안전한 밤 되시기를."

덪

꿈이라고 생각하며 잠에서 깼다. 쏟아지는 햇살과 청량한 공기, 이물질 없이 깨끗한 물로만 채워진 욕조, 그리고 어느새 한쪽에 차려져 있는 따뜻한 식사. 무엇 하나 부족하지 않았지만 어느 것 하나 당연하지도 않은 아침. 본부에서 맞이한 첫날은 손에 닿지 않는 연기처럼 뿌옇고 낯설었다.

밤사이 누군가 새로 가져다 둔 옷은 지금껏 바깥에서 입어왔던 옷들처럼 낡고 오래된 것이었다. 이곳과 어울리지 않는 단 하나의 오점 같은 옷. 거칠고 색이 바랜 옷감을 손에 쥐고 있으니 하루 새 알게 된 바깥세상과의 격차가 새삼 크게 느껴졌다.

뻐근한 몸을 주무르며 방 안을 이리저리 돌아다녔다. 새것 같은 공기를 흡입하며 맞이하는 아침이라니. 이것이야말로 풍요와 안식의 상징이 아닐까. 목적 없는 느린 걸음이 어제의 기묘한 검은 그림 앞에 멈춰 서자, 자화상은 내가 온 것을 확인이라도 한 듯 일렁이기 시작했다.

"가장 필요한 것은 센의 흔적입니다."

"흔적?"

자화상은 여전히 특유의 오묘한 기운을 풍겼다. 대화와 동시에 시작되는 편안하고 황홀한 느낌. 다시 경험해도 또 느끼고 싶은 이상한 기운이다.

"그는 자신의 자녀들에게 항상 흔적을 남깁니다. 알려진 바에 의하면 그는 이 지역에 아무런 연고도 없는 이방인이지만, 1년 전부터 서쪽 곳곳에서 자신이 '센의 아이'라고 주장하는 이들이 나타났다고들 하죠."

"갑자기 나타났다니?"

"필요한 이들을 자신의 양자와 양녀로 삼는 것이죠."

"이상한 일을 벌이네."

"카알은 '자녀'라는 것은 그저 명칭일 뿐 충성도가 높은 자들을 길러내 세력을 키우려는 의도로 해석하십니다."

"그럼 그 아이들에게서 내가 뭔가를 찾아내면 된다, 이 말이군."

"맞습니다. 센은 열흘에 한 번 아이들 중 하나에게 모습을 드러냅니다. 보통은 하루, 길면 이틀을 머무르죠. 장소를 옮기기 전엔 그들에게 꼭 무언가를 남깁니다. 지금껏 나비들은 저마다 알아낸 것들로 반란군의 계획을 파악하는 일에 공헌해왔죠. 무엇이 어떻게 쓰일지는 오직 사령부에서 판단하니 작은 일일지라도 가감 없이 기억해 오셔야만 합니다."

"궁금한 게 있어."

"네, 말씀하세요."

"그럼 나 말고 다른 나비들은 지금 어디에 있지?"

자화상은 잠시 동안 대답이 없었다. 망설임. 그 엇비슷한 느낌이 드는 정적이다.

"가려져 있어 알 수 없습니다."

"가려져 있다니?"

"저는 지정된 분을 모실 뿐 그밖에 다른 이들에 대한 정보를 알진 못합니다. 오직 당신을 돕기 위한 정보만 허용되죠. 시간이 얼마 없으니 우선은 지금 꼭 알아야 될 것들을 먼저 말씀드리겠습니다."

어쩐지 서두르는 느낌. 그것은 다시 화제를 돌렸다.

"이곳을 나가 서쪽으로 향하는 순간, 나비가 이곳에서 보고 들었던 모든 일은 오직 마음속에만 간직하셔야 합니다. 외부에 발설하는 즉시, 모든 특권과 신분을 박탈당하게 됩니다."

"내가 무슨 말을 하는지 들을 수 있다는 얘기 같네."

"네오젠은 항상 가까이에 있습니다. 그러니 걱정하실 필요는 없답니다."

"아니, 그 말이 아니라."

"나비는 우리에게 중요한 존재랍니다. '보호'를 받으시는 거죠."

하긴, 전쟁을 준비 중인 반란군의 주둔지에 보내면서 그 정도 관여도 안 한다면, 그게 더 이상한 일일 수도 있겠구나.

"네오젠은 '안전'을 최우선으로 여깁니다. 온전한 평화에 이르려면 정제되고 절제된 긴 시간을 거쳐야 하는 법이죠. 입을 지키는 것이 곧 이곳의 안전을 지키는 일입니다."

"그게 아니면, 위험해질 수도 있다는 뜻이야?"

"진실을 받아들이는 건 사람의 그릇에 따라 차이 나기 마련이니까요. 특권은 선택받은 자들에게만 주어져야죠. 그렇지 않다면 오히려 불공평한 것 아닐까요?"

"센의 아이들을 찾으러 다니는 일만 열심히 하고 이곳의 정보는 말하지 말아라, 뭐 이런 거네."

"네 비슷합니다."

"아, 그래."

"서쪽 무리들은 빈 손목을 보고 당신이 반란군과 뜻을 같이하려 한다고 착각할 겁니다."

"어째서?"

"그들은 플레브스를 거부하는 행위를 통해 무언가를 증명할 수 있다고 생각합니다. 치료제, 식량, 그 외 어떠한 복지도 받지 않아 궁핍에 시달리면서, 그것이 숭고한 신념을 증명하는 일이라는 망상에 빠져 있죠. 그들은 그 자발적 빈곤을 자유라고 생각합니다. 쉽게 포기할 수 없는 것을 거부했다는 자기 위안, 위선이죠. 손목이 비어 있는 누군가를 발견한다면, 자신들이 틀리지 않았다는 것을 확인받았다는 생각에 쉽게 당신을 받아들일 겁니다."

그럴듯한 말이다. 그들이 자신의 결단을 대단히 여길 만큼 본부의 영향력이 절대적인 건 사실이었고, 망상이든 아니든 그런 결정을 아무나 할 수 있는 건 아니었기 때문이다. 물론 이 안에는 더 많은 무언가가 숨겨져 있었지만, 증명된 자들에게만 그 혜택을 제공해야 한다는 본부의 말도 딱히 틀린 것 같진 않았다.

"맥, 유진, 그리고 파란 초 동굴. 이 이름들을 우선 기억하세요. 둘은 센의 자녀라 추정되는 이들의 이름이며, 나머지 하나는 나비께서 처음 도달하셔야 하는 장소입니다."

"알겠어."

"서쪽에 도착하신 뒤 만나게 되는 첫 번째 사람에게 '파란 초를 찾고 있다'고 말씀하시면, 그가 길을 안내해줄 겁니다."

"본부 사람인가 보지?"

"그건 모릅니다. 자, 나머지 이야기는 첫 여행에서 돌아오신 뒤에 하게 되겠군요."

"언제까지 와야 하는데."

"하루가 될 수도, 한 달 후가 될 수도 있습니다. 필요한 것을 얻었다는 판단이 들면 언제든 돌아오세요. 저 뒤에 있는 시계가 열 시를 가리키면 다른 애덤이 찾아올 테니, 몸과 마음을 차분히 다스리고 차려진 식사를 하신 뒤, 마련된 옷을 입고 준비하시면 됩니다."

딱 필요한 만큼의 대화. 할 말을 모두 마친 자화상은 다시 기척을 감추고 차갑게 멈춰 섰다. 기묘한 기운도 더 이상 느껴지지 않았다.

나는 준비되어 있던 옷을 입고 식탁 앞에 앉아 음식을 입에 밀어 넣기 시작했다. 대화하는 사이 시간이 한참 지났음에도 음식을 담은 그릇은 아직 따뜻했다. 센, 그의 아이들, 파란 초 동굴. 나는 천천히 자화상과의 대화 내용을 복기하며 식사를 계속했다.

남은 한 숟가락을 마저 입에 넣고 허리를 세워 의자에 편히 기대어 앉았다. 평화롭고 평온한 나의 새로운 거처. 먹고 자고 입을 것을 전혀 염려하지 않아도 되는 삶을 가진다는 건 참 좋은 일이었구나. 창문 틈새로 들어오는 바깥바람이 유독 청량하게 느껴졌다.

"조용하네."

시계는 열 시가 되기 한 눈금 전에 머물러 있었다.

[똑똑.]

약속된 시간에 정확하게 누군가가 문을 두드렸다. 또 그 반달눈의 안내자가 온 것일까. 나는 그(그녀)가 서 있을 것이란 생각에 아무 경계심 없이 문을 활짝 열어젖혔다. 하지만 그 앞에는 반달눈의 안내자가 아닌…….

"출발하실 시간입니다, 나비."

오래된 기억 속 어딘가를 두드리는 한 남자가 서 있었다.

"도스……?"

2026년 10월 4일 일요일, 임시 거처.

"뭐가 좀 보여?"

"아뇨. 전혀요."

도스는 시무룩한 얼굴로 건물 안에 들어섰다. 수확 없이 돌아온 도스를 보며 포먼은 괜히 옆에 있던 빈 자루를 뒤적거렸다. 불과 몇 시간 전만 해도 일주일 치 식량이 들어 있던 자루였다.

"그래도 오늘 먹을 건 있는 거죠?"

"응. 과자 조금."

도스는 신경질적으로 바닥을 걷어찼다.

"아저씨, 이젠 진짜 사람 그만 믿자고요. 그게 뭐예요, 잔뜩 도와주고선 다치기나 하고."

포먼은 겸연쩍은 얼굴로 커다란 몸을 기우뚱거리며 자리에서 일어섰다. 그의 한쪽 다리에는 피가 흥건히 묻은 붕대가 감겨 있었다. 길에 쓰러져 있던 낯선 이를 도와주었더니, 도리어 방심한 틈을 타 공격하고 식량을 들고선 도망친 것이다.

이들이 만난 지도 어느덧 석 달이 지났다. 다행히 수도 내에선 폭동이나 전쟁이 더 이상 일어나지 않았지만, 가끔씩 멀리서 들려오는 폭격 소리가 여전히 어디에선가 전쟁이 계속되고 있음을 알려주었다. 하지만 그게 누구와 누구의 전쟁이며, 무엇을 위한 싸움인지는 그들 중 누구도 알지 못했다. 의미를 잃어버린 지 오래된 전쟁이었다.

도스는 어깨에 메고 있던 작은 가방에서 몇 개의 휴대폰과 보조 배터리들을 꺼내 바닥 위에 늘어놓았다. 하나를 제외하곤 모두 길에서 주운 주인 없는 것들이었다.

"계속 먹통이지?"

"가끔씩 신호가 잡히는 게 있어요. 근데요 아저씨. 진짜 소름 돋는 게 뭔 줄 아세요?"

"뭔데 그래?"

"인터넷이 온통 조용해요."

도스는 한껏 심각한 표정을 지어 보였다.

"세상이 다 망한 게 아니고서야 누구든 다른 사람들이랑 연락하려고 할 거 아녜요. 전에는 많지는 않아도 여기저기 올라오는 소식들이 있었는데, 지난달부터는 아예 새 글이 안 보여요. 어젯밤에 웬일로 신호가 잘 잡혀서 다른 나라 사이트들도 들어가봤는데, 아. 진짜 소름 돋아, 아무것도 없어요."

포먼은 별 반응이 없었다. 가상현실이 조용하다는 게 이전에는 충분히 이상한 일이었겠지만, 지금 맞닥뜨린 진짜 현실에는 그보다 말이 안 되는 일들이 차고 넘쳤다.

"글쎄다. 산 사람 중에 제정신인 사람이 얼마 없어서 그런 걸 수도 있겠지."

"진짜로 다 도망간 걸까요?"

"어?"

"대통령들이요. 여기 남아 있는 얘기들이 다 사실이면, 지금 멀쩡한 나라가 거의 없다고 봐야 하는 거 아녜요?"

"도망갔을 수도 있고, 감염이 돼서 어디선가 미쳐 날뛰는 중일 수도 있겠지."

"아니면 죽었거나?"

"그래. 뭐, 죽었을 수도 있겠다."

포먼은 대답 후 아차 싶었는지 슬쩍 도스의 눈치를 살폈다. 구부정한 자세가 유독 풀이 죽어 보였다.

"아저씨는 늘 침착하네요. 다행이에요, 다들 병에 안 걸려서. 저만 문제네요."

"에이, 우리까지 아프면 도스는 누가 챙기나. 안 그래?"

그는 급히 낡은 수첩 하나를 꺼내 들었다. 손때가 잔뜩 묻은 종이 위엔 도스의 이름과 날짜, 그리고 알아보기 힘든 글씨들이 촘촘히 적혀 있었다.

"좋은 소식이 뭔지 알아? 도스 너 시간이 지날수록 발작이 점점 줄어들고 있어. 아저씨가 다 꼼꼼히 살피고 있으니 너무 걱정마. 너 안 죽어."

"아저씨, 의사라고 했죠?"

"그럼, 믿어도 돼."

"그런가요."

"응 그럼, 안 죽어."

석 달 전, 폭격과 함께 시작되었던 도스의 발작 증세는 한 달 여간의 끔찍한 과정을 겪은 뒤로 약간의 호전을 보이고 있었다. 사실 회복을 기대할 정도의 큰 변화는 아니었다. 여전히 도스는 갑자기 실신하거나, 숨이 넘어갈 정도로 웃고, 그러다 느닷없이 소리를 고래고래 질렀다. 어느 날은 울고, 또 어느 날은 불안을 호소했다. 나아진 건 시간이 지날수록 발작 시점이 하나의 규칙을 향해 가고 있다는 점이었다.

그 규칙은 '소리'였다. 시도 때도 없던 도스의 발작은 점차 어떠한 소리의 유무에 따라 발현되는 일이 잦아졌다. 아닌 날도 많았지만, 이전보다 그 횟수가 줄어든 것은 분명했다. 중첩되는 소리의 특징을 다 찾아내기는 어려웠지만, 그것은 적어도 소리에 방해받지 않을 때만큼은 자유로울 확률이 높아지고 있다는 뜻이기도 했다.

"그 미친 자식 진짜 잡히기만 해봐."

도스는 갑자기 언성을 높였다.

"쓰레기 같은 새끼. 아저씨, 그 자식이 했던 말 다 기억해요?"

발작이 일어나기 전의 전조 증세. 도스는 눈을 부릅뜨고 호소하기 시작했다.

"그 자식이 말 같지도 않은 소릴 할 때부터 알아봤어. 걔 감염됐다는 거 전부 다 거짓말일 거예요. 아팠다는 것도 다 거짓말이야. 딱 알지 내가. 내가 감염자니까! 우릴 우습게 본 거야, 우리가 잘해주는 동안 얼마나 속으로 무시했을까! 야비한 자식! 양심 없고 비열한 새끼!"

도스의 목소리가 점점 커져갔다. 마치 방아쇠를 잡아당기기 직전의 총구, 혹은 끊어지기 직전의 고무줄처럼 그의 주변으로 순식간에 긴장감이 차올랐다.

포먼은 도스를 예의주시했다. 위험한 상황이 생기는 것만큼은 막아야 했다.

"다 미쳐서 제정신이 아닌데! 당신만 모르지, 당신들만 몰라. 나만 이 모양이야, 난 이렇게 고통스러운데 대체 뭐가 나아진다는 거야!"

"도스."

"억울해! 억울해! 억울하다고!"

분을 이기지 못한 도스는 일어나 포먼에게 달려들었다. 그는 틈을 타서 재빨리 도스를 품 안에 가두었다.

"괜찮아. 진정해."

"다 죽을 거야! 다 미쳤다고!"

"괜찮아, 금방 괜찮아질 거야. 숨 크게 들이쉬어봐, 천천히."

그는 좀 더 힘을 주어 도스를 세게 끌어안았다. 도스는 온 힘을 다해 소리를 지르다 포먼의 가슴팍에 머리를 들이받더니, 곧 울음을 터뜨렸다.

"아파, 아파, 아프다니까!"

"응 그래. 많이 아프지, 알아. 조금만 참아보자, 조금만."

얼마나 시간이 흘렀을까. 오랜 몸부림 끝에 마침내 도스가 조금씩 차분해지기 시작했다. 날카로운 고함 소리가 수그러들며 팔과 다리에도 힘이 풀렸다.

"아저씨…… 내가 그런 거 아니에요. 그러려고 한 게 아니에요……."

터져 나오던 화가 가라앉고, 도스의 얼굴엔 경멸과 두려움, 수치심이 눈물과 섞여 뒤범벅되어 있었다.

"응 알아, 괜찮아. 괜찮아."

"진짜예요, 내가 안 그랬어……."

포먼의 이마에도 어느새 땀이 흥건히 맺혀 있었다. 이제 만난 지 겨우 몇 달. 그러나 그에게는 이 아이를 살리고자 하는 의지가 가득했다. 제 몸 하나 건사하기 힘든 세상에서 잘 알지도 못하는 누군가를 돌본다는 건, 과연 어떤 마음이어야 가능한 일일까.

그는 힘이 빠진 도스를 침대로 데려가 눕혔다. 아이의 얼굴엔 모세혈관들이 터져 생긴 빨간 점들이 가득했다. 괴물처럼 온 얼굴을 구겨가며 소리치던 모습은 온데간데없이, 지쳐 쓰러진 도스의 얼굴은 영락없는 열일곱 소년의 것이었다.

"잘 자라."

그는 한동안 도스의 곁을 떠나지 않았다.

###

"이제 여기부터는 혼자 가시면 됩니다, 나비."

방을 나와 도착한 곳은 첨탑 안의 비상계단이었다. 이제 저 문을 열고 나가기만 하면, 원래의 현실 속으로 다시 돌아가게 된다.

나를 이곳까지 데려다준 애덤은 놀라울 정도로 도스를 꼭 닮아 있었다. 키와 머리색, 얼굴의 윤곽까지 그를 빼닮았지만, 음성과 말투는 확실히 도스의 것과 차이가 있었다. 태도에서 묻어나오는 분위기 또한 이질적이었다. 하지만 어떻게 이렇게까지 닮을 수가 있을까.

"이제 떠나셔야 합니다. 돌아오실 때엔 지금 나서는 그 문으로 다시 들어오시면 됩니다."

"여기 이 문으로요?"

"네. 선택받은 자들에게는 늘 열려 있으니까요."

나는 마지막 몇 초간 그의 얼굴을 바라보며 기억에 새긴 뒤 비상계단을 내려갔다. 둥글고 차가운 손잡이. 묵직한 그 철문을 열자 쇠 냄새 가득한 거리의 공기가 쏟아져 들어왔다.

오늘도 첨탑 아래 광장에는 일감을 받으러 온 사람들이 줄을 지어 서 있었다. 한 시간이라도 더 일해서 끼니를 챙기기 위함일 것이다. 사이사이엔 공장에서 찍어낸 듯 비슷하게 생긴 경비원들이 가만히 앉아 눈알만 굴리고 있었다. 여느 때와 같은 평범한 광경. 하지만 오늘따라 왠지 도시가 황량하고 건조해 보였다.

텁텁한 공기에 숨을 참아가며 겨우 정거장에 도착했다. 별 볼일 없이 생긴 고철 트램은 기다림이 지루함으로 변하기 직전이 되어서야 승강장 안에 들어섰다. 플레브스를 찬 무리들이 모두 올라타고, 나는 가장 마지막에 탑승했다.

[인증되었습니다.]

손바닥을 펼쳐 조용히 리더기에 가져다 대었다. 아무도 신경 쓰는 이는 없었다. 방전된 밴드를 갖다 대거나 인증 없이 출입한 것이 아닌 이상 누구든 남의 손목에 관심 가질 일은 없었다. 그런데도 나는 자꾸만 부자연스럽게 주변을 살폈다. 저들과 나 사이에 마치 커다란 벽이 있는 것처럼 느껴졌다.

트램은 도심 속 구부러진 선로를 따라 곳곳을 누볐다. 첨탑으로부터 6번째 정거장. 도스를 닮은 애덤은 그 정거장 뒤에 있는 폐건물 지하에 가면 서쪽 무리들이 사용하는 '터널'과 이어지는 비밀 통로가 있다고 말해주었다. 물론, 그들은 이 사실에 대해 전혀 모른다는 것까지 말이다.

〈열차가 곧 정거장에 들어섭니다. 내리실 문은 왼쪽입니다.〉

내리는 사람은 나 하나뿐이었다. 정거장 역할만 간신히 하고 있는 플랫폼을 벗어나자 드러난 것은 전쟁 직후의 모습이 고스란히 남아 있는 폐허의 거리였다. 곳곳엔 부서지고 버려진 건물들이 수두룩했다. 정거장 뒤에 있는 폐건물을 찾으라 하더니, 이런 곳에서 '그' 폐건물을 대체 무슨 수로 구분하라는 얘기였을까.

황량한 거리를 따라 정거장에서 더 먼 '뒤'쪽까지 깊숙이 걸음을 옮겼다. 막상 여기까지 오긴 했지만 아무래도 너무 대책이 없는 게 아닌가 싶었다. 대부분 절반 이상이 날아갔거나 위태롭게 간신히 서 있는 주변 건물들. 한참을 걷다 보니 그중 유일하게 '건물'이라고 불릴 만한 모양새를 겨우 갖춘 작은 빌딩이 하나 보였다.

'이건가.'

나는 걸음을 멈추고 그곳을 향해 몸을 돌렸다. 용도를 알 수 없는 건물의 외관을 멍하니 바라보고 있던 찰나 오른쪽 손바닥에서 갑자기 진동이 일었다. 나만 느껴질 정도의 미세하고 소리 없는 떨림. 혹시나 싶어 건물을 향해 손을 쭉 뻗어보니 진동이 더 빠르고 세게 울렸다.

"어이없네."

그것은 분명 저 건물을 가리키는 신호였다. 군데군데 이가 나간 돌계단을 올라 유리문 앞에 서자 그제야 진동이 서서히 줄어들었다. 떨어진 간판, 먼지 덮인 책상, 바퀴 빠진 의자, 그리고 기

등에 박힌 검은색 조각 하나. 허연 기둥 한가운데에 난데없이 박혀 있는 그 검은 조각은 언뜻 보기에도 본부의 것이 분명했다. 픽 하고 비웃음이 났다. 나는 손바닥을 조각에 가져다 대었다.

[신원확인이 완료되었습니다.]

그 건물의 지하엔 차갑고 축축한 한기가 가득했다. 한가운데엔 누가 보기에도 수상한 커다란 구멍이 뚫려 있었고, 그곳에선 쿰쿰한 냄새가 연신 흘러나왔다. 아무리 봐도 도무지 내려가고 싶지 않게 생긴 구멍이었다.

온갖 시설을 다 갖추고 있는 본부가 왜 손전등 하나 내어주지 않았을까. 어두운 나머지 계단을 내려갈 때마다 발이 제대로 땅에 닿는지 확인하기 위해 온몸을 사용해야만 했다. 이럴 땐 플레브스에서 나오던 불빛이라도 있으면 좋았을 텐데, 이 손바닥엔 진동 말고 다른 기능은 없는 걸까.

끝이 어딘지 알 수 없는 굴속을 걷고 있으니 문득 도스와 땅속에 갇혀 있었던 때가 떠올랐다. 벌써 10년 가까이 지난 일이었다. 숨조차 아껴 쉬어야 했던 그때에 비하면 지금이 훨씬 수월하기는 한데. 그러고 보니 그 앤 지금 어디 있을까. 왜 말도 없이 사라졌던 걸까.

'저기 있네.'

길고 긴 어둠 속, 저 멀리 희미하게 보이는 불빛을 따라가니 반투명 소재의 작은 문이 통로 끝을 가로막고 있었다. 문 너머에 새로운 길이 보이는 걸로 봐선 아마 제대로 찾아온 것 같았다.

'이게 터널인가.'

별생각 없이 손을 가져다 대었더니 갑자기 찰칵— 소리를 내며 문의 틈새가 벌어졌다. 다행히, 인기척은 없었다.

조심스레 주변을 확인하며 천천히 문 안쪽으로 들어섰다. 터널의 내부는 생각한 것보다 훨씬 더 넓었고, 여러 사람이 편하게 다닐 수 있을 정도로 길이 잘 닦여 있었다. 양쪽으로 진열된 횃불은 지나치게 구시대적이긴 했지만, 그래도 제법 잘 관리가 되고 있는 모양새였다.

신기하게도 비밀 통로가 있던 부분은 얼핏 보면 주변의 돌과 별반 다를 게 없을 만큼 안쪽에선 전혀 구분이 되질 않았다. 나는 위치를 기억해두려 그 자리에 서서 주변을 꼼꼼히 살펴보기 시작했다.

"안녕하세요? 또 보네요."

그 순간 불청객이 나타났다. 검은색 복장에 얄팍한 몸집. 흐느적거리는 쇳소리의 음성.

"지호?"

"아…… 남자가 이름을 기억해주는 건 별로 안 좋아하는데."

갑자기 등장한 건 미아가 소개해주었던 지호라는 남자였다.

"미아가 오라고 했다고 진짜 왔네요? 와…… 밴드도 풀어버리셨네. 대단도 하셔라."

그는 턱을 이리저리 치켜들며 반갑지 않은 내색을 했다. 날 선 말투. 하지만 말하는 내내 슬금슬금 내 눈을 피하는 건 여전했다. 별 볼 일 없는 꼴이 꼭, 잡아먹히기 좋은 먹잇감 같았다.

"터널로 들어온 거죠? 어제 우리가 보여줬던."

"아, 예."

"어쩐지, 문이 덜 닫혀 있더라."

"그랬습니까?"

"그렇게 대충 닫고 다니면 큰일 나는 거 몰라요? 분명 비밀이라고 얘기했을 텐데도 참. 이렇게 부주의한 사람이 들어오면 문제 생길 게 뻔한데 미아는 왜……."

그는 긴 머리를 한쪽으로 쓸어 넘기며 충고하듯이 쏘아붙였다. 딱히 내 앞에서 큰소리칠 이유가 없음에도. 아니, 큰소리칠만해 보이지도 않는 녀석이. 쓸데없이 거슬리게.

"지, 지금 뭐 하는 겁니까."

순간 욱하고 화가 났다. 나는 그에게 바짝 다가가 그를 내 시선 바로 아래에 가두었다.

"눈이나 똑바로 쳐다보고 얘길 해."

"아, 아니 저, 그게 아니라. 저기, 죄, 죄송합니다."

그에게 가까이 다가서자 처음 맡아보는 고약한 풀냄새가 코를 찔렀다. 역겨운 냄새에 미간을 확 찌푸리니 그는 움찔하며 어깨를 둥글게 말고 안절부절못했다. 유난스럽고, 우습다.

그는 그저 눈을 바라보는 것만으로도 충분히 집어삼켜지는 유약한 인간이었다. 상대가 발톱만 잠깐 드러내도 꼬리를 다리 사이에 감추고 복종의 자세를 취하는, 먹이사슬의 최하위. 나는 그를 가만히 쳐다보고는 곧장 뒤돌아서 걸음을 뗐다. 귀찮은 일에 힘을 쏟고 싶지 않다.

"저기, 잠깐만요!"

녀석은 내가 몇 걸음 떼기도 전에 급히 나를 부르며 곁으로 다가왔다.

"처음 가시는 거잖아요. 제가 길 알려드릴게요."

"왜."

"네?"

"네가 그래야 할 이유가 있어?"

지호는 조금 전까지와는 전혀 다른 표정을 지으며 내 앞에서 굽실거렸다.

"그냥 그러고 싶어서요. 도와드릴게요. 서쪽 어디로 갈까요?"

별로 달갑지 않았지만, 딱히 방해가 될 정도의 제안도 아니었다. 그래, 우선은 길을 찾는 게 먼저다.

"파란 초를 찾고 있어."

"네?"

"파란 초. 찾고 있다고."

"아 뭐야. 이 형님 알고 보니 꾼이었네."

녀석의 표정이 또 변했다. 정말이지, 무게 따위 느껴지지 않는 얄팍한 인간이구나.

"뭐?"

"파란 초 말이에요. 형님 안 그렇게 생겼는데 보기보단 멘탈이 좀 약하신가 봐?"

그는 손가락으로 제 머리를 톡톡 건드려가며 뭐가 웃긴지 입꼬리를 씰룩거렸다.

어디에서 친밀감을 느꼈는지는 모르겠지만, 그는 갑자기 경계심을 풀고 부담스럽게 다가오기 시작했다. 그가 입을 열 때마다 아까의 그 고약한 냄새가 계속 코를 찔렀다.

"길 안내할 거 아니면 귀찮게 안 했으면 좋겠는데."

"아녜요, 형님! 에이, 그냥 반가워서 그랬죠. 파란 초라니 너무 의외라서. 제가 잘 알아요, 그거. 제가 바로 그 꾼입니다, 꾼. 안내해드릴게요, 따라오세요."

그는 대책 없이 활짝 웃으며 내게 손짓했다. 멀쩡한 녀석이 맞긴 한 길까. 하필 이곳에 오자마자 만난 이가 저 녀석인 게 변수라면 변수였다. 자화상이 분명 서쪽에서 처음 만난 이에게 파란 초의 행방을 물으라 했으니, 그들의 힘이 그곳까지 잘 닿아 있기를 기대하는 수밖에 없었다.

"어서 오시죠!"

앞서 달려 나가던 녀석은 뒤돌아서 큰 소리로 나를 재촉했다. 다리 사이에 감겨 있던 녀석의 꼬리가 이번엔 하늘 끝까지 치솟아 있기라도 한 것처럼 보였다. 애완동물을 기른다면 아마 이 비슷한 느낌이 들지 않을까. 나는 어딘가 개운치 않은 마음을 남겨둔 채 녀석을 따라 걸음을 옮겼다.

2029년 10월 4일 목요일, 임시 거처.

그 시각 이안은 건물 앞에서 함정을 만드는 데 정신이 팔려 있었다. 벽돌, 파이프, 그다음엔 예리하게 잘려 나온 유리 조각. 건물의 잔해들을 뒤적이던 이안은 날카롭게 얽히고설킨 철근 뭉치를 발견하고는 그것을 건물 앞까지 끌어다 놓았다.

'좀 모자란데⋯⋯.'

이안은 성에 차지 않는지 한 번 더 주변을 살폈다. 처참하다 못해 생기 하나 없는 난잡한 길거리. 그러나 그 속을 뒤적이는 이안의 눈동자는 어느 때보다 반짝이고 있었다. 잠시 후 끊어진 철근이 촘촘히 박힌 기다란 콘크리트를 발견한 이안은 의욕적으로 빠르게 움직이기 시작했다.

이안은 찢긴 옷감과 철사, 뭐든 묶을 수 있을 만한 기다란 것들로 철근 더미를 콘크리트에 꽁꽁 매달았다. 하얗고 가느다란 손은 보기와 다르게 야무지고 집요했다. 한참을 씨름하던 그는

제 몸만 한 두 개의 덩어리를 꼼꼼히 묶어 하나의 끔찍한 물체로
재탄생시켰다.

"뭐해?"

미아는 어디서 뭘 하다 왔는지 온몸에 거무튀튀한 가루를 뒤
집어쓰고 나타났다. 손에는 무거워 보이는 커다란 상자가 들려
있었다.

"사냥하려고."

이안은 미아의 목소리를 들어놓고도 몇 박자 느리게 답했다.
신나는 놀이를 방해받은 어린애처럼, 잔뜩 실망한 눈치였다.

"그걸로? 어떻게?"

"매달 거야. 저기에."

이안이 눈짓으로 가리킨 곳에는 뼈대만 남은 단층 건물이 있
었다.

"저기에? 그걸?"

"응."

"요즘 짐승들이 많이 보이긴 하지만…… 그러다 누가 다치기
라도 하면 어쩌려고."

"사람이 이걸 먹진 않겠지."

미아는 못미더운 얼굴로 이안이 말하는 쪽을 쳐다보았다. 거
기엔 쥐 몇 마리가 먹이 따인 채 나란히 누워 있었다.

"야…… 저거 네가 그런 거야?"

"미아, 너 혼자 다니지 말라고 몇 번을 말했는데 또."

두 사람이 별 소득 없는 대화를 나누는 사이 포먼이 절뚝거리

며 밖으로 나왔다. 미아는 아버지를 보자 쿵 소리가 나도록 상자를 바닥에 떨구었다. 상자를 덮고 있던 검은 비닐이 펄럭이며 그 사이로 통조림 캔 하나가 굴러떨어져 나왔다.

"아빠! 내가 뭐 가져왔게."

"그게 문제가 아니라 너는 대체 왜 말을 안 듣고, 뭐야 이거 다 어디서 났어?"

"아빠 진짜 딸 하나는 잘 뒀다니까. 나 없었으면 다들 어쩔 뻔했어."

포먼은 당황하며 상자를 들춰보았다. 그 속엔 물과 여러 가지 보존식품들이 가득 담겨 있었다.

"거기 잘 보면 건전지도 몇 개 있고, 보조 배터리도 있어. 아마 한동안은 쓸 수 있지 않을까?"

해맑은 미아와 달리 포먼은 심각해 보였다. 한참을 상자를 뒤적이던 그는 미아를 붙들고 여기저기 살펴보기 시작했다. 다행히, 다친 곳은 없었다.

"어딜 다녀온 거야?"

"아, 저 뒤쪽 편의점에 먹을 걸 찾으러 갔다가 누구를 좀 만났……."

"누구."

"몰라. 많이 다친 것 같아서 도와줬는데 고맙다고 이걸 다 주잖아."

"혼자 다니는 것도 모자라서 누군지도 모르는 사람을 만나서 여태 있다가 와?"

그는 벌컥 화를 냈다. 미아의 표정도 금세 굳어졌다.

"철이 없어도 정도껏 없어야지. 지금이 어떤 상황인데 혼자 겁 없이 돌아다녀. 어?"

"잠깐 둘러보고 오려다 사정이 생겨서 그랬어. 나 무사히 잘 왔잖아, 이것 봐."

"지금 이게 웃으며 넘어갈 상황이야? 온통 미친 사람 천지인데 거길 혼자 나가?"

"아빠, 내 말 좀."

어느새 해가 저물어갔다. 이안은 그들 뒤에서 묵묵히 그럴듯한 덫을 완성시켜가고 있었다. 그는 입에 랜턴을 문 채로 있는 힘껏 줄을 잡아당겼다. 괴상한 형체의 덩어리가 건물 바로 옆 나무에 감겨 적당한 높이에 이르고, 남은 줄은 건물에 난 구멍으로 집어넣었다. 팽팽히 당겨진 밧줄의 아랫부분은 쇠 파이프로 적당히 고정시킨 뒤, 그 끝을 말뚝에 묶으며 험난한 과정을 마무리지었다. 어설픈 느낌이 없지 않아 있었지만, 우습게 여기기엔 꽤 위협적이었다.

"그놈이 다친 척 연기하는 거였으면 어떡하려고? 도대체 누굴 닮아서 이러는 거야."

"내가 아빠를 닮지 누굴 닮아."

"너 진짜."

두 사람은 여전히 소란스러웠다. 이안은 둘을 무심하게 쳐다보고는 곧 쥐 사체들을 가지러 걸음을 옮겼다.

모두 네 마리. 그것들은 일정하게 같은 방향을 향해 목이 꺾여 있었다. 이안은 망설임 없이 그것들을 손에 움켜쥐고 다시 덫이 있는 쪽으로 향했다. 사체들의 끊어진 목이 이안의 발걸음에 맞춰 흐느적거렸다.

"너 앞으로 한 번만 더 혼자 사라져봐, 아니 잠깐만. 이안! 넌 거기서 뭐 하는 거야!"

"저걸로 사냥할 거래."

"넌 좀 가만히 있어. 이안! 내 말 안 들려?"

이안은 대답할 의지가 조금도 없어 보였다. 자신만의 중요한 놀이를 더 이상 방해받고 싶지 않은 듯, 조용히 허리를 숙여 미끼를 함정 밑에 내려다 놓았다.

'다 했다.'

"이게 다 뭔데?"

포먼은 다소 격양된 상태로 이안 곁에 다가왔다. 손에는 미아가 가져온 상자가 들려 있었다.

"덫이에요."

"뭘 잡으려고?"

"동물이나…… 뭐."

"저러다 사람 잡겠다니까. 안 그래, 아빠?"

포먼은 말없이 미아를 쏘아보았다.

"그래 이안, 이건 동물만 잡는다고 하기에는 좀 위험해 보이는데."

이안은 나른한 눈을 멀뚱히 뜬 채 한동안 말이 없었다. 이안의 이런 답답한 반응은 이미 수도 없이 봐왔기에 새삼스러울 건 아니었지만, 따져 묻기에는 포먼도 오늘 겪은 일들로 이미 지쳐 있는 상태였다.

"그래, 뭐…… 너도 무슨 수가 있으니까 이렇게까지 했겠지."

"응 아빠, 설마 사람이 저 쥐를 먹겠다고 여기 걸려들지는 않을 거야. 이안이 그랬어."

"넌 아직 안 들어갔니?"

"네네, 먼저 갈게요."

포먼은 깊게 한숨을 쉬며 이안을 바라보았다. 축 처진 녀석의 어깨와 팔을 보니, 대체 저런 걸 어떻게 다 만들었나 싶었다.

"앞으로는 너희 셋이 내보내면 안 되겠다. 같이 움직인다더니 죄다 따로 놀고 말이야."

그는 차분히 이안을 나무랐다.

"그나저나, 너 저런 건 어디서 배운 거냐?"

포먼은 고개를 들어 찬찬히 그것을 살펴보았다. 기괴하고, 상당히 위험해 보이는 덫이었다.

"어머니가 알려주셨어요."

"응?"

"먹이 잡는 법이요. 어머니가 알려주셨어요."

이안은 포먼의 얼굴을 똑바로 쳐다보며 대답했다. 먹이라니. 왠지 어색하고 와닿지 않는 단어였다. 이안은 평소답지 않게 초점이 분명한 눈으로 꽤 오랫동안 포먼을 응시했다. 그 눈빛에 순간 포먼은 설명하기 힘든 위화감을 느꼈다. 그는 자신도 모르게 미간을 찌푸렸다.

"그…… 이제 들어갈까?"

이안은 다시 평소와 같은 무덤덤한 표정으로 고개만 끄덕인 뒤 먼저 건물로 향해 걸어갔다.

'먹이라…….'

소리 없이 적막한 밤. 서서히 밤공기가 차가워지고 있었다. 그는 뒤이어 이안을 쫓아 건물 안으로 들어갔다.

텅 빈 거리, 흉물스러운 덫만 덩그러니 세워진 곳. 그리고 저 멀리, 그 모든 것을 지켜보고 있는 누군가의 두 눈이 있었다.

###

"네가 여긴 어쩐 일이냐."

포먼은 인기척의 주인이 나라는 것을 알아차리자마자 달갑지 않은 표정을 지었다. 지호의 안내를 따라 도착한 곳은 쓰러지기 직전의 한 교회였다. 서쪽의 초입부. 밖으로 나가자마자 보인 것은 몇 명의 맹인들, 그리고 그 중심에 포먼이 서 있었다.

포먼과 미아, 그리고 도스. 모두들 내 곁을 떠났던 그날 이후 벌써 수년이 흘렀다. 그날 영감은 낯선 표정을 지으며 내게 작별을 고했었는데, 여전히 그는 그때와 별반 다르지 않은 얼굴을 하고 있었다. 저 표정은 대체 무슨 의미일까.

"영감님! 미아가 이 형님을 여기로 꼭 데려오고 싶어 하더라고요. 그래서 제가 모시고 왔어요!"

지호는 재빠르게 달려가 영감의 어깨에 묻은 먼지를 털고, 손에 들린 무거운 짐을 빼앗아 들었다.

"미아가?"

"네!"

그는 못 본 새에 많이 야위고 늙어 있었다. 허옇게 센 머리칼과 푹 파인 주름이 영락없는 노인처럼 보였으나, 두 눈에서는 이전과 같은 힘이 그대로 느껴졌다.

"안녕하세요."

포먼은 바로 앞에 서 있으면서도 나를 보지 않으려 애쓰는 것 같았다. 대답 대신 짧은 고갯짓만 하는 게 전부였다. 그는 주변에 있던 맹인들의 어깨를 툭툭 치며 가던 길을 가라고 언질을 주었다. 나와 이야기하고 싶지 않은 것 같았다.

영감은 맹인들이 가는 것을 확인한 뒤 지호의 손에 들려 있던 짐을 다시 빼앗아 들었다.

"벌써 가시게요?"

"할 일이 많다. 나중에 이야기하자꾸나."

포먼은 뒤돌아서 그대로 산을 올라갔다. 그는 끝까지 나에게 아무런 말도 하지 않았다. 왜 네오젠을 떠나 여기에 있는지, 당신이 정말 반란군인지, 그때 어째서 내게 아무 설명도 하지 않았는지. 영감은 그저 산길을 따라 유유히 모습을 감추었다.

형용할 수 없는 이상한 느낌이 들었다. 무언가가 묵직하게 가슴을 짓누르는 것 같기도 했고, 어떤 통증 같기도 했다. 불쾌하고, 아프다.

"그럼 형님은 저랑 같이 가보실까요?"

지호는 아까보다 좀 더 편안하게 활짝 웃음을 지었다. 왜 이렇게 웃지. 우스운 일도 없는데.

"이제 어디로 가는데."

"저기요."

그는 영감이 타고 올라갔던 산의 제일 가파른 길을 가리켰다.

"파란 초는 고생해서 얻을수록 값진 법이죠. 갑시다, 형님!"

그는 나의 팔을 사정없이 잡아당겼다. 마치 먹이를 눈앞에 둔 개처럼 속도를 내어 나를 끌고 달렸다. 이 정도면 녀석에게 목줄이라도 채워야 하는 게 아닐까.

파란 초를 향해 가는 길은 생각보다 훨씬 더 험난했다. 산길은 있다가도 없어지고 곧다가도 굽어지기를 반복해 도무지 가늠할 수 없었다. 서쪽이란 게 이런 곳이었나. 점점 피로가 몰려온다.

"얼마나 더 남은 거야."

"약발이 떨어지셨나 보네. 거의 다 왔어요. 저기 보이시죠? 이제 곧 기력을 되찾으실 수 있습니다. 힘내시죠!"

산등성이 그 깊숙한 곳, 무성한 나뭇가지들 사이로 커다란 돌무더기들이 보였다. 크기가 다른 여러 돌들로 켜켜이 쌓아 올린 그것은 자세히 보니 길이가 꽤 되는 동굴처럼 보였다.

도착하자마자 지호는 주변에 있던 시퍼런 풀밭으로 달려들었다. 얼핏 보기엔 그저 무성한 잡초 같았다. 무릎을 꿇고 땅에 바짝 엎드린 지호는 풀 가까이에 코를 박고 한참 동안 일어날 생각조차 하지 않았다. 사방에 진동하는 악취. 녀석의 입에서 나던 냄새가 바로 이거였구나.

"약 찾으러 왔수?"

허리춤에서 낯선 목소리가 들려왔다. 힘이 다 빠진 목소리. 고개를 돌려보니 등이 잔뜩 굽은 노파가 새카만 손바닥을 들이

밀고 있었다. 손목에는 얇게 칼자국들이 나 있었다. 지호의 손목에서 보았던 것과 비슷한.

"약 줄게, 먹을 것 줘."

노파의 눈에는 초점이 없었다. 등이 불룩 튀어나온 만큼 뱃가죽은 반대로 홀쭉하게 들어가 있었다.

"약 줄게, 먹을 것 줘."

"드릴 게 없습니다."

"할머니! 저리 가!"

그때 어디선가 작은 돌멩이 하나가 날아 들어와 노파의 몸통을 맞추었다.

"맥이 알면 혼나! 얼른 가!"

목소리가 들려온 곳으로 고개를 돌려보니 머리를 바짝 깎은 누군가가 숨어 있는 것이 보였다. 그나저나, 방금 '맥'이라고 했는데.

"가! 가!"

작은 돌들이 계속 날아오자 노파는 내밀고 있던 손을 거두고 힘없이 돌아섰다. 걸음걸이는 소리도 들리지 않을 만큼 가볍고 헐거웠다.

"실례합니다."

나는 동굴 입구의 남자들 중 하나에게 다가가 말을 걸었다.

"맥이라는 아이를 찾는 중입니다. 여기 있습니까?"

남자의 입은 검은 가루와 액체로 범벅이 되어 있었다. 한동안 대답 없이 바닥에 늘어져 있는 팔다리만 작게 꿈틀거리더니 한참 후에야 남자는 겨우 입을 떼었다.

"풀을 뜯은 지 얼마 안 되었어. 건들지 마."

비렁뱅이 같은 행색의 다른 남자가 빠진 앞니를 드러내며 내게 충고했다.

"풀이라면, 파란 초 말인가요."

"알면서 뭘 물어."

그는 확실히 이쪽보다는 나은 상태인 것 같았다. 나는 망설임 없이 그에게로 향했다.

"파란 초가 대체 뭡니까."

"약이지, 약."

"정확히 뭘 치료해주죠?"

계속되는 물음이 싫었는지, 순간 그의 표정이 굳어졌다.

"당장 죽을 것들 연명시켜주는 약. 여태 관심도 없었던 걸 보니 그쪽은 병에 적응이 다 되었나 본데, 여긴 뭐 하러 왔어?"

"맥을 찾고 있어요. 알고 계시나요?"

"알아서 뭐 하게."

남자의 입에서도 고약한 냄새가 진동했다. 가까이서 보니 눈이 흐린 것이 이 사람도 정신이 어느 정도 나가 있는 것 같았다.

"용건이 있으니 알려주시죠. 어딥니까."

힘을 주어 말하니 그제야 남자는 빈정대던 것을 멈추고 동굴 안의 어느 한쪽을 힘겹게 가리켰다.

동굴 속엔 수십 명의 사람들이 제각기 자리를 잡고 있었다. 사람들의 고릿한 체취와 파란 초의 냄새가 섞여 그곳에선 악취가 진동했다. 절반은 제 몸도 가누질 못했고, 기괴한 형상의 작고 마른 동물들이 통로 안을 돌아다녔다. 대부분 몸에 무언가 하나 더 많거나, 혹은 하나가 모자랐다.

걸어가는 내내 앉아 있던 이들은 내게 하나둘 손을 뻗었다. 몇몇은 물과 음식을 달라 요구했고, 어떤 이는 터지는 감정을 주체하기 힘든지 왈칵 욕설을 내뱉기도 했다. 오랜만에 보는 감염자의 모습이었다. 개중에는 어린아이들도 있었다. 그 애들은 덜 자란 건지 아니면 말을 빨리 배운 건지, 비정상적으로 작은 몸집을 하고서는 너무나 유창하게 말을 걸었다.

"형 좋은 데서 왔어? 나도 데려가."

"배고파요."

"아저씨, 우리 엄마 좀 깨워주세요. 깨워도 안 일어나요."

아이들 중 일부는 은근슬쩍 내 바지 주머니에 손을 집어넣기도 했다. 배를 채우거나 쓸 만한 무언가를 바라는 것 같았지만 건질 건 없었다. 가져온 것이라곤 오직 내 몸 하나, 그리고 열쇠로 변해버린 손바닥뿐이었으니까. 아이들은 얼마 안 가 뿔뿔이 흩어졌고, 나는 곧 남자가 가리켰던 천막 앞에 도착했다.

"계십니까."

"아저씨 누구야?"

"맥을 찾아왔습니다만."

"아저씨 누구냐니깐."

천막을 들춰 올리자 안에 있던 어린 소녀가 불쾌한 눈으로 나를 쏘아보았다. 불청객을 바라보는 표정이다.

"셴을 만나려고. 맥의 도움이 필요해."

"셴?"

"응, 셴."

아이는 셴의 이름을 듣자 순간 경계심을 풀었다. 나는 천막을 내리고 방 안에 들어섰다.

"아저씨도 구원이 필요해서 왔어?"

"뭐?"

"구원 말이야. 구원."

"그게 뭐지?"

"뭐야, 어른이 왜 그런 것도 몰라."

아이는 옆에 있는 낡은 이불을 끌어당겨 품에 안았다. 열 살도 채 넘기지 않았을 것 같은 작은 체구. 그 애는 유독 큰 눈으로 거리낌 없이 나를 쳐다보았다.

"몇 살이니?"

"아홉 살."

"아……."

전쟁 이후의 세대. 누릴 것이라고는 전혀 없는 삶 속에 태어난 아이였다.

"여기 찾아오는 사람은 다 구원 타령만 해. 근데 아저씨는 안 그러네?"

소녀는 뭐가 우스운지 히죽거렸다. 때가 묻고 지저분한 얼굴이었지만 아이의 표정은 유독 투명해 보였다.

"여기에 그게 있나? 그, 구원인가 하는 거."

"아니, 그걸 준다는 사람을 알아. 쟤가."

아이는 등 뒤의 또 다른 천막을 가리켰다. 뒤이어 가느다랗게 떨리는 누군가의 목소리가 들렸다.

"누구시죠……."

"들어가, 아저씨."

"누군데?"

"아저씨가 찾던 사람."

두 번째 천막 안에는 어림잡아 열여섯이나 일곱쯤 되어 보이는, 그러나 소년 같지 않은 분위기를 풍기는 아이가 앉아 있었다. 부스스한 곱슬머리 밑으로 크기가 다른 두 눈이 나를 올려다보았다.

"왜 찾아오셨죠?"

"셴을 찾고 있어."

"소용없어요."

"뭐?"

"구원은 찾는 게 아니죠. 선물로 받기 전까진 가질 수 없어요."

"난 그게 뭔지 몰라. 관심도 없고. 그냥 그를 만나고 싶은 것뿐이야."

"고통받아본 적이 없으신가 봐요."

소년은 의아하다는 듯이 나를 바라보았다.

"이런 세상에서 고통을 느끼지 않는다니 신기하네요. 약을 맞지도 않는 것 같은데."

소년은 내 빈 손목을 물끄러미 쳐다보았다. 그러더니 갑자기 알아듣기 힘든 말을 하기 시작했다.

"내 힘으로 삶을 감당할 수 없을 때가 되면 '구원'이 필요하다 느끼게 되죠. 그때가 되면 배우지 않아도 알 수 있어요. 그건 누군가 날 살려주길 바라는 마음이니까요."

무슨 소리를 하는 건지 도통 알 수가 없었다. 소년은 살짝 미소를 지었다.

"처음이에요. 고통을 느끼지 않는 분을 만난 건. 새롭네요."

맥이 기대고 있던 벽에는 무수히 많은 글과 그림들이 빼곡히 새겨져 있었다. 글귀들은 두서없이 뚝뚝 끊긴 문장이 대부분이었다. '내 목소리를 들으라, 내 말을 들으라, 나의 상처로, 내가 사람을, 나의 상함으로, 소년을.'

"그런데, 왜 센을 만나려 하시죠?"

이유. 이유라면 당연히……

"그에게 전해야 할 말이 있어."

전쟁을 멈추게 하기 위해서. 아니, 더 나은 삶을 얻기 위해서.

"특별한 분이신가 봐요."

"뭐?"

"다들 무언가를 받고 싶어 하는데. 당신은 오히려 받을 건 없고 전해줄 것만 있다고 하시네요."

"그냥 네가 알고 있는 걸 말해줘. 난 그거면 돼."

"22-13."

"22-13?"

"주소…… 같지요? 아무래도."

그렇다. 아주 흔한, 하지만 지금은 사용하지 않는 옛 표기법.

"센이 사는 곳인가?"

"글쎄요. 집이라는 표현은 쓰지 않으세요. 그저 시작점이라고만 말씀하셨어요."

"그 숫자 하나만으로 위치를 알 수는 없잖아."

"저 말고 다른 아이들에게도 무언가 남기셨겠죠."

"아이들끼리 정보를 공유하진 않는가 보구나."

"'만일'의 경우가 아니고서야, 굳이 나눌 필요는 없으니까요."

"그런데 그걸 나한테 말해줘도 괜찮은 건가?"

소년은 다시 희미하게 눈웃음을 지었다.

"아버지는 입버릇처럼 '큰일이 있기 위해서는 새바람이 불어야 한다'고 하셨어요. 그런데 제 눈엔 당신이 꼭 그 바람처럼 보여서요."

'큰일'이라니. 역시 전쟁을 말하는 거겠지. 정말로 저 거대한 도시를 상대로 전쟁을 일으키려는 걸까. 그렇다면 맥은 나를 잘못 본 것이다. 나는 이들의 불을 지펴줄 바람이 아니니까.

"묻고 싶은 게 있어."

"네, 물어보세요."

"너는 왜 센을 따르지?"

"이해해주시거든요."

"이해?"

"제가 어떤 모습이든, 있는 그대로 이해해주시죠."

"그게…… 중요해?"

"사람을 죽였거든요. 여러 명."

아이의 눈이 조금 날카로워졌다.

"처음엔 감염 때문이라고 생각했어요. 하지만 사고가 반복될 수록 이게 꼭 병 때문만은 아닐 수도 있겠다는 생각이 들었죠. 병에 걸렸든 걸리지 않았든, 저는 살인자였으니까요."

"왜…… 죽였는데?"

"저도 몰라요. 처음엔 치밀어 오르는 걸 참지 못해서였고…… 그다음엔 그게 그냥 반복되었어요. 하지만 센은 제가 멈춰 설 수 있도록 도와줬죠. 센은 우릴 인도해줘요."

맥은 이후로도 계속해서 센에 대한 자신의 마음을 털어놓았다. 그건 주로 납득하기 힘든 종류의 이야기들이었지만, 센이라는 자가 이곳 사람들에게 얼마나 많은 영향을 끼치고 있는지 파악하는 데에는 분명 도움이 되었다.

소년과의 대화는 끝이 났고, '흔적' 하나를 얻는 데에는 예상외로 그리 많은 시간이 걸리지 않았다. 밖에 있던 어린 여자아이는 내가 나오자 활짝 핀 얼굴로 손을 흔들었다.

"아저씨, 잘 가."

아이는 내 대답을 바라기라도 하듯 계속해서 손을 흔들었다. 무슨 말을 해야 할지 몰라 고민하다 아이가 하던 것처럼 오른손을 들어 살짝 흔들어보았다. 소녀는 그제야 빙긋 웃더니 제자리로 돌아갔다. 태어나 처음 해보는 손 인사였다.

2033년 8월 15일 월요일, 전쟁의 끝.

7년간의 전쟁이 끝이 났다. 누군가가 끝을 공표한 것은 아니었다. 그저 잊을 만하면 들려오던 폭격 소리가 완전히 멎은 후로 사계절이 지나갔고, 각지에서 몰려든 생존자들의 증언이 그 끝을 암시하게 했을 뿐이었다.

"영감님…… 저, 몸통에 이런 게 잔뜩 났는데 혹시 곧 죽나요."

"안 죽어요. 그냥 놔두면 사라질 겁니다. 그런데 그 영감 소리 한 번 더 하면 진료 안 봐드립니다."

"그럼 뭐라고 불러야……."

"이름 부르세요, 이름. 포먼."

그들은 몇 년간 윈스키 전역을 떠돌다 가장 훼손이 덜한 한 지역에 정착했다. 구역 내의 비감염자는 포먼과 미아, 그리고 이안이 전부였다. 포먼은 거주 구역 내 유일한 의사(타인을 돌볼 의지가 남아 있는)였기에, 그의 도움이 필요한 이들은 남몰래 그를 방문했다 볼일이 끝나면 서둘러 그곳을 떠나곤 했다.

감염자들은 누군가와 교류하는 것을 극도로 꺼려했다. 오랜 발작은 여러 후유증을 만들어냈고, 짐승같이 변한 자신의 모습을 맨정신으로 받아들일 수 있는 사람은 거의 없었다. 그렇기에 더욱, 그들에게 포먼의 존재는 상징적이고 유의미했다.

"아빠, 오늘은 좀 쉬세요. 비도 오는데 문 닫고 푹 쉬자고요."

미아는 마비된 세상 속에서도 생기를 유지하고 있었다. 수년 전 어리숙한 소녀의 모습은 온데간데없이, 그녀는 어느새 강하고 매력적인 여인이 되어 있었다.

"미아야."

"네, 아빠."

"그냥 하던 대로 반말해주면 안 되겠니. 간지러운데."

포먼은 새치가 소복이 쌓인 머리를 질끈 묶어 올리며 딸에게 시비를 걸었다. 미아는 점잖게 아버지를 한번 쏘아보고는 대꾸도 없이 테이블 위를 정리했다.

"그나저나, 정말로 말 안 해줄 거야?"

"뭘요."

"네 그 눈 밑에 해둔 낙서. 그거 정말 어디서 한 건지 말 안 할래?"

그녀의 왼쪽 눈 밑엔 시커멓고 구불구불한 문신이 새겨져 있었다.

"이거 지워지는 거예요. 우연히 주워서 한번 해봤죠."

"확실해? 지워지긴커녕 일주일이 넘도록 그대론데?"

"에이, 여러 개 주웠죠. 걱정 마시라니깐요."

미아는 활짝 웃으며 테이블 위에서 쓸 만한 종이 몇 장을 찾아내 제 방으로 향했다. 포먼은 체념한 듯 고개를 저었다.

그들의 거처는 5층짜리 작은 오피스텔 건물에 있었다. 다행인지 불행인지 그 안엔 생존자가 전혀 없었고, 그들은 그중 꼭대기 층에 있는 가장 넓은 집을 차지했다. 운이 좋으면 한 번씩 나오던 물이나 전기의 공급은 더 이상 기대할 수 없었지만, 몸을 뉘고 쉴 깨끗한 공간을 얻게 된 것만으로도 큰 행운이었다.

미아는 집의 가장 안쪽 서재를 자기 방으로 사용했다. 오래된 책들과 두툼한 서류뭉치들이 풍기는 냄새로 가득 찬 방이었다. 대부분 이전 주인이 사용하던 책이었지만, 일부는 미아가 모아온 것이기도 했다.

"어디다 뒀더라……."

그녀는 방문을 닫고 무언가를 열심히 찾기 시작했다. 책꽂이와 작은 서랍들을 뒤지던 미아는 서랍장 맨 아래 칸 바닥 안쪽에서 녹색 파일 하나를 떼어냈다.

"찾았다."

미아는 소리 나지 않게 문을 걸어 잠갔다. 파일 안에 든 편지들을 꺼내 테이블 위에 나열한 뒤, 그중 몇 장을 추려 유심히 읽어 내려갔다. 그리고 편지 곳곳에 표시된 빨간 동그라미들을 손으로 하나씩 짚어가며 순서대로 다른 종이에 받아 적었다.

"E.. ze.. k.. Ezekiel……?"

그녀는 곧 책꽂이에서 두툼한 책을 꺼내어 한 부분을 찾아 펼

쳤다. 얇은 종이가 한 장 한 장 넘어가고, 그녀의 손가락이 멈춰
선 곳에는 '재앙'이라는 단어가 두 번이나 반복되어 쓰여 있었다.
미아의 얼굴에 순간 그늘이 드리워졌다.

똑똑.

"미아, 나야."

"어, 잠깐만."

미아는 펼쳐두었던 것들을 재빨리 발밑에 있던 상자 안으로
집어넣은 뒤 아무렇지 않은 척 방문을 열었다. 문밖엔 도스가 서
있었다.

"응, 왜?"

"그냥, 좀 심심해서. 들어가도 돼?"

도스는 멀뚱히 서서 괜히 제 머리를 만지작거렸다. 몇 년 새
도스는 미아를 한참 내려다볼 만큼 키가 훌쩍 자라 있었다. 그는
어리숙한 얼굴로 얌전히 그녀의 대답을 기다렸다.

"그래 뭐, 들어와."

그녀의 허락이 떨어지자 그는 허술하게 웃으며 잽싸게 방 안
으로 들어섰다.

"넌 여기서 맨날 뭐 하냐. 볼 거라곤 글자밖에 없는데, 머리 아
프게."

"읽을 거 많아서 좋기만 한데."

미아는 문을 활짝 열어두고 의자에 돌아와 앉았다. 도스는 그
맞은편에 앉아 책상을 슬그머니 훑어보았다. 종류를 다 알 수 없
을 만큼 다양한 서적들. 그중엔 미아가 조금 전 보다가 미처 집

어넣지 못한 그 두꺼운 책도 펼쳐져 있었다.

"뭐야, 너 성경도 읽어?"

"어? 아, 그냥 심심할 때 한 번씩. 왜?"

"신 같은 건 죽어도 안 믿을 것 같은 애가…… 이것저것 너무 읽다 보니 막 신앙심이 생기고 그런 건가?"

"난 맹신 같은 건 안 해, 신도 안 믿고. 차라리 사람을 믿지."

"나 같음 차라리 신을 믿겠다."

"뭐하러?"

"탓하기 좋잖아."

미아는 피식하고 웃었다.

"믿지도 않는다면서 읽으면 뭐가 눈에 좀 들어와?"

"그래도 여기 꽤 재미있는 게 많아."

"난 너랑 얘기하면 재밌던데."

잠시 정적이 흘렀다. 도스는 함박웃음을 지으며 미아를 바라보았고, 미아는 애매한 표정이었다.

"뭐, 여하튼."

"근데 그 눈 밑에는 뭐라고 적어둔 거야?"

"아, 이거."

"미아."

도스의 기분이 한참 좋아질 즈음, 문밖에서 이안이 나타나 대화의 맥을 끊어놓았다.

"어, 이안 언제 왔어? 벌써 구해 온 거야?"

미아는 자리에서 일어나 곧장 이안을 향해 걸음을 옮겼다. 이안이 들고 온 주머니 안에는 배터리들이 종류별로 한 움큼 들어 있었다. 미아와의 대화에 한참 빠져 있던 도스는 갑자기 나타난 방해꾼에 잔뜩 실망한 눈치였다.

"응, 여기."

"고마워, 이거면 충분할 것 같아!"

"그래. 아, 도스."

"왜."

"영감님이 부르셔."

"지금?"

"아빠가? 도스, 그럼 나중에 얘기하자. 나도 마침 해야 할 일도 있고."

도스는 대답 대신 물끄러미 미아를 쳐다보았다. 싫다고 말하고 싶었지만 그러기엔 미아의 표정이 너무 강경했고, 슬쩍 지은 미소는 또 너무 예뻤다.

"알겠어."

"그래, 이따가 봐."

미아는 싱그러운 웃음만 살짝 보여주고는 여지없이 문을 닫고 들어가버렸다. 도스는 덩그러니 서서 닫힌 문만 하염없이 바라보았다. 열기는 어려웠지만 닫히긴 참 쉬운 문이었다.

고개를 돌려보니 이안이 속 편한 얼굴로 소파에 앉아 무언가를 읽고 있었다. 미아와의 시간을 방해한 것도 모자라 그녀랑 비슷한 취미를 가지고 있다니, 짜증이 났다.

집 안은 온통 고요하고, 창밖엔 여전히 비가 내렸다. 전기가 들어오지 않는 실내는 낮인데도 먹구름이 낀 것처럼 어두웠다. 다들 뭘 그리도 열중해 있는지. 한집에 있으면서도 다들 자기 세계에만 빠져 사는 것 같았다. 도스는 거실 복도에 홀로 우두커니 서 있었다. 그러다 그렇게 서 있는 자세마저 어색한 느낌이 들었는지 유리에 비친 모습을 들여다보며 괜히 옷매무새를 다듬었다.

이안은 곧은 자세로 앉아 유유히 책장을 넘겼다. 별다른 표정도 몸짓도 없었지만, 어디서 흘러나오는지 모를 여유와 묵직한 기운은 나이가 들어갈수록 더욱 깊어졌다. 도스는 이안을 바라보며 나지막하게 중얼거렸다.

"재수 없는 놈."

###

나는 맥이 알려준 산길을 따라 아래로 향하기 시작했다. 올라 왔던 길보다는 완만했지만, 결코 수월하진 않았다. 터널을 지나고 온종일 산을 타 넘다 보니 트램을 타고 싶다는 생각이 들었다. 다리가 아프다.

'반란군이라……'

길을 내려가는 동안 지금까지 본 것들을 하나씩 떠올려보았다. 약에 취한 사람들, 맹인, 노인과 어린아이들, 뼈대만 남은 교회, 그리고 돌로 지어진 소굴. 그런 말 같지도 않은 꼴로 전쟁이라. 머리가 어떻게 된 건 아닐까.

반란군의 주요 인물이라 여겼던 맥은 그저 어린애일 뿐이었고, 구원이니 뭐니 하며 느닷없이 자신의 살인을 고백하는 것 이외에는 불편할 게 없었다. 모든 건 순조로웠다. 순조롭다 못해, 허술하다고 느껴질 정도였다.

"이쪽 길은 막혔어요. 저쪽으로 돌아가요."

굵은 나무에 묶인 밧줄을 하나 발견해 붙들고 내려가던 중, 아래쪽에서부터 올라오던 한 여자와 마주쳤다. 여자는 험한 길을 아무렇지 않게 올라오고 있었다.

"막힌 길인데, 그쪽은 어떻게 올라왔죠?"

"산지기* 처음 봐요?"

"그쪽이 여길 지킵니까?"

"뭐야, 여기 처음인가 보네."

여자는 픽 하고 입꼬리를 뜰썩였다.

"도시에서 도망 나왔어요?"

도망이라니. 도망치는 사람도 있었던 건가.

"네."

신원을 밝히지 않으면서 말을 지어내기엔 아직 아는 것이 너무 없었다.

"처분할 때 애를 좀 먹었을 텐데. 용케 잘 버리고 왔네요."

여자는 눈짓으로 내 오른쪽 손목을 가리켰다.

"첫날이면 잘 곳도 없을 텐데, 여태 누구 만난 사람 없어요? 여기에 대해 아무것도 몰라요?"

"맥을 만나고 오는 길입니다."

"오호라, 지은 죄가 많은 분이셨구나."

"죄라뇨."

"민망해할 필요 없어요. 어차피 다들 머리에 구멍 하나씩 난 꼴인걸. 정신 나간 사이에 무슨 짓을 저지르고 다니는지 알게 뭐

* 산에서 의식을 잃은 감염자들을 찾아 돌려보내는 사람들.

예요. 여기엔 그걸 가지고 뭐라 하는 사람 없습니다."

정말이지 들어주기 힘든 말이다. 구원이니 고통이니 하는 소리도 웃긴데 죄인 취급이라니. 여기 인간들은 하나같이 다 현실감이라고는 없는 건가.

"저는 센이라는 사람을 찾는 겁니다. 죄지은 게 아니라."

"어머, 왜 화를 내시지."

"내가요?"

"네, 그쪽이요. 화냈는데 지금, 나한테."

"안 냈습니다."

"그래요?"

여자는 어깨를 으쓱하더니 갑자기 가방을 내려 이것저것 뒤적이기 시작했다.

"도시에서 여기까지 오려면 한참 걸렸을 텐데, 배고프죠? 원래 배가 고프면 화가 나는 법이에요. 기다려봐요."

여자는 소매를 걷어붙이고 가방 안쪽 깊숙이 손을 넣어 커다란 페트병 하나를 꺼내 들었다. 안에는 작은 알갱이들이 가득 들어 있었다.

"뭡니까?"

"콩이요. 말린 거."

해가 저물어가는 오후. 출발 전 본부에서 먹었던 음식 말고는 여태 아무것도 먹질 않아 슬슬 허기에 지쳐가던 참이었다.

"독 안 들었어요, 일단 입에 넣어봐요."

여자는 손바닥에 콩을 덜어 내 앞에 가져다 댔다.

"혹시 여기에는……."

"네, 여기에는 뭐요?"

"먹을 게 없습니까?"

"네?"

아까부터 거슬리는 게 있었다. 도시 경계선에 가장 가까운 교회와 파란 초 동굴이 그 지경인데, 더 깊숙이 들어간들 여기에 뭐가 더 있을까. 이들이 정말 반란군이라면 전쟁을 하는 진짜 이유는 뭘까. 지나친 굶주림? 궁핍함? 생존을 위한 마지막 발버둥?

"이상한 소릴 하시네."

여자는 게슴츠레한 눈으로 나를 쳐다보았다.

"꼭 혼자만 배부른 사람처럼 왜 그런 걸 물어봐요? 요즘 본부는 밥을 많이 나눠주나? 못 본 새에 도시 사정이 좀 나아지기라도 했나 봐요."

아.

아차 싶었다. 여기뿐만 아니라 도시에 사는 모든 사람에겐 '배고픔'이 당연했다. 배부름이나 풍요 같은 건 네오젠의 숨겨진 혜택인 것. 나는 나도 모르는 새에 나비의 입장에서 이야기하고 있었다.

"아뇨, 아까 보니 어린아이들이 구걸을 하길래."

"아. 애들을 보셨구나."

그런대로 나쁘지 않은 대처였다. 적어도 도시엔 구걸하는 이들은 없었으니까.

"애들은 죄가 없죠. 굳이 찾는다면 이런 시대에 태어난 게 가장 큰 잘못이랄까."

"죄라는 걸 꼭 찾아내야 하는 겁니까."

"무슨 소리예요?"

"아까부터 자꾸만 죄라는 말을 쓰는데, 왜 굳이 사람을 죄인으로 만드는 겁니까."

"그래야 마음이 편하니까요."

편하다니, 왜지.

"이 세상 어딘가에 죄라는 걸 정해둔 이가 있다면 그가 그걸 처리할 방법 또한 알겠지,라고 생각하는 거죠. 자기가 한 짓이 감당이 안 될 때 떼쓰기 위해서 만들어두는 거예요, 죄는."

참 복잡한 사고방식이다. 이들은 그런 관념에 의존하지 않고선 살 방법을 모르는 걸까.

"도시에서는 이제 볼 일이 없겠지만, 여기 사람들은 여전히 하루에도 몇 번씩 발작을 겪고 있어요. 그쪽도 알지 않나요? 그게 사람을 얼마나 불행하게 만드는지."

"그럼 이곳 사람들은 한 번도 치료제를 맞지 않은 겁니까?"

"한 번도 안 맞은 사람은 극소수고, 대부분은 두세 번이 넘어가기 전에 그만뒀어요. 물론 더 나중에 온 사람들도 있지만. 그쪽은 이제 온 걸 보니 한참 동안 약을 맞았을 것 같은데, 어땠어요? 이상한 것 못 느꼈어요?"

"그건……."

다시 대답할 수 없는 질문이 던져졌다.

"괜찮아요, 여긴 본부의 감시가 없는 곳이니까. 말해봐요."

본부의 감시가 없다니, 정말 모르는 걸까. 그나저나 뭐라고 대답을 해야 하지.

"다들 아는 얘기를 또 해봐야 무슨 소용입니까."

"뭐, 그렇긴 하지만."

"이안!"

갑자기 낯익은 목소리가 들려왔다. 저 멀리 위에서 미아가 가쁜 숨을 내몰아 쉬고 있었다.

"미아?"

"너 진짜 왔구나!"

미아는 산길을 미끄러지듯 잘도 달려 내려왔다.

"지호가 네 얘길 하길래 와봤어. 잘 왔어, 정말로!"

그녀는 한껏 밝은 목소리로 나를 반겼다. 미아를 보니 어쩐지 기운이 나는 것만 같다.

"가자."

"어딜?"

"너 쉴 곳 필요하잖아. 우선 머물 수 있는 데가 있어. 가자."

미아는 내 팔을 끌어당기며 한 손으로는 뒤에 있는 산지기 여자를 향해 크게 손을 흔들어 보였다. 얼마 지나지 않아 뒤를 돌아보았을 땐, 여자는 제 갈 길을 떠난 뒤였다.

미아와 나는 해가 거의 다 저물 즈음이 되어서야 산을 내려올 수 있었다. 어두운 산속에서 미아의 어설픈 걸음을 뒤따라 걷는 일은 상당히 피곤했다. 자신 있게 앞장선 그녀는 몇 번이나 아래로 굴러떨어질 것처럼 허우적거렸고, 아차 싶어 손을 뻗으면 언제 그랬냐는 듯 멀쩡히 균형을 잡고 걷기를 반복했다. 제대로 목적지에 도착한 것이 신기할 따름이었다.

"터널로 온 거지?"

"응."

"손목 허전하지 않아? 꽤 오래 차고 있었잖아."

"그다지. 시원하고 편해."

"네가 이렇게 빨리 결정할 줄은 몰랐어."

"뭐, 네가 오라고 한 것도 있고."

"아…… 서쪽 오니까 어때?"

"듣고 싶은 대답이 있는 거야?"

"어?"

"원하는 대답이 있는 것같이 들려서."

"아니, 그런 건 아닌데."

미아는 대답을 하다 말고 돌아서서 내 얼굴을 뚫어져라 쳐다봤다. 어두워서 제대로 보이지도 않을 텐데, 그녀는 시선을 고정한 채 한참 동안 나를 관찰했다.

"너 말이야."

"응."

"이상해. 달라졌어."

"뭐가."

"언제부터 말을 그렇게 잘했어?"

"뭐?"

"그사이 표정도 많이 달라진 것 같고. 왜 그래 너, 괜찮아?"

"아무렇지도 않아."

"무슨 일 있었어? 어디 아파?"

"아니야."

"아냐 확실히 달라. 확실히."

그녀는 안 그래도 큰 눈을 더 커다랗게 뜨며 얼굴을 가까이 들이밀었다. 얼굴이 가까워질수록 그녀의 눈 밑 문신도 더 두드러져 보였다.

"아무 일 없어. 착각이겠지."

"분명히 다른데……."

"그런가. 그나저나 여긴 어디야."

산 밑의 우거진 수풀 길. 그 끝에 담쟁이넝쿨과 잡초에 휘감긴 두껍고 웅장한 철창이 보였다.

"아버지 말로는 수도에서 제일 큰 추모 공원이었다나. 아, 너는 예전부터 수도에 살았으니 알 수도 있겠다."

"루터 공원."

"아 맞아, 그거."

"여기야? 네가 데려가려던 곳."

"응, 당분간 여기서 쉬면 될 거야. 일단 가자."

그녀는 넝쿨 속에 숨겨져 있던 입구를 찾아 안쪽으로 길을 안내했다. 루터 공원. 이름만 알지 살면서 한 번도 와본 적 없는 곳이었다. 공원엔 가옥형으로 만들어진 정사각형의 무덤들이 양쪽으로 줄지어 서 있고, 사람들이 그곳을 제집처럼 드나들고 있었다. 얼핏, 묘지보다는 마을에 더 가까워 보였다.

이곳엔 제법 많은 인원이 모여 살고 있었다. 해가 저문 지 얼마 되지 않았음에도 대부분 무덤 위에 자리를 펴고 누워 잠을 청하는 중이었다. 대리석으로 보기 좋게 다듬어진 사각형의 무덤은 산 사람이 몸을 뉘기에도 꽤 적당해 보였다. 아마 이곳에 묻힌 이들 중 어느 누구도 죽은 뒤 산 자들에게 깔려 지낼 것을 예상하지는 못했을 것이다.

곁을 지나가는 이들마다 흙과 섞인 오묘하고 비릿한 냄새를 풍겼다. 대부분 제대로 먹지도 못해 삐쩍 말라 있었지만, 파란 초 동굴과 달리 이들은 외부인의 등장에 크게 관심을 기울이지 않았다. 여전히, 전쟁을 치를 만큼 의지가 있어 보이는 자를 찾긴 힘들었다.

"다 왔다. 여기야."

미아는 길의 제일 안쪽에 있는 무덤 한 칸을 가리켰다. 돌 위에는 누군가 사용하다 남긴 것 같은 담요와 헌 옷이 가지런히 개어져 있었다.

"여기서 잠깐 숨 좀 돌려."

"무덤에서?"

"생긴 것만 그렇지, 막상 지내보면 편해."

동굴, 그다음에는 무덤이라니. 여기선 제대로 된 거처 하나 갖기도 힘든 일이구나.

미아는 손수 담요를 털어 펼쳐놓았다. 주인 없는 옷가지들은 혹시 모를 추위를 대비하기 위해 곁에 꼭 두어야 하는 거라면서 친절한 설명도 덧붙였다.

"배고프지? 잠깐만 기다려봐. 먹을 것 좀 갖다줄게."

"어디서?"

"가까워. 금방 갔다 올게."

미아는 서둘러 어딘가를 향해 이동했다. 다른 사람에게 나눠줄 만한 제대로 된 음식이 있긴 한 걸까.

나는 일어나 공원 안을 천천히 둘러보았다. 적막한 가운데 간간이 기침 소리나 작게 경기를 일으키는 소리가 들려왔다.

'센은, 우리를 인도해준답니다.'

도무지 납득이 가질 않는다. 대체 센이 바라는 게 뭘까. 아니, 가진 무기가 있긴 할까.

이들은 전쟁을 일으킬 만큼의 힘이 없다. 오히려 그건 네오젠이 갖고 있지. 실제로도 본부는 도시를 재건하고 질병을 통제하는 것을 통해 그 힘을 증명해왔다. 그들을 상대하려면 그에 상응할 만한 무기가 있거나 그것을 대체할 만큼의 계략이라도 있어야 가능한 일일 텐데.

"왜 멀쩡한 사람이 여길 들어와 있습니까."

생각에 빠져 있는 사이 누군가 곁으로 다가왔다.

"나가요. 여긴 당신 같은 사람이 올 곳이 아닙니다."

경계심 가득한 두 눈이 나를 위아래로 훑는다. 뭘 알고 그런 말을 하는 거지. 내가 네오젠에서 온 걸 알아본 건가.

"무슨 말을 하는 거죠?"

"여긴 치료가 필요한 사람들만 거주하는 곳입니다. 그쪽은 보아하니 후유증도 없어 보이는데."

그걸, 대체 어떻게 구분하는 거지.

"날 데려다준 사람이 여기에 머무르라고 했습니다."

"그게 누군데요."

"미아요. 잠깐 어딜 갔다 온다고 했으니 금방 돌아올 겁니다."

"예?"

남자의 표정이 순식간에 달라졌다.

"미아랑 가까운 사이십니까? 듣기론 형제자매도 없다고 하던
데."

"전쟁 중에 만났습니다. 포먼 영감과도 아는 사이고요."

"예?"

"그러는 그쪽은 누구십니까."

"아, 초면에 실례했습니다. 영감님과 친분이 있으신 줄도 모
르고. 저는 태오라고 합니다. 여기서 영감님을 돕고 있어요. 그
분께 신세도 많이 졌고요."

"아, 예. 이안이라고 합니다."

"세상에. 아무튼 너무 반갑습니다. 여기엔 처음 오신 건가요?"

"네, 뭐."

"잘 오셨어요. 여기만큼 좋은 곳이 없죠."

좋은 곳이 없다니. 우스운 소리를 하네.

"여기에…… 좋은 게 많이 있나 보죠?"

"그럼요, 본부가 주는 이상한 약을 강제로 안 맞아도 되니 말
이죠. 영감님이 계시니 여기서도 치료를 받을 수 있고요."

"아…… 그러시군요."

"참 고마운 분이시죠. 덕분에 제가 병이 다 낫기도 했고요."

"잠깐, 병이 나았다고요?"

병이 나았다니. 치료제 없이 감염자가 완치되었다는 말인가.

"예전엔 제가 무슨 정신이었는지 기억도 잘 나지 않습니다. 매일 밤 발작이 일어나 동틀 무렵까지 미친 짓을 하고 다녔죠. 그렇게 몇 날 며칠을 버티다 영감님께로 달려갔습니다. 그런데 신기하게도 영감님을 뵙고 온 날이면 해가 져도 발작이 일어나지 않는 겁니다. 그건 제게 곧 희망이었죠. 지금은 전혀 증세가 없습니다. 이것 보세요, 지금 이렇게 어두운데도 멀쩡하잖습니까."

그 순간 '카알에게 알려야 한다.'라는 생각이 가장 먼저 떠올랐다. 센이 병자들을 앞세워 반기를 들 수 있는 이유, 굳이 궁핍과 가난을 자처하면서 백신을 거부하는 이유, 여기 모인 수많은 이들의 염원을 고스란히 제 영향력으로 삼을 수 있는 이유. 이곳에 병을 치료할 방법이 있다면 그 모든 것들이 설명된다.

"치료 방법이 뭐죠? 그럼 여기 있는 사람들도 모두 회복 중인 겁니까?"

"사실 저도 그건 잘 모릅니다. 정확한 건 영감님만 아시죠. 안타깝지만 이들 중에서는 아직 회복된 사람이 없어요. 영감님께서 차도가 보인다 하시니 그 말을 믿고 포기하지 않을 뿐입니다."

"포먼이 여기 있는 모든 이들을 돌보는 겁니까?"

"거의 그렇다고 봐야죠. 여기 이 공원도 치료를 위해 영감님께서 따로 지정해둔 곳이에요. 아마 내일 동이 트면 다시 나오실 겁니다."

내가 아는 한, 포먼은 늘 타인의 안위에 지나칠 정도로 몰두하는 비합리적인 사람이었다. 물론 그가 그런 사람이기에 땅속에 갇혀 있던 나와 도스를 건져낸 것임을 안다. 하지만 그는 늘 자신을 혹사시키며 타인을 돌보았고, 그건 분명 지나친 것이었다. 그리고 그 지나침은, 어쩌면 지금 네오젠이 가장 경계해야 할 요소 중 하나일지도 모른다.

"센에 대해서도 잘 아십니까?"

"아, 이미 그분에 대해서도 들으셨군요? 그럼요, 많이 들어서 알죠."

들어서 알고 있다니. 그럼 본 적은 없다는 건가.

"어떤 사람이죠?"

"본부와 도시로부터 도망칠 길을 만들어주신 분이죠. 치료제의 부작용을 가장 먼저 알려주신 분이기도 해요. 아, 저희가 서쪽에 머무르게 된 것도 그분이 미리 장소를 확보해놓으신 덕분이라고 알고 있어요."

이 많은 인원을 선동하고 대거 이동시켰다니, 대체 뭘 위해 그런 수고를 자처한 걸까. 그걸 통해 자신이 얻을 수 있는 게 무엇이기에.

"부작용이 뭐죠?"

"모르셨어요? 그 약은 세뇌를 시켜요. 사람들을 꼭두각시로 만들어서 자기들 잇속을 챙기는 일에 부려먹고 착취하는 거죠. 생각해보세요, 치료를 해주려면 곱게 해줄 일이지 나중엔 없던 규칙을 만들어가며 자기들이 원하는 곳에 인력을 가져다 쓰지 않던가요? 약 없이도 치료할 방법이 분명히 존재하는데, 그들은 자기들이 가진 방법만이 유일하다고 하면서 사람을 조종하려 든단 말입니다."

조종이라니. 하지만 그들이 나서준 덕분에 안락하고 안전한 삶을 다시 되찾아가고 있던 것 아닌가. 다시 자원이 공급되고, 먹고 마시고 잘 수 있는 일상이 회복되었으며, 무너졌던 문명을 다시 일으켜 세워준 건 다 본부의 공이었다.

"그럼 그쪽은 치료제를 전혀 맞지 않았겠군요."

"당연하죠. 필요가 없는 걸 굳이 뭐하러 맞겠습니까. 아, 그리고 보니 선생님께서도 다 치료가 된 겁니까? 영감님께 도움을 받으신 건가요?"

"아 저는……."

"만약 한 명 더 완치된 사람이 생겨난 거라면, 이건 정말 대대적으로 알리고 기뻐해야 할 일입니다. 정말 완치가 된 겁니까?"

남자는 부담스러울 정도로 대화에 몰입해 있었다.

"저는 병에 걸린 적이 없습니다."

"세상에."

그는 놀라움을 있는 그대로 드러내며 나를 쳐다보았다.

"영감님과 그 따님을 제외하고는 병을 피한 사람을 처음 봐요. 와, 부럽습니다."

참 요란한 표현 방식이다. 뭐가 그리 반갑고 놀라우며 또 부러울까.

"그나저나, 그건 어떻게 알아보는 겁니까. 후유증이 있는지

없는지."

"글쎄요. 아무래도 병이 낫고 난 다음에 자연스럽게 생긴 감각인 것 같아요. 그냥 눈에 보이더라고요. 한번 아파본 놈이라 병든 사람들을 알아보는 것 아닐까요?"

"흥미롭네요."

"제 눈엔 선생님이 더 흥미롭게 보입니다. 병이 비껴가다니요."

습관처럼 히죽이는 얼굴. 저렇게 많이 웃으면 얼굴이 아프진 않을까. 손바닥 뒤집듯이 바뀌는 남자의 얼굴을 보고 있자니 잊고 있던 이름이 또 한 번 생각났다. 도스. 그 애의 표정이 꼭 저런 식이었지. 물론 훨씬 더 심했지만.

"혹시, 여기에 도스도 있지 않습니까?"

"예? 누구요?"

"도스 말입니다. 영감과 미아도 잘 알고 있을 텐데요."

"글쎄요, 저는 처음 듣는 이름이라."

"아, 그런가요."

"혹시 중요한 일인가요? 제가 하도 영감님께 신세 지은 게 많아서, 그분께 관련된 일이면 뭐든 돕고 싶은데."

"아닙니다, 그런 건."

어느새 저녁 공기가 습기를 먹어 축축해졌다. 비가 오려나. 길어진 대화에 기운이 빠져 자리를 뜨고 싶었지만, 남자는 지칠 줄 모르고 묻지 않은 말을 떠들어댔다. 대부분 포먼에 대한 존경과 감사의 말들이었고, 나머지는 본부에 대한 분노와 비방이었다. 어느 순간부터 남자의 이야기가 점점 귀에 들어오지 않는다.

슬쩍 고개를 돌려보니 저 멀리 누군가 불을 들고 다가오는 것이 보였다. 헐렁한 걸음걸이를 보아 미아인 것 같았다. 나는 그녀를 핑계 삼아 대화를 끝내고 가볍게 마지막 인사를 나누었다. 남자는 아직 하고 싶은 말이 더 많다며 아쉬워했다.

나는 그녀를 향해 발걸음을 옮겼다. 사방에 줄지어 있는 무덤에선 잠든 사람들의 숨소리가 작게 울려 퍼지고 있었다.

2035년 3월 1일 목요일, 오피스텔 앞.

"야, 넌 웃어본 적이 있긴 있냐."

"글쎄."

"그럼 지금 한 번만 웃어봐주면 안 되냐."

모두가 잠든 시간. 도스와 이안은 집 앞 계단에 걸터앉아 이야기를 나누고 있었다. 좀 더 명확하게 말하자면, 이안이 도스의 넋두리를 들어주는 중이었다.

도스가 병에 걸리긴 했지만 겉으로 보기에 둘의 사이는 전쟁 전과 그다지 달라진 게 없었다. 도스는 늘 기복이 심했고, 이안은 늘 같은 자리에 같은 모습으로 머물러 있었다.

"난 요즘 들어 뭐가 진짜 내 감정인지 잘 모르겠더라. 웃기지도 않은데 웃고, 화내려고 했던 게 아닌데 화가 나니깐. 몇 년 동안 이렇게 살다 보니 이제 내가 누군지도 잘 모르겠어."

"응."

"이안 넌 감정 같은 걸 가져본 적이 없잖아. 너도 혹시 네가 누 군지 잘 모르겠다는 생각이 들 때 있어?"

"글쎄."

"성의 있게 좀 대답해봐."

이안은 잠시 생각하는 듯하더니, 곧바로 다시 딴청을 피웠다.

"하긴. 네가 갑자기 말을 너무 잘해도 이상할 거야, 그치?"

도스는 특유의 장난스러운 표정을 지으며 말했다.

"난 너 다른 건 다 마음에 안 드는데, 입이 무거운 건 좋아. 어 쩌면 너처럼 그냥 들어주기만 하는 애가 있어서 내가 버틸 수 있 었는지도 모르지. 넌 나 무시하는 것처럼 보여도, 정작 중요할 때는 맨날 도와주잖아. 난 그게 네 진심일 거라고 생각해."

진심이라는 단어가 이안에게 와닿을 리 만무했지만, 도스는 그걸 알면서도 일부러 제 마음을 표현했다. 무감각한 이안을 보 며 때론 속이 터질 것 같은 답답함을 느꼈지만, 시시각각 스스로 에게 실망하는 요즘 같은 때엔 변함없는 누군가가 곁에 있다는 것만으로도 고마운 일이었다.

"야, 이안. 그거 기억나냐. 우리가 처음 감염자들 보고 짐승 같 다고 했던 거."

"응."

"네 눈에 그럼 지금 난 짐승처럼 보여?"

이안은 도스를 한참 쳐다보았다. 배려라고는 눈곱만큼도 모 르는 이안의 입에서 무슨 말이 나올까 도스는 내심 불안했지만, 그래도 고민하는 시늉이라도 하는 것 같아 다행이라는 생각이

들었다. '그래. 말해라 그냥. 나도 내가 짐승 같으니까.'

"아니."

"뭐?"

"그렇진 않아."

생각지 못한 대답이었다. 도스는 '세상이 망한 와중에 뭐 하나 제대로 바뀐 게 있긴 했네.'라고 생각했다. 누가 봐도 온전치 못한 자기를 보고 짐승 같지 않다고 말해주다니. 이안 네가 드디어 남의 기분을 생각할 줄 알게 되었구나.

"그럼…… 어떤데?"

"똑같아."

"똑같다니?"

"예전하고 똑같다고."

도스는 다시 생각이 많아졌다. 설마 '어떤 모습이건 내 친구인 건 변함없어.' 같은 감동적인 말을 한 걸까, 아님 '예나 지금이나 네가 그 모양인 건 다를 게 없어.'라고 욕을 한 것일까. 이거 기분이 나빠야 할까, 좋아야 할까.

"뭐 아무튼. 잘 생각 없어 보이는데 오늘은 내 얘기 좀 들어주라. 말이라도 실컷 하고 나면 기분이 나아질까 싶어서. 괜찮지?"

이안은 말없이 자세를 편하게 고쳐 앉았다. 그건 도스만 알아볼 수 있는 암묵적인 동의였다.

"너는 기분 같은 걸 느껴본 적이 없으니 잘 모르겠지만, 난 요즘 너무 우울해. 시간이 어떻게 지나갔는지도 모르겠고, 자기 전에 생각해보면 하루를 어떻게 살았는지 기억도 잘 안 나. 중간중간 끊긴 기억도 많고, 내 몸이 내 것 같지 않은 순간도 많아. 처음엔 너무 피곤하고 무력해서 하루하루 겨우 버티는 느낌이었는데, 적응이 좀 되고 나니 이젠 너무 우울해. 넌 이런 기분 모르지?"

"응."

"우울이라는 말은 아냐?"

"들어보긴 했어."

"대단하다 정말."

도스는 고개를 저으며 손사래를 쳤다.

"차라리 모르는 게 속 편할 수도 있어. 가끔은 진짜 죽고 싶거든. 세상도 의미 없고, 내 존재도 의미 없고. 야 근데 그거 아냐? 발작 중에서도 제일 슬픈 기분이 드는 건 화가 터질 때다? 울고 나뒹굴 때도 슬프긴 한데, 그 뭐랄까, 종류가 약간 달라. 눈물이 터질 때의 느낌은 오히려 속상함이나 분노에 더 가깝고, 화가 터질 때는 속에서 서러움이 막 밀려와. 이상하지?"

"모르겠어."

"그래 뭐 넌 모르겠지만, 어쨌든. 속에서 화가 일어날 땐 눈까지 달궈지는 느낌이거든. 게다가 화날 땐 왜 그렇게 속에서 말이 많이 나오는지 모르겠어. 듣기 싫은데 말이야. 가끔 그렇게 악을 쓰다가 어딘가에 비친 내 얼굴을 볼 때가 있는데, 그게 그렇게 보기 흉하다? 그럴 땐 내가 진짜 이 세상을 살 필요가 있긴 한 걸까 싶어."

이안은 곰곰이 생각해보았다. 이안이 보기엔 눈물을 흘리는

가 안 흘리는가 정도의 차이가 있을 뿐, 뭔가를 견디지 못해 발악하는 모습은 다 비슷하다고 느껴졌다. 그 안에서 차이를 느끼는 건 오직 발작을 일으키는 본인만 가능한 일인지도 몰랐다.

"있잖아 이안. 난 가끔 네 속에도 이런 온갖 것들이 들어 있을지 모른다고 생각해."

"없는데."

"아니지, 네가 모르는 걸 수도 있어. 느끼는 기능이 고장이 났거나, 배운 적이 없는 거지. 예를 들어 그런 거 있잖아. 너한테 감정은 아예 다른 나라 언어인 거야. 들어도 무슨 말인지 모르고, 있어도 그걸 뭐라고 말해야 할지 모르는 그런 거."

"너는 다 알아?"

"내 감정?"

"응."

"뭐, 너보다는?"

도스는 어깨를 으쓱하며 웃었다. 감염자의 처지가 비감염자보다 나을 게 없긴 했지만, 도스는 적어도 '감정'이라는 부분에선 이안에게 맘껏 잘난체해도 된다고 생각했다.

이안은 모르고 자신은 아는 것. 노력하는 것 하나 없이도 항상 강자의 자리에 서 있는 이안 앞에서 유일하게 자신이 안다고 자랑할 수 있는 것. 도스는 하나뿐인지도 모를 이안의 결핍을 자신이 채워줄 수 있다고 내심 믿고 있었다. 동경하고, 때론 질투하지만, 그에게 이안은 꽤 소중한 존재였다.

"혹시 나중에 네가 뭔가를 느낄 줄 알게 되면, 내가 너한테 얼마나 잘해줬는지 알게 될 거다. 장담해. 아마 나한테 되게 고마울걸?"

"그래."

"난 말이지, 가끔은 누가 말이라도 해줬으면 좋겠어. 내가 꼭 필요하다든지 그런 거 있잖아."

"그게 왜?"

"정말 내가 널 하나부터 열까지 다 가르쳐야 되겠냐."

도스는 귀찮아하면서도 속으로는 아는 체할 게 생겨서 내심 좋았다. 그는 자세를 고치고 턱을 매만지며 말을 이어갔다.

"내가 볼 땐 사람은 두 종류가 있어. 남의 인정을 받아야 살 수 있냐, 아님 인정 없이도 살 수 있냐."

"그래서?"

"난 인정을 받아야 살 힘이 나거든."

"그게 왜 필요하지."

"이것 봐. 네가 딱 그런 인간인 거야, 인정 없어도 잘만 사는. 사람은 너 같거나 아님 나 같거나, 둘 중 하나라니까?"

"너무 극단적인데."

"아니, 야. 대충 알아들어 좀."

이안은 별 상관없다는 듯 고개를 이리저리 돌리며 뭉친 목을 풀었다.

"너는 나 아니면 친구도 없었을 거야. 넌 꼭 오래오래 살면서 죽기 전에라도 그 고장 난 게 고쳐졌으면 좋겠다."

"응, 너도."

"야. 난 고장 안 났어."

이안은 의아한 눈으로 빤히 쳐다보았다. 도스도 순간 자기 대답이 어딘가 이상하다는 생각을 했다. 고장이 안 나긴. 고장이 나도 아주 단단히 나서 여태 넋두리를 해놓고.

"이제 자러 들어갈까."

"응."

"야, 이안."

"왜."

"만약에. 혹시 있잖아."

"응."

"내가 이대로 가다가 정말 미쳐버리거나 맛이 가버리면 말이야. 그러니깐 내 얘긴, 만약에 그렇게 되었을 때를 말하는 거야. 물론 이대로 쭉 살 수도 있겠지만."

"어, 그런데."

도스는 좀처럼 입을 열지 못하고 달싹거리기만 했다.

"아니다. 야, 얼른 올라가자."

한참을 망설이던 도스는 어색하고 과장된 웃음소리를 내며 말을 돌렸다.

"야, 그나저나 진짜 한 번만 웃어주면 안 되냐? 나 궁금한데."

"할 줄 몰라."

"야, 장담하지 마. 사람 일 모르는 거다. 나도 내가 감염될지 몰랐으니까. 누가 아냐. 네가 언젠가 울기도 하고 웃기도 하게 될지."

두 사람은 동틀 녘이 다 되어서야 자리에서 일어났다. 이안이 앞장서서 계단을 오르고, 도스도 그 뒤를 따랐다.

주변은 온통 조용했다. 아직 아무도 깨어나지 않은 시간. 도스는 이안의 뒷모습을 빤히 바라보며 계단을 올랐다.

###

"맛은 좀 어때? 먹을 만해?"

"응. 그런대로."

늦은 밤. 나는 미아가 가져다준 죽과 과일을 먹으며 때늦은 끼니를 해결했다. 곡물을 불려 만든 죽에는 아무런 간도 되어 있지 않았지만, 허기진 배를 채우기엔 적당한 음식이었다.

"아까 누구랑 얘기하고 있던 것 같았는데, 혹시 태오였어?"

"어. 너랑 영감님을 잘 알고 있다고 하던데."

"역시 맞았네. 걔는 밤낮없이 여길 그렇게 드나들어."

"영감님을 돕고 있다고 하더라."

"뭐 틀린 말은 아닌데, 시키지 않은 일을 하는 거라…… 너랑 무슨 얘길 한 거야?"

"영감님께 치료를 받고 완치가 되었다고."

"또 그 얘기였구나."

포먼과 미아에 대한 무한한 존경과 관심을 표현하던 남자와 달리, 미아의 말에서는 아무런 온도도 느껴지지 않았다. 서로 생각하는 게 다른 걸까.

"아무튼, 오늘은 여기서 자고 내일 날이 밝으면 다른 곳으로 옮겨 가자. 네가 지내기에 적당한 곳이 있어."

"어디?"

"여기서 산을 끼고 돌아가면 마을이 하나 있어. 아무튼, 너무 좋다, 이안."

"뭐가."

"네가 여기 온 것도 좋고, 너랑 이렇게 대화하는 것도 좋고."

"대화는 예전에도 했었는데."

"아니지. 예전에 했던 건 대화가 아니었지."

미아는 단호하게 선을 그으며 말했다.

"무슨 일이 있었던 건지는 모르겠지만, 결과적으로는 난 지금 네 모습이 더 맘에 드는걸."

"예전엔 맘에 안 들었다는 얘기네."

나의 반문에 미아는 눈을 동그랗게 뜨고 놀란 기색을 보였다. 그러더니 곧 큰 소리로 웃음을 터뜨렸다.

"네가 얼마나 사람 당황스럽게 했었는데. 뭐 그렇다고 널 싫어한 건 아니었으니 걱정 마."

미아는 깔깔거리며 중간중간 주변을 살폈다. 사람들의 잠을 깨울까 조심하는 것 같았다. 웃지 않으면 될 일을, 뭐가 그리 즐거울까.

미아는 이야기하는 내내 이전엔 보여준 적 없는 다른 표정들을 지었다. 왜 지금껏 그녀에게서 저런 얼굴들을 보지 못했을까. 마치 처음 보는 사람인 것처럼 낯선 느낌이 들었다.

"궁금한 게 있어."

"응, 네가 궁금한 게 있다니 그것도 새롭다. 물어봐, 뭐든."

"너도 셴을 알아?"

"셴?"

"응. 이야기를 들었어. 어떤 사람인지 궁금해."

"도시에 소문을 내고 다니는 사람들이 있다고 하더니 진짜였나 보네. 네가 알 정도면 도시 사람들 이미 다 아는 거 아냐?"

미아는 내가 그를 알고 있다는 것만으로도 적잖이 놀란 것 같았다.

"셴은 우리 리더야. 치료제 도입 반대를 가장 먼저 외친 사람이기도 하고."

"리더라고 하기엔 셴을 직접 못 본 사람들도 많은 것 같던데."

"아, 자기를 드러내는 사람이 아니거든. 사람들에게 영향을 크게 미치다 보니 주변에서 나서서 그를 리더로 삼은 격이지 뭐. 사실은 리더가 되는 일에 별로 관심도 없을 거야."

"너도 셴을 만난 적이 없어?"

"나? 나는 있지."

"그럼 어떤 사람인지 알겠네."

"많이 아는 건 아닌데, 대략 어떤 느낌의 사람인지는 알지."

미아는 사뭇 진지한 얼굴로 말했다.

"느낌?"

"응, 뭐랄까. 강하고 투명하다고 해야 하나."

"그게 뭔데."

"아, 이런 추상적인 얘기까지 이해하지는 못하는구나. 미안."

"괜찮아, 말해봐."

"음. 센은 사람을 위할 줄도 알지만 생각한 걸 실행할 힘도 가졌어. 다들 치료제에 대해 의구심만 가지고 우물쭈물할 때, 도망칠 곳과 살아갈 대안을 마련해준 게 시작이었지."

"그리고?"

"센은 사람들을 이해해."

"어?"

"이해한다고."

또 이해 타령이다. 고작 그런 걸로.

"난 잘 납득이 안 가서. 이해하는 거랑 그가 리더가 되는 게 무슨 상관이지?"

"이안. 이건 내가 지금껏 감염자들 사이에서 살면서 느낀 건데, 그들은 '사람'답게 사는 것에 굉장히 목말라 있어."

"이미 사람이잖아."

"숨도 쉬고 말도 하지만, 그게 다가 아닌 거지. 그들은 자기 인격이 손상되었다고 느껴. 감정을 통제하는 게 아니라 오히려 끌려다니면서 '나는 이런 사람이다'라고 생각해왔던 걸 다 잃어버렸으니까. 목숨은 건졌지만 인간으로서의 존엄성은 지켜내지 못했다고 생각하는 거지."

사람답게 산다는 게 어떤 의미인지 모르겠다. 들을 수는 있지만 의미를 알 수 없는 말들. '다른 나라의 언어.' 그래, 이런 걸 보고 언젠가 도스가 그런 표현을 썼었지.

"어렵네."

"그래, 그럴 것 같아."

"그럼 그 이해라는 걸 받으면서, 사람들이 만족을 한다고?"

"응, 비슷해."

미아는 곰곰이 생각하다 조심스레 말을 꺼냈다.

"수치심 같은 거야. 여기 있는 사람들이 떠안고 있는 가장 큰 짐 말이야."

"들어본 적은 있는 말인데."

"마치 이런 거지, 배설물을 온몸에 묻히고 다니는 느낌. 사람들이 안 보는 곳에서 처리했어야 할 걸 만천하에 드러낸 꼴이랄까. 그것도 하루에 몇 번씩, 수년간 말이야."

"꼭 치매 증세 같네."

"그렇게 설명할 수도 있겠네. 그렇지만 좀 달라. 치매는 모든 걸 잊어버릴 수도 있지만, 이 사람들은 자기가 한 짓을 계속 자각하면서 산다는 거야. 아마 정말 인정하기 싫을 거야."

미아의 이야기를 들으며 그동안 보아온 감염자들의 모습을 떠올려보았다. 나체로 돌아다니거나, 눈물, 콧물, 침을 흘리며 울부짖거나, 웃음이 멈추지 않아 바닥을 구르던 모습들. 물건을 집어 던지다 다른 이들을 다치게 하고, 아무에게나 폭력을 가하는 경우도 허다했다. 그보다 더한 경우엔 높은 곳에서 뛰어내리거나 자해를 하다 스스로 목숨을 잃기도 했다. 미아가 예를 들며 꺼낸 말이었지만, 개중에는 실제로 길 한가운데서 배설을 하는 이들도 종종 볼 수 있었다.

"그 사람들에겐 도시가 재건된다고 해서 모든 게 해결되진 않았던 거야. 센은 그걸 알았던 거지."

"그래서 그걸 그가 이해해줬다?"

"살아갈 이유를 줬지."

"이유는 또 뭔데."

"그건 몰라, 사람마다 다 다를 테니까. 센이 모두를 다 만나진 못했지만 그에게서 힘을 얻은 사람마다 이야기하고 다녔어. 그가 살 이유를 찾아주었다고. 그런데 사람들한테는 그 말 자체가 위로가 되었나 봐. 삶이 회복될 수 있다는 게 곧 기적 같았던 거야. 그들은 네오젠이 도시를 재건하는 것보다 센이 인격을 회복시키는 일이 더 대단하다고 생각하고 있어."

사람이 원래 그렇게 복잡한 존재였던가. 인격이라니, 너무 모호한 말이다.

"물론 네오젠이 주는 게 적은 건 아니겠지. 하지만 그들의 사상에 대해선 동의할 수 없어. 그래서 난 여기에 남은 거야."

"갈수록 어렵네. 사상?"

"네오젠에게 사람은 '자원' 그 이상도 이하도 아니야. 그래서 우리를 사람이 아닌 존재로 만들려고 한단 말이지."

"어?"

"그 약은 감정을 완전히 죽여. 사람을 빈 껍데기만 남게 만든다고."

감정을 죽인다니, 나는 본부에서 주는 약을 맞고 없던 감각이 깨어났는걸. 그들이 인격 같은 걸 죽이는 데에 목적이 있었다면, 내게 이런 걸 허락할 이유도 없었을 것 아닌가. 더구나, 통제되지 않는 감정을 처리하기 위해서라면 그 감정을 어느 정도 죽여야 할 필요가 있지 않았을까.

그사이 음식을 담았던 그릇엔 벌레들이 모여들고 있었다. 설익은 과일, 끓인 지 한참 된 것 같은 죽, 그리고 단맛이 나는 뭔지 모를 씹을 거리 하나. 나라면 이런 걸 먹고 심리적 만족을 얻기보다는 도시에서 일한 대가를 받으며 따뜻한 밥을 먹는 쪽을 택할 것 같다고 생각했지만, 미아의 강경한 표정을 보니 왠지 그 말을 꺼낼 수가 없었다.

"너 많이 말랐어. 예전보다."

"나? 그런가?"

미아는 표정을 바꾸고 자기 얼굴을 매만지기 시작했다. 화제를 전환하고 싶어 던진 말이었는데, 생각보다 꽤 효과적이었나 보다. 반복되는 이야기에 피곤이 몰려왔다. 이들이 얼마나 네오젠을 싫어하는지, 얼마나 센을 믿는지에 대해서는 이제 그만 듣고 싶었다. 그게 설령 미아일지라도 말이다.

"응. 좀 잘 챙겨 먹어야 할 것 같은데."

"와, 나 지금 좀 감동받았어, 이안."

"감동이라니."

"너 지금 나 걱정해준 거잖아."

미아는 또 처음 보는 표정을 지으며 좋은 티를 냈다.

"아버지도 너 만나면 정말 반가워하고 놀라실 거야. 내일이면 만날 수 있어."

"이미 만났어. 서쪽에 도착하자마자."

"뭐, 벌써?"

"응."

"그랬구나. 얘기는 많이 나눴어? 많이 좋아하시지?"

순간 아까 보았던 포먼의 달갑지 않은 표정이 다시 떠올랐다.

"분명 누구보다 기뻐하실 거야. 예전에도 같이 지냈었지만, 그때랑은 또 다른 느낌일 것 같아서 너무 좋다."

같이 지낸다니. 내가 여기로 오기만 하면 다시 같이 지낼 수 있었던 거구나. 어느 날 예고도 없이 비워졌던 옆자리. 그게 이렇게 쉽게 채워질 수 있는 것이었던가.

"마을에 가면 나랑 아버지가 지내는 곳이 있어. 그 옆에 작은 방이 하나 있으니 거기서 지내면 될 거야. 예전처럼 이제 우리 같이 사는 거라고. 너도 좋지?"

"응. 맘에 들어."

"와, 네가 그렇게 말해주니까 오히려 내가 고맙네."

"그럼 도스도 같이 지내는 건가?"

"어?"

"그날 셋이서 다 떠났었잖아. 나랑 영감님, 그리고 도스. 여기 있는 거 아냐?"

"이안."

"응?"

"너, 기억 안 나?"

"뭐가?"

미아는 갑자기 진지한 표정을 짓고 목소리를 낮추었다. 아까와 비슷한, 하지만 좀 다른 얼굴이다.

"도스는 죽었잖아."

4

포
식
자

"우리는 떨어지는 낙엽을 보네
떨어지는 건 너의 어제야
새바람이 불어오고
그곳엔 꽃이 피네

우리는 떨어지는 낙엽을 보네
떨어지는 건 너의 어제야
새바람이 불어오고
그곳엔 꽃이 피네, 꽃이 피네."

풀 내음이 짙게 풍기는 아침. 마을에 들어서자 이른 시각부터 누군가의 노랫소리가 들려왔다. 그 여자는 같은 노랫말로 음을 이리저리 바꾸어가며 끝나지 않을 것 같은 노래를 불렀다.

'시인들의 마을'이라 불린다는 이곳에는 곳곳에 사람들의 흔적이 빼곡했다. 무너진 담벼락, 건물의 잔해, 잘린 나무통 등 손이 닿는 곳은 모두 글귀나 그림들로 채워져 있었다.

벽에 그려진 사람 얼굴들은 하나같이 위를 바라보고 있고, 사이사이 그려진 동물들도 땅을 보거나 서로를 마주 보고 있는 것들은 없었다. 곳곳에 세워진 푯말에는 어디선가 본 기억이 있는 '자유는 자유인의 것. 복종은 미련한 자들의 것.'이라는 문구가 쓰여 있고, 주변에서는 간간이 사람들의 웃음소리가 들려왔다. 머리가 아프다.

'도스는 죽었잖아.'

기억이 나지 않는다. 아무리 생각해보아도 도스의 마지막이 정확히 떠오르지 않아 머리만 아플 뿐이었다. 어제의 대화 이후 뜬눈으로 과거의 행적을 되짚고 또 되짚어보았다. 그러나 전혀 떠오르지 않았다. 무언가 잘못되었다.

"아파요, 너무 아파요, 이것 좀 멈춰줘요, 제발!"

어디선가 한 여자가 뛰어나와 울부짖기 시작했다. 헝클어진 머리와 옷, 제 몸을 벅벅 긁고 때려대는 두 손. 발작 환자였다.

"이안, 잠깐 뒤돌아."

미아는 가던 걸음을 멈추고 내 몸을 강제로 돌려세웠다.

"저 사람이 다른 데로 갈 때까지만 이러고 있자."

"왜 그러는데."

"조금 있다가 말해줄게."

나는 영문도 모른 채 여자의 발작하는 소리가 멎을 때까지 가만히 듣고만 있었다. 두서없는 말들, 배꼽 밑에서부터 긁혀 올라오는 것 같은 흐느낌. 그 끊어질 것 같은 소리들을 계속 듣고 있으니 왠지 기분이 이상해졌다. 가슴 한쪽이 아릿하다. 여자는 그렇게 진이 빠지도록 울음을 쏟아내더니 뒤이어 다시 어디론가 사라져버렸다.

"여기서 발작 환자를 만났을 때는 자리를 피해주거나 못 본 척해야 해."

"왜?"

"여기 사람들끼리의 약속. 서로의 치부를 보지 않고 가려주겠다는 뜻이야."

주변을 보니 방금 전의 소란에도 불구하고 누구 하나 이곳에 눈길을 주지 않고 있었다. 대부분 뒤돌아 딴청을 피우거나, 눈을 감고 누워 있었다.

이곳 사람들은 지금까지 보아왔던 서쪽 사람들과는 조금 달랐다. 움직임이 없거나 지쳐 쓰러져 있던 그곳 주민들과 달리 이들은 더 많은 표정을 짓고, 뛰거나, 간혹 춤을 추기도 했다. 발작을 일으키는 건 마찬가지였지만 분위기는 조금 달랐다. 문득 이런 곳이라면 도스에게 잘 어울렸을 것 같단 생각이 들었다.

"조금만 더 가면 도착할 거야."

미아는 한 번씩 고개를 돌려 나를 살폈다. 어젯밤 도스의 이야기를 하고 난 뒤로 더 자주 주시하는 느낌이다.

녀석이 죽었다는 말을 들었을 땐 마치 어딘가 고장이라도 난 것처럼 한동안 아무 말도 할 수 없었다. 믿기 어렵기도 했지만, 내가 그 사실을 전혀 기억하지 못한다는 게 더 충격적이었다. 미아는 내가 당시에 그 소식을 듣고도 아무런 반응이 없었다고 했다. 그저 "알겠다."라는 대답만 했을 뿐, 평소와 다름없는 상태였다고 한다. 하지만 그조차 기억나지 않는다. 마치 누가 그 기억만 내게서 앗아간 것처럼.

시간이 지날수록 머리가 자꾸만 어지럽다. 혹시 정말로 백신이 문제를 만든 건 아닐까. 하지만 부작용 때문이라면 한 가지 기억만 잃은 건 좀 이상한데. 그보다, 내가 다른 것들은 제대로 기억하고 있는 게 맞는 걸까.

"이안, 어디 아파? 너 좀 쉬어야 할 것 같은데."

연신 나를 살피던 미아는 놀란 얼굴로 그 자리에 멈춰 섰다. 그러곤 손목 안쪽으로 옷 소매를 쭉 늘려 내 이마에 맺힌 땀을 닦아주었다.

"미아. 잠깐만."

"응, 많이 힘들어?"

"아니 그게 아니고. 도스 말이야."

"응."

"언제, 어떻게 된 건데?"

미아는 미간을 살짝 찌푸리며 한숨을 내쉬었다.

"너 정말 하나도 기억 못 하는구나."

그녀는 심각한 얼굴로 나를 살피더니 곧 근처에 있던 나무상자를 끌어와 그 위에 앉게 했다.

"우리 예전에 같이 살던 집 기억나지? 도시 재건이 시작되기 직전까지 머물렀던."

"응, 기억나."

"도스는 우리가 살던 집 아래층에서 죽은 채로 발견되었어."

미아는 진지하게 옛이야기를 시작했다. 그 건물엔 우리 말고는 아무도 없었는데.

"왜 죽었는데?"

"도스를 제일 먼저 발견한 건 우리 아버지야. 치료제로 인한 부작용이라고 하셨어. 문은 열려 있었고, 거실 한가운데에 쓰러져 있었대."

"그럼 빈 집에서 혼자 약 때문에 죽었다는 말이야?"

"아마도."

"아마도라니."

"너랑 나는 그때 집에 없었고, 내가 돌아왔을 때엔 이미 아버지가 시신을 수습하신 뒤였어. 아버지 얘기론 도스가 너무 흉측한 꼴로 죽어 있어서 그 자리에 그냥 둘 수가 없었대. 도스가 천으로 꽁꽁 감겨 있는 모습을 본 게 내가 본 전부야. 너는 더 늦게 돌아와서 그마저도 보지 못했고."

어딘가 석연치 않은 이야기였다. 오직 포먼만 도스를 보았고, 나와 미아는 그가 죽은 후의 모습만 보거나 이야기로 전해 들은 것이 전부라니. 그 당시 다른 감염자들 중에서 목격자를 찾긴 힘들었겠지만, 포먼의 말 하나만으로 그 죽음을 모두가 수긍했다는 건 선뜻 납득이 되질 않는다.

"좀 더 자세히 이야기해줘. 약물 부작용인 건 어떻게 안 건데?"

미아의 얼굴 위로 순간 몇 가지의 표정이 겹쳐서 지나가는 것이 보였다. 슬픔, 아님 걱정인가. 당황하는 것 같기도 했는데.

"도스가 사람들한테 붙잡혀 갔다가 돌아왔던 날 기억나?"

"알 것 같아."

"그때 도스가 이상할 정도로 분위기가 바뀌어 돌아왔었는데, 본인 말로는 사람들이 치료제를 놔줬다고 하더라고."

"플레브스를 차고 왔던 날."

"그래 맞아, 그때야. 그날 이후 발작이 일어나지 않길래 나도 그 치료제가 정말 효과가 있는 줄 알았어. 신기한 일이었지. 도스는 이후로도 종종 한 번씩 집을 비웠고, 그때마다 본부에서 약을 맞고 오는 길이라고 했었어."

그래 기억난다. 3년 전, 완전히 다른 사람이 되어 나타나 낯선 표정을 짓던 도스의 모습. 기억 속 도스는 그때 자주 만족스러운 얼굴을 하고 있었다.

"그런데 시간이 지나면서 도스의 상태가 달라졌어. 사라진 줄 알았던 발작 증세가 다시 서서히 시작되더니, 얼마 지나지 않아 이전보다 더 자주, 많이 고통을 느꼈어. 다만 예전엔 뭐든 바깥으로 쏟아내고 난리를 피웠다면 그 이후로는 아무 소리도 내지 못할 정도로 혼자 너무 힘들어하더라. 어디가 아픈지 물어봐도 대답조차 못 했지."

얼핏 그랬던 것 같기도 하다. 하지만 그게 정확한 기억인지는 잘 모르겠다.

"도스는 끝까지 아무 말도 안 했어. 어디가 얼마나 아픈지, 본부에서 어떤 일이 있었는지 말이야. 지켜보는 입장에서는 너무 안쓰러웠어. 그런 일이 반복되던 와중에 그날 도스가 죽은 채로 발견되었던 거야. 아버지는 도스가 죽임을 당한 거나 마찬가지라고 생각하셨어. 그래서 치료제에 대해 더 거부하게 되신 거고."

포먼이 도시를 떠난 이유가 그것 때문이었나. 그럼 나는 왜 혼자 남게 된 거지. 내가 거절이라도 했었던가.

"도스가 죽어 있던 모습이 정확히 어땠는데."

"너무 끔찍했다고만 얘기하셨어. 고통에 몸부림치다 그대로 멎어버린 것 같다고."

"주변엔 아무것도 없었고?"

"그런 얘긴 들은 게 없어. 내가 갔을 때도 집은 텅 빈 채로 깨끗했고."

모호하고 답답하다. 그녀의 이야기는 포먼에 대해서만 설명할 뿐 도스가 왜, 어떻게 죽었는지에 대해서는 전혀 명확하게 말해주지 못하고 있었다.

온통 추측뿐이었다. 그들의 눈에 도스가 고통스러워하는 것 '같아' 보였고, 그러니 약물이 그를 죽음에 이르게 했을 것 '같다'는 이야기. 게다가 정작 도스의 죽음을 제대로 목격한 사람은 아무도 없다니. 포먼의 증언도 상상이고 예측일 뿐, 시신을 제대로 확인할 시설도 장비도 없는 상황에서 눈으로만 보고 치료제가 그를 죽였다고 확신하는 게 과연 가당키나 한 일일까. 들을수록 속에서부터 무언가 자꾸 치밀어 오른다.

"그래도 시신을 확인해봤어야 하지 않았을까."

"아버지가 하셨으니까."

"한 사람 말만 듣고 어떻게 알아."

미아는 눈을 가느다랗게 뜨고 나를 쳐다보았다.

"그래도 지금껏 사람들 치료해주느라 애써온 유일한 사람인데, 당연히 믿을 수 있는 거 아냐?"

아니, 당연한 건 없다. 사람이, 도스가 죽었다. 나도 모르는 사이 그 녀석이 돌연 죽어버렸단 말이다.

미아의 말처럼 포먼은 사람들의 신뢰를 받을 만한 인물이었다. 또한 누구보다 바이러스 연구에 진심인 사람이었다. 결함을 발견하는 데 익숙하고, 전염병에 관한 것이라면 작은 것일지라도 놓치지 않으려 하는 사람. 하지만 그가 만약, 혹시 그였다면.

"이안, 너 괜찮아?"

"갑자기 그건 왜 물어."

"안 괜찮아 보여서."

미아는 손을 뻗어 내 얼굴에 가져다 대었다.

"너 얼굴이 엄청 뜨거워. 꼭 화난 사람처럼."

나는 그녀의 걱정 어린 손을 슬며시 밀어내고 얘기를 이어가도록 채근했다.

"그럼 도스가 치료제를 맞고 와서 힘들어했을 때, 그때도 영감님이 도스를 치료해줬어?"

미아는 걱정하던 얼굴을 거두고 은근히 경계의 눈빛을 띠었다.

"응, 아버지는 끝까지 도스를 돌보셨어."

"도스가 죽은 그날도?"

"너…… 혹시 원망하고 싶은 거야?"

"원망?"

"이안. 다른 건 몰라도 이건 알아둬. 아버지는 최선을 다하셨어."

맞는다. 그렇기 때문에 더욱, 그가 도스를 아무렇게나 내버려뒀을 리가 없다. 그는 누구보다 먼저 도스의 변화를 알아차리고 방법을 찾으려 노력했을 것이다. 하지만 만약 최선을 다하다 실수라도 했다면?

도스의 죽음이 우연히 일어난 사고라면, 그건 어느 쪽에서 일어날 확률이 더 높을까. 증명된 것도, 가진 것도 없는 개인? 아니면 문명을 재건할 정도의 기술을 가진 네오젠?

"이안. 네가 왜 기억이 없는지는 모르겠지만, 어쩌면 나보다 네가 더 힘들지 않았을까 싶어. 너희 둘은 나보다 더 긴 시간 동안 알고 지냈잖아. 그땐 네가 워낙 표정도 감정도 없던 애라 무덤덤한 게 당연해 보였는데, 이제 와 생각해보니 넌 네가 뭘 느끼는지 몰랐을 뿐이었던 것 같아. 도스의 죽음을 받아들이기가 쉽진 않을 거야. 많이 힘들겠지."

미아는 불편한 기색을 다시 감추고 한숨을 쉬며 나를 다독였다. 정확히 무얼 다독이는지는 모르겠다. 이건 힘든 게 아니다. 그게 아니라…….

"시신은 지금 어디에 있지? 도스 말이야."

도스가 죽은 정확한 이유를 알아야만 한다. 정확히 알아야 이 끓어오르는 것이 멈출 것 같다.

그 녀석이 죽었다는 사실이 나를 불구덩이 속으로 밀어 넣는 것만 같다.

"어디 있는지 알려줘, 지금이라도 봐야겠어."

"시신은……."

"미아! 영감님께서 찾으셔!"

달갑지 않게도 하필 그 순간 누군가 미아를 불렀다. 어젯밤 묘지에서 본 남자였다.

"이안, 시간은 많으니 나중에 다시 얘기하자."

미아는 대충 손을 흔들어 남자에게 답한 뒤 내 어깨를 다독이며 걸음을 재촉했다.

나와 미아는 아무 말도 하지 않고 계속 걷기만 했다. 둘 다 도스에 대한 이야기는 더 이상 꺼내지 않았다. 지금 다시 입을 열면, 그대로 멈추지 않고 생각이 닿는 곳까지 질주하게 될 것 같은 느낌이다.

한참을 걷던 미아는 마을의 가장 안쪽 한 낡은 컨테이너 앞에 멈춰 섰다.

"다 왔어, 들어가자."

나는 속에서부터 울컥울컥 차오르는 열기를 가까스로 누르며 그녀를 따라 컨테이너 안으로 들어섰다. 그래, 다시 가야지. 어서 센을 찾아 전쟁을 막아야지.

"아빠. 저희 왔어요."

컨테이너의 낡은 문을 열자 습하고 쿰쿰한 녹내와 함께 포먼과 미아 특유의 체취가 느껴졌다. 이들의 냄새를 다시 맡으니 과거의 일들이 더 선명하게 떠오르는 것 같았다.

"왔구나."

다시 만난 포먼은 여전히 퉁명스러운 표정을 하고 있었다. 그는 곁눈질로 내가 온 것을 확인하더니 곧 다른 곳으로 시선을 돌렸다. 그를 보니 가라앉았던 열기가 움찔거리며 속에서 요동을 쳤다. 대체 왜 저런 얼굴을 하고 있는 거지. 도스가 죽었어. 그 자리엔 당신이 있었고. 도대체 무슨 일이 있었던 거야.

"서 있지 말고 앉지 그러냐."

그는 무심하게 비어 있는 의자를 가리켰다. 나는 포먼의 내리깐 눈을 응시하며 천천히 자리에 앉았다. 의자는 몸을 조금만 움직여도 금세 부러질 것처럼 허술했다.

"미아가 길을 알려줬다고 하던데."

"네. 터널로 왔습니다."

포먼은 내내 숙이고 있던 고개를 들고 나를 이상하게 쳐다보았다.

"여기서 지낼 생각이냐?"

"아빠, 당연한 걸 왜 물어요. 같이 살아야죠, 예전처럼."

미아는 대답할 틈도 없이 끼어들어 말을 가로막았다.

"치료제는 얼마나 맞은 거냐."

"계속 맞았습니다."

"그래, 너한테는 그게 무슨 효과가 있던?"

포먼은 슬쩍 웃음을 보이면서 물었다. 그건 분명 좋은 의미의 웃음은 아니었다.

"아빠, 오랜만에 만난 건데 상냥하게 좀 대해주세요."

미아는 걱정하는 투로 대화에 다시 끼어들었다. 포먼은 옆에 놓여 있던 빈 그릇을 바라보며 미아에게 말했다.

"미아, 오늘 과일 받아오는 날인데 좀 다녀올래? 오랜만에 둘이 얘기 좀 나누고 있을게."

뒤에서 미아의 우려하는 숨소리가 들렸다. 하지만 그녀는 더 이상 아무 말도 하지 않고 순순히 그릇을 집어 들고 밖으로 나 갔다.

미아가 나간 뒤 컨테이너 안은 미묘한 긴장으로 가득했다. 포 먼과 나는 서로의 눈을 바라보며 아무 말도 하지 않았다. 날 선 시선들이 오가던 중, 먼저 말을 꺼낸 건 이번에도 포먼이었다.

"좀 변한 것 같구나."

"네."

"그 치료제인가 뭔가를 맞으니 그렇게 되던?"

'그렇게'라니. 무슨 뜻이지.

"영감님께서는 어떻게 지내셨습니까."

"네가 내 안부를 묻기도 하는구나."

무시와 기막힘이 섞여 있는 얼굴. 그는 여전히 나를 위에서 아 래로 내려다보았다.

"이안, 너니까 최대한 솔직하게 말하마. 나는 이곳에서 너와 함께 지내는 게 편하지 않단다."

순간 한쪽 주먹이 꽉 쥐어졌다. 가슴이 무거워진다.

"왜죠."

"넌 이미 너무 많이 달라졌어. 여기 있을 수 없다."

결국 치료제 얘기를 하고 싶은 건가. 내가 약을 너무 많이 맞아서? 본부의 영향을 너무 오래 받아서?

"약 때문입니까?"

포먼은 아무 말 않고 턱을 만지작거렸다. 그의 눈에 서린 묵직하고 강한 기세는 사그라들 줄 몰랐다.

"넌 우리와 가까이 있으면 안 돼. 미아는 너를 반기는 것 같다만, 나는 생각이 다르다."

"왜 서쪽에 오신 겁니까."

묻고 싶었다. 누군가를 통해서가 아닌, 그의 입으로 직접 그 이유를 듣고 싶었다.

"끔찍했으니까."

"뭐가 말입니까."

"도시에서 일어나는 모든 일들이 다."

두루뭉술한 대답. 내가 바란 건 이런 게 아닌데.

"그럼 여기는 도시와 뭐가 다릅니까."

"뭐?"

"결국 자기의 이상에 따라 사는 건 같더군요. 도시에선 육체의 안전과 안락, 이곳에서는 정서적 만족을 위해. 다들 그저 살아가는 것뿐인데 둘 사이에 어떤 차이가 있단 말입니까. 끔찍한거라면 오히려 본부가 들어서기 전이 더 심하지 않았습니까."

포먼은 사뭇 놀란 얼굴이었다. 그의 한쪽 눈 밑이 작게 떨렸다.

"그럼 네가 바라는 건 뭐냐."

"예?"

"네가 꿈꾸는 이상이 뭐냐고."

"그건……."

"네가 동의했건 하지 않았건, 이곳은 어느 한쪽을 완전히 선택한 사람들이 모여 있는 곳이다. 네가 선택하지 않았다면 넌 여기 있을 수 없어. 억지로 들어와 봤자 모두를 힘들게 만들 뿐이다. 방금 네가 말했지, 사람은 다 그저 살아가는 것뿐이라고. 그래 나도, 여기 있는 모두도 그저 살아갈 뿐인 것을 네까짓 게 옳고 그름을 따질 수는 없는 거다. 너한테는 그런 권한이 없어. 건방 떨지 마라."

"그럼 누구에게 권한이 있습니까."

"그런 건……."

"전쟁을 일으키자고 주장한 사람에게 권한이 있는 겁니까?"

일순간 차가운 정적이 흘렀다. 아차 싶었다. 셴의 존재를 밝혀내는 것까지만 나의 할 일이라고 했는데. 전쟁이란 말을 꺼내면 안 되었던 것 같은데.

"뭐?"

하는 수 없었다. 이미 엎지른 물.

"셴이라는 자에 대해 들은 적이 있습니다. 떠도는 소문엔 그가 곧 전쟁을 일으킬 수도 있다고 하더군요."

나는 적당한 핑계를 댄 뒤 그의 반응을 살폈다. 소문만큼 어영부영 넘어가기 좋은 출처도 없을 테니까.

"말쟁이들이 있다는 얘긴 들었지만, 생각보다 더 정신이 나간 놈들인가 보구나. 뭐, 전쟁?"

하지만 포먼의 반응은 내가 예상했던 어느 것에도 속하지 않았다. 그건 놀라움도, 강경함도 아닌…….

"우리가 무슨 전쟁을 일으킨다고. 본부가 일으킨다면 모를까."

그저 황당할 뿐이었다.

"분명 그가 전쟁을 준비한다고…….."

"웃기는 소리 하지 마라."

포먼은 목소리에 힘을 주며 단호하게 말했다.

"어딘가에 그런 소문이 퍼졌다면 그건 분명 본부의 장난질일 게다. 지금껏 우리는 그들의 감시와 공격에서 도망치며 살아왔어. 그들은 자유라는 개념을 인정하지 않으니까. 그저 치료제를 거부했다는 이유만으로 우리의 목을 조르는 게 바로 그놈들이다."

말이 다르다. 카알이 알려준 것과 전혀 다른 이야기야.

"얼마 전에도 본부 사람들이 죽고 다쳤다고 하던데요."

"그랬지, 몇 명. 하지만 그 바로 전날 본부가 잡아들이고 죽인 우리 쪽 사람이 수십 명이야."

그들이, 사람을 죽였다고?

"우린 그저 그들이 들어올 길을 아예 차단하고 싶었던 것뿐이다. 근데 너 왜 그러냐, 어디 아파?"

두통이 점점 더 심해진다. 눈을 타고 내려오던 통증은 어느새 목 언저리까지 내려와 머리 전체를 쥐어짜듯 옭아맸다. 주사를 맞았던 자리에서 불쾌한 열기가 느껴진다. 전부 다 무슨 소리를 하고 있는 건지 혼란스럽다.

"머리가 좀 아파서 그렇습니다. 그럼 센이라는 자는 여기서 뭘 주장하고 있는 겁니까? 이 많은 사람들을 모아두고 말이에요."

"센은 자유가 곧 목숨이라고 생각하지. 그는 달변가야. 때론 성직자 같기도 하고."

"그게 다입니까? 뭘 하겠다는 것 없이?"

"여기 이 환자들을 데리고 말이냐?"

포먼은 기가 차다는 듯이 비웃었다.

"이들은 다 무기력해. 좀 더 낫거나 덜한 차이가 있을 뿐 대부분은 별다른 의지가 없다. 전쟁이라는 단어만 들어도 기겁을 할 사람들이지. 이들은 그저 인간으로서의 마지막 존엄성만큼은 지키고 싶은 것뿐이야. 센은 그걸 돕는 사람이고."

어디서부터 잘못된 걸까. 어느 한쪽이 거짓말을 하고 있거나, 둘 사이에 별다른 오해가 있거나. 하지만 거짓을 말한다면 굳이 왜?

본부는 지금껏 나비들을 진입시켜 서쪽에 대해 파악해왔다고 말했다. 그 정도 시스템과 힘을 가진 자들이 이들의 의도를 제대로 파악하지 못하다니. 그건 무언가 잘못되었거나 오히려 네오젠이 가진 정보력의 수준을 심각하게 의심해야 할 일이었다.

"영감님은 그럼, 센이 어디 있는지 알고 계십니까."

나는 차오르는 숨을 애써 누르며 물었다. 차라리 내 두 눈으로 직접 확인하는 게 더 나을 것 같았다.

"모른다. 그는 비밀스러운 사람이야."

"그럼 혹시, 유진이라는 아이는 아십니까."

"네가 그 애는 어떻게 아는 거냐."

"영감님 말씀대로 치료제를 맞더니 귀도 밝아졌나 보죠. 그것도 들었습니다."

그는 굉장히 불쾌한 눈으로 나를 쏘아보았다. 영감의 눈 안에 가시가 몇 개 더 돋아난 것 같았다.

"네가 왜 그렇게 센한테 집중하는지는 모르겠지만, 찾는다고 찾아지는 사람은 아닐 게다. 유진은 네가 우리 가까이 머무르지 않겠다고만 약속하면 만나게 해주마. 물론, 여길 떠나면 더 좋고."

"왜 저를 피하시는 겁니까."

"피하지 않아. 너랑 내 인연이 이제 끝난 것뿐이다."

포면의 눈빛은 단호했다. 그 눈은 나를 꼭 후벼 파기라도 하는 것처럼 날카로웠다. 대체 왜 날 밀어내는 걸까. 화가 난다.

"저에게 숨기는 일이라도 있으신 건 아니고요."

차라리 터뜨릴 수 있다면 좋으련만. 발작 환자들에겐 숨 쉬듯 터져 나오는 게 감정이라던데 내 속에 있는 건 왜 나오질 않을까. 내뱉지 못하니 답답하다. 터뜨리지 못하니 뜨겁다.

"뭘 말이냐."

그를 향해 차오르는 의심들을 온 힘 다해 쏟아내고 싶다. 그날 무슨 일이 있었는지, 왜 도망치듯 떠났어야 했는지, 당신이 혹시, 도스를 죽인 건 아닌지.

"약속하겠습니다. 영감님과 미아 곁에 있지 않겠다고요. 대신 그럼 영감님도 한 가지만 더 말씀해주십시오."

"그래, 얘기해봐라."

"그날 도스가 왜 죽었습니까."

영감의 얼굴에 살짝 당황한 기색이 보였다. 그래, 당황해야지. 숨기고 싶었던 이야기일 테니 반갑지 않겠지.

"도스는, 치료제 부작용으로 죽었다."

내내 나를 똑바로 쳐다보던 영감이 눈을 살짝 내리깔았다. 역시 뭔가를 숨기는 거지. 뭔가 더 있는 거지.

"정말입니까."

"그래 정말이다."

"만약 말하지 않은 게 있다면 지금 해주시죠. 영감님에게 직접 듣고 싶어서 물어보는 겁니다."

포먼은 읽기 힘든 표정으로 말없이 나를 바라보기만 했다. 분명 많은 말이 담긴 얼굴이지만, 내 능력으로는 도저히 알아차릴 수 없는 것이었다. 그는 한동안 멈춰 있었다. 숨소리조차 들리지 않을 지경이었다.

"유진은 지금 이 마을 안에 있다. 지금쯤이면 아마 마을 후문에서 과일을 나눠주고 있을 거야. 그리고……."

영감의 목소리는 한결 더 차분해졌다. 더 길게 이야기하고 싶지 않다는 느낌의 목소리.

"너에게 숨긴 건 없다. 그만 가봐."

대화는 끝이 났다. 영감은 자세를 고치고 앞에 있던 책 한 권을 들어 그 속에 시선을 파묻었다. 잘 가라는 인사 같은 건 없었다. 그는 그렇게 나와의 만남을 서둘러 정리해버렸다.

2035년 7월 24일 화요일 밤, 감염자 구역.

유난히 더운 밤, 도시 전체는 갑작스럽고 불안정한 전기 공급으로 쉼 없이 깜빡이는 중이었다. 구역 안엔 여기저기서 들려오는 감염자들의 비명 소리와 정체불명의 굉음이 뒤섞여 기묘한 분위기를 자아내고 있었다. 불빛이 번쩍이는 가운데, 눈이 풀린 도스가 온 동네를 뛰어다니고 있었다. 발작이었다.

도스는 뛰는 것을 멈출 수가 없었다. 발작이 한번 시작되면 속에서 폭죽 같은 감정들이 끊임없이 터져 나왔다. 이번에 터진 것은 두려움, 그리고 불안함이었다. 그는 달리고 또 달렸다. 속에서 터지는 폭죽과 사방에서 번쩍이는 불빛이 안팎으로 자신을 집어삼킬 것만 같았다.

얼마나 지났을까. 굉음이 잦아들고 뒤이어 발작도 서서히 가라앉았다. 그는 땀으로 흠뻑 젖은 얼굴을 쓸어내리며 숨을 돌렸다. 한참을 뛰어다녔는데, 정신을 차려보니 어느새 집 앞이었다.

정신이 나간 와중에도 집을 찾아 돌아온 걸 생각하니 스스로가 가련할 따름이었다.

"힘들다……."

그는 집 앞 담벼락에 등을 기대고 주저앉았다. 얼굴에서는 땀인지 눈물인지 모를 것들이 범벅되어 줄줄 흘렀다. 얼마 동안 정신이 나가 있었던 걸까. 이 미친 짓을 언제까지 해야 하는 걸까. 그는 멍한 눈으로 밤하늘을 바라보며 속으로 웅얼거렸다. '너무 힘들다.'

잠시 후 멀리서부터 발소리가 들려왔다. 도스는 순간 이상하다고 생각했다. 가까워져오는 발소리가 한 사람이 아닌 여러 명의 것처럼 들렸기 때문이다.

새카만 옷을 입은 몇 명의 사람이 몰려와 그를 둘러쌌다. 도스는 자기가 보고 있는 것이 현실인지, 망상인지 잘 구분되지 않았다. 그는 몇 번이나 눈을 비벼가며 앞에 서 있는 이들을 확인했다. 보고 또 봐도, 분명 사람들이었다.

"누구……세요."

눈앞에는 세 명의 낯선 이들이 서 있었고 그 양옆으로는 또 다른 이들이 쭉 둘러서서 도스를 내려다보고 있었다. 사람들은 모두 좀처럼 보기 드문 깨끗하고 반듯한 옷을 입고 있었다. 도스는 순간 자신이 죽을 때가 되어 저승사자들이 온 건 아닐까 생각했다.

"도와드리러 왔습니다."

그는 생각했다. '아, 평생의 절반은 별 볼 일 없이 살고 나머지 절반은 미치광이로 살다 가는구나. 죽으면 병에서 자유롭겠지.

아닌가, 죽는 것도 아프려나. 그래도 짐승처럼 사는 것보다는 여기서 끝내는 게 낫겠다. 이젠 더는 못하겠어.'

"저는 천국으로 가나요, 지옥으로 가나요."

도스의 말에 세 명 중 가운데의 여자가 생긋 웃으며 대답했다.

"그런 곳으로는 가지 않으셔도 됩니다. 저희는 감염되신 분들을 치료해드리러 왔어요. 아, 저는 모드라고 합니다."

"네……?"

"저희에게 치료제가 있어요. 더 이상 병 때문에 괴로워하지 않으셔도 됩니다."

여자는 옆에 서 있던 한 남자에게 눈짓으로 신호를 주었다. 남자는 들고 있던 가방 안에서 유리병 하나와 종이 한 장을 꺼내 여자에게 전달했다. 여자는 전달받은 유리병을 도스에게 내밀었다. 병 안에는 불투명하고 뿌연 액체가 들어 있었다.

"우선 이것부터 좀 드셔보세요. 한결 개운해지실 겁니다."

도스는 망설였다. 이곳에 어울리지 않는 차림을 한 낯선 사람들. 그리고 그들이 건네는 정체 모를 액체. 바보가 아닌 이상 의심부터 하고 보는 게 당연했다.

"아, 안 먹어요."

여자는 고개를 끄덕이더니 도스의 눈높이에 맞게 자세를 낮추었다.

"이해합니다. 당황하셨죠. 저희가 누구인지도 의심될 테고요."

도스는 눈을 크게 뜬 채로 고개를 끄덕였다. 마른침을 삼키는 소리가 바깥까지 들렸다.

"발작이 많이 힘드시죠?"

여자는 지그시 바라보며 친절한 목소리로 말했다.

"하루에도 몇 번씩 의식을 잃고 본능에 휘둘리는 기분을 말로 다 설명하긴 힘들죠. 내가 누구인지, 사는 게 무슨 의미인지도 모르겠고요. 맞죠?"

"……네."

도스는 자신도 모르는 사이 여자의 말에 순순히 대답하고 있었다. 이게 현실인지 꿈인지 계속 헷갈렸지만, 눈앞에 똑똑히 보이는 여자의 존재감을 무시하기는 힘들었다.

"만약 저희가 당신을 온전한 모습으로 살게 해줄 수 있는 방법을 알고 있다면, 어떻게 하시겠어요?"

도스는 '온전'이라는 말을 듣고 몇 가지를 떠올렸다. 웃고 싶을 때 웃고, 울고 싶을 때 우는, 더 이상 남들에게 피해를 끼치지 않을 수 있는 그런 성숙한 모습. 그리고, 신뢰받을 만한 사람이 되어 미아에게, 미아에게.

"지금과 같은 모습으로는 앞으로 수십 년을 더 산다 한들 별로 나아질 게 없을 겁니다. 하지만 저희를 믿고 치료를 받기 시작한다면, 희망이 생기겠죠."

"희망……이요?"

"더는 괴로워할 필요가 없어요. 고통을 멈춰드릴게요."

여자는 한 번 더 유리병을 내밀었다. 도스는 여자의 눈과 그 손에 든 병을 번갈아 몇 번이고 바라보았다. 고통이 끝난다니, 그런 게 가능한 거였나. 그런데 이 사람들은 누구지.

그는 내심 이들의 말을 믿고 싶었다. 어쩌면 선물처럼 찾아온 기회일 수도 있지 않은가. 정말로 치료가 된다면 기적과 같은 일이고, 만약 아니라 해도 별 문제될 건 없었다. 오래 고민하고 따지기엔 이미 너무 많이 지친 상태였다. 어차피 더 이상 망가질 것도 없다는 생각이 들었다. 도스는 결국 홀린 듯 눈앞에 놓인 유리병에 손을 가져다 대었다. 유리병 안에 담긴 것은 갓 짜낸 우유처럼 하얗고 따뜻했다.

"어렵지 않습니다. 그냥 쭉 들이키시면 된답니다."

모드의 차분한 목소리에 불안에 떨던 도스의 마음이 진정되어갔다. 그는 잠시 고민하는 듯하더니 자포자기하는 심정으로 마침내 뚜껑을 열었다. 모드가 미소를 지었다.

아무런 맛도 냄새도 나지 않는 이름 모를 액체. 도스의 목을 따라 허연 그것이 남김없이 타고 흘러 들어갔다. 그는 두 눈을 질끈 감고 마지막 한 방울까지 몽땅 들이켰다. 그는 액체를 다 마신 뒤에도 한동안 눈을 뜨지 못하고 그다음 일어날 무언가를 가만히 기다렸다.

"저…… 아무것도 달라진 게 없는……."

"조금 기다려보세요."

여자는 편안한 얼굴로 그를 안심시켰다. 여자를 둘러싼 나머지 사람들 역시 미동조차 없었다. 별다른 변화가 일어나지 않자 도스는 다시 생각이 많아졌다.

뭐지, 아무렇지도 않은데. 속은 건가. 이 사람들 뭐지. 나 어떻게 되는 거 아닌가.

다행히도, 그의 조급함이 심해지기 전 몸에서 서서히 반응이 일어나기 시작했다. 가빠졌던 호흡이 점차 잦아들고, 머리가 울릴 정도로 세차게 뛰던 심장박동도 원래의 속도로 돌아오기 시작했다. 저릿하던 손발은 감각이 돌아와 움직이기 편해졌고, 무엇보다 긴 시간 숙면을 취하고 깨어난 것처럼 온몸이 편안하고 기운이 솟아났다. 도스의 두 눈이 커졌다.

"어, 진짜. 진짜였네요!"

"네 그럼요. 진짜이지요."

여자는 반응을 확인한 뒤 다시 자리에서 일어섰다.

"기분이 어때요?"

"좋아요! 다 나은 것처럼!"

도스는 금세 태도를 바꾸고 어린아이처럼 좋아하는 모습을 있는 그대로 드러냈다. 여자는 '하하' 하고 소리 내어 웃었다. 마치 책에 쓰인 글자를 읽는 것처럼 딱딱한 웃음이었다.

"와, 이게 뭐죠? 말이 되나요?"

"저희와 같이 가시면 앞으로 계속해서 치료제를 드리죠."

모드는 자상하게 제안했다.

"정말인가요? 이제 다 나을 수 있는 건가요?"

"네 그럼요."

오랜만에 만끽하는 가뿐한 몸 상태에 그는 날아갈 듯이 기분이 좋았다. 온몸에 엔도르핀이 샘솟는 느낌. 그런데 순간 작은 의구심 하나가 머릿속을 스쳤다. 왜 나에게 이런 좋은 걸 주는 거지.

"저, 저기."

"네."

"치료받는 데 얼마가 필요하죠? 전 가진 게 없는데요."

"요즘 세상에 돈은 필요하지 않죠."

"그럼……."

"대신 부탁 하나만 들어주시면 됩니다. 어렵지 않은."

그는 열심히 머리를 굴려 이들이 자기에게 뭘 요구할지 생각
해보았다. 혹시 어디 팔려가는 건 아닐까, 생체 실험이라도 당하
려나, 아니면.

"저희에게 뭔가를 줄 필요는 없으니 걱정 마세요. 얘기가 끝
난 뒤엔 집으로 돌아가시면 됩니다."

"아…… 정말요?"

"저희의 목적은 병을 없애는 데에만 있답니다. 안심하셔도 됩
니다."

여자는 한 번 더 생긋하고 밝게 웃어 보였다. 도스는 사람 보
는 눈이 밝은 편은 아니었지만, 나쁜 의도를 가진 사람이라면 저
렇게 웃을 수는 없을 것이라고 생각했다. 물론, 그렇게 믿고 싶
은 마음이 조금 더 앞섰던 게 사실이다. 그들이 준 액체는, 확실
히 효과가 있었다.

"지금 몸 상태가 마음에 드시나요?"

"네. 당연히요."

"치료를 받게 되면 지금보다 더 긴 시간 그 상태를 유지하실
수 있을 겁니다."

"아…… 그럼 지금은요?"

여자는 손목을 들어 시계를 확인했다.

"십 분 정도 남았네요. 곧 약효가 떨어질 겁니다."

도스의 얼굴이 순식간에 어두워졌다. 이전에는 어쩔 수 없이 체념했던 일이지만, 사라진 고통이 다시 생긴다고 생각하니 불안함이 이만저만이 아니었다.

"안 돼요. 다시 돌아갈 수는 없어요."

"걱정 마세요. 저희가 있으니까요."

도스는 여자를 믿기로 했다. 마음 한구석에 자리한 의심 따위는 무시하면 될 일이었다.

"좋아요. 해주세요, 치료."

모드는 도스의 대답을 듣더니 한결 더 부드러운 표정을 지으며 그의 손을 마주 잡았다.

"앞으로 어디서 어떻게 치료를 받게 될지, 궁금하실 것 같은데요."

"네, 궁금해요."

"물론, 저희가 누구인지도 궁금하시겠죠?"

그 순간 도스는 '이들이 제발 좋은 사람들이길, 이들이 데려가는 곳이 나를 구원에 이르게 하는 길이길.' 하고 속으로 미친 듯이 빌었다.

"따라오세요. 저희와 함께 가시면 모든 걸 알려드리겠습니다."

"네, 갈게요!"

그는 활짝 웃음 지으며 자리를 박차고 일어섰다. 여자는 미소를 띤 채 옆에 있던 남자에게 한 번 더 눈짓으로 지시를 내렸다. 남자는 다른 무리에게 신호를 주어 도스를 호위하듯 둘러쌌고, 도스는 곧 그들에게 이끌려 어디론가 이동했다.

"출발이 좋네."

그들이 떠난 뒤, 모드는 그곳에 혼자 남아 주변을 둘러보았다. 여자는 밤공기를 한번 크게 들이마신 다음 '아' 하고 편안한 소리를 냈다. 그러고는 곧 어깨너머 뒤쪽을 향해 귀를 기울였다. 아주 잠깐, 작게 인기척이 들렸다.

"누구니."

모드는 노래 부르듯 흥얼거리며 높은 목소리로 읊조렸다. 뒤를 돌아보니 누군가 담벼락 뒤에 숨어 여자가 있는 쪽을 지켜보고 있었다. 미아였다.

거리가 꽤 있었지만, 모드는 마치 상대가 눈앞에 있기라도 하듯 뚫어져라 바라보았다. 여자는 표정을 구기거나 인상을 쓰지 않았음에도 함부로 눈을 마주치면 안 될 것 같은 강한 기운을 풍겼다. 조금 전 도스에게 보여주었던 부드러운 인상과는 달랐다.

미아는 순간 주춤하고 뒷걸음질을 쳤다. 여자 한 명뿐이었고, 여차하면 충분히 도망칠 수 있는 거리였지만, 어쩐지 함부로 움직여서는 안 될 것 같다는 생각이 들었다. 여자는 미아가 자리를 뜨지 않는 것을 보고는 피식하고 웃음을 지었다.

모드는 한쪽 손에 있던 종이 한 장을 바닥에 떨어트렸다. 그러고는 보라는 듯이 종이를 가리키며 손짓했다.

'가. 져. 가.'

여자는 소리는 내지 않고 입을 크게 벌려 입술 모양으로만 말을 전했다. 미아에게 제대로 전달이 되었는지는 모르겠지만, 종이를 확인해봐야겠다는 생각을 심어주는 데에는 성공한 듯 보였다. 모드는 곧 무리가 떠난 쪽을 향해 걸음을 옮겼다.

미아는 여자의 모습이 눈에서 완전히 사라질 때까지 그 자리에 계속 서 있었다. 누구였을까. 왜 도스를 데려간 걸까. 도스는 왜 저들을 따라간 걸까.

미아는 여자가 있던 곳으로 걸어가 조심스레 바닥에 떨어진 종이를 집어 들었다. 오랜만에 보는 깨끗한 종이. 그녀는 천천히 종이를 뒤집어 안쪽에 쓰인 내용을 읽어보았다. 그러곤 곧 미간을 찌푸렸다.

[A 구역 23길 102. 치료제를 드립니다.]

미아는 손에 든 종이를 꽉 움켜쥐었다.

###

"이게 뭡니까?"

"저도 잘 몰라요."

유진이라는 여자는 창고 같은 곳에서 낡은 상자를 하나 찾아와 내게 열어 보였다.

"아버지가 제게 준 건 이 노트, 그리고 그 책 하나가 전부예요. 하나는 읽고, 하나는 쓰라고 하셨지만 제가 읽는 건 별로 안 좋아해서요."

그녀가 건네준 책은 검은색 가죽으로 덮인 옛 서적이었다. 얼핏 창조주, 신, 천사가 어쩌고 하는 내용을 봐서는 종교인들이 보던 책인 듯했다.

"그래서, 이 책은 어디에 필요한 겁니까."

"글쎄요, 뭐라고 하셨더라."

유진은 앞서 본 맥과는 달리 센을 따르는 일에 대해 그다지 진지하게 생각하는 것 같지 않았다. 센은 이 여자를 과연 어디에 쓰려고 선택했을까. 그다지 쓸모가 있어 보이진 않았다.

차라리 '전쟁'을 제외하고 생각하니 눈에 보이는 모든 것들이 맞아떨어지는 듯했다. 센이 주장하는 것들이나 그걸 믿고 따르는 자들만 놓고 본다면 크게 문제될 것도 없어 보였다. 그들의 행색이나 궁색한 환경이 전쟁을 치르기엔 한참 모자라 보였다.

"아, 그런 얘긴 하셨어요. '길을 잃었을 때는 이 책을 봐라.'라고."

"길이요?"

"네, 길이요."

"그럼 이걸 센이 쓴 겁니까? 책의 내용이요."

"에이 아니죠. 이건 옛날에 많이 돌아다니던 책 중 하나인걸요. 내용이 다를 수도 있으려나. 하여튼 흔한 책이었던 건 맞아요. 이거 처음 봐요?"

유진은 나른한 말투로 시비를 걸었다.

"그럼 여기 손으로 쓰인 것들도요?"

"아, 이건 아마 다른 아이가 쓴 거 같은데. 아버지 필체는 아니에요."

나는 책에서 가장 많은 메모가 적혀 있는 장을 다시 살펴보았다. 누구에게 하는 말인지 모를 짤막한 문장들. 그나마 눈에 띄는 건 '바람', 그리고 또 '새바람'이라는 말들이었다.

"그럼 하나만 더 물어봅시다."

"예, 그러세요."

유진은 다리가 아팠는지 자리에 앉아 긴 머리를 쓸어 넘기며 대답했다.

"셴이 '전쟁'에 대해 말한 적이 있거나, 관련된 이야기를 들은 적이 있습니까?"

"뭐라고요?"

"전쟁이요."

"이상한 걸 물어보시네. 저기요, 우리 아버지는 평화주의자예요."

하.

온몸에서 기운이 쭉 빠져나가는 느낌이다. 셴이 전쟁을 일으키려 한다는 카알의 주장은 완전히 엇나간 것이었다. 그는 틀렸다. 이들은 당신들이 생각하는 그런 일을 벌이지 않아.

"저기요……? 이상한 표정으로 웃으시네."

갑자기 작게 웃음이 터져 나왔다. 우스운 것은 아니었다. 단지, 3일 동안 벌어진 온갖 일들 중 어느 것 하나 제대로 된 것이 없었다는 데에서 오는 허탈함이었다.

"그럼 그건 뭡니까. 새바람이 불어와야 한다니 뭐니 하는 것은."

"어라, 그건 또 어떻게 아시지."

"맥이 얘기해줬습니다. 그리고 여기 들어올 때부터 마을 앞에서 누군가 노래를 부르던데요. 게다가 이 책에도 쓰여 있고."

"그건 아버지께서 자주 하시는 약속의 말씀 같은 거예요."

"그 약속이 뭔데요."

"정확한 건 모르지만, 머지않아 자기보다 더 유력한 지도자가 나타날 거라고 하셨어요."

"유력한 지도자?"

"네. 어느 날부터 그런 얘길 하시더라고요. 자기가 할 일을 끝내고 나면, 진짜로 우릴 이끌어줄 누군가가 나타날 거라고."

그녀는 나름대로 열심히 설명했지만, 내겐 더 이상 귀를 기울일 힘이 남아 있지 않았다.

본부가 알고 있던 정보는 죄다 잘못된 것이었다. 사라진 줄 알았던 도스는 죽었고 난 도스의 죽음을 제대로 알지도 못한다. 내가 받은 사명은 허술하기 그지없었고, 와중에 포먼은 나를 밀어내며 여기서 떠나가라고 말한다. 대체 이게 다 뭐란 말인가.

"그럼 센의 아이들은 무슨 일을 하는 겁니까."

"그건 또 무슨 질문이시지?"

"센이 아이들을 왜 모으냐는 겁니다. 목적 말이에요."

"목적이라……."

그녀는 잔뜩 귀찮은 티를 내며 대답했다.

"그건 몰라요. 나는 그저 아버지가 하는 말들이 믿을 만하다고 생각해서 가까이 있기로 한 거예요. 질문 끝나셨으면 전 이제 가볼게요. 아, 책은 나중에 다시 돌려주시고요."

유진은 말을 마치자마자 급하게 자리에서 일어나 제 갈 길로 떠나버렸다.

'이게 뭐지.'

나는 멍한 정신을 겨우 붙들고 왔던 길을 따라 본부로 돌아가기 시작했다. 산 밑을 돌고, 묘지를 지나, 산 하나를 다시 넘고, 가파른 길을 건너 다시 뼈대만 남은 교회의 지하실로 들어섰다.

유진에게서 받은 무거운 책은 돌아가는 발걸음을 더 녹록지 않게 만들었다. 그래도 걸어야 하겠지. 지금 내가 아는 길은 이게 전부이니까.

잊었던 무력감이 다시 몰려온다. 몸속에 커다란 돌이 들어앉은 것처럼 온몸이 묵직하다. 아니, 나 자체가 어딘가에 가라앉는 돌덩이가 된 기분이다.

머릿속에서 몇 가지 의문이 끊임없이 반복되었다. 나는 왜 기억이 없나. 카알은 왜 내게 잘못된 정보를 주었는가. 포먼은 왜 날 거부하는가. 도스는 대체 왜 죽은 건가.

나는 유난히 길고 험난한 길을 지나 터널에 도달했고, 땅속을 가로지른 뒤 다시 정거장에 도착했다. 트램 안에도, 도시 안에도, 누구 하나 나의 존재를 신경 쓰는 이는 없었다. 본부로 가는 모든 길이 순조로웠다. 마치 원래부터 거칠 게 없었던 것마냥 순탄하기만 했다.

"돌아오셨군요."

그리고 난 다시 자화상 앞에 섰다. 어떻게 된 일인지 자화상은 여러 가지 색이 마구잡이로 뒤엉킨 모습으로 바뀌어 있었다. 오묘한 기운은 여전했다. 그러나 이번엔 내 속의 무력함이 좀 더 짙게 느껴졌다.

"왜 내게 잘못된 정보를 준 거지?"

"많이 힘들어 보이는군요."

자화상은 묻는 말에 대답하지 않았다. 아, 넌 알고 있었구나. 알고도 내게 그런 일을 시킨 거구나.

"물어보잖아. 왜 내게 틀린 정보를 줬냐고."

"잘못된 건 없습니다."

"전쟁 같은 건 없었어. 그들은 반란군이 아니었다고."

"첫 사명의 길이 고되었나 보군요."

"하. 사명."

또 쓴웃음이 터져 나왔다.

"카알을 만나게 해줘."

"그건 카알께서 원하실 때 가능한 일이랍니다."

점점 더 참기 힘든 기분이 든다. 그 말 같지도 않은 규칙을 여기서 또 운운하려 드는 건가.

"만나야겠어. 어디로 가야 하는지 말해."

"그건 들어드릴 수 없습니다."

"말해!"

순간 속에서 뜨거운 것이 토하듯 쏟아져 나왔다. 불에 달궈진 돌을 삼키기라도 한 듯 온종일 속에서 요동을 치던 감정이었다.

자화상은 아무 말이 없었다. 대답하지 않겠다는 건가. 나를 어디까지 더 농락하려고.

[똑똑.]

갑자기 누군가 문을 두드렸다. 자화상은 여전히 말이 없었다. 나는 터져 나온 열기를 수습하지도 못한 채 다가가 손잡이를 돌렸다.

"가시죠, 나비."

도스를 닮은 애덤. 얼마 전 길을 배웅해주었던 남자다. 순간 그 얼굴을 보자 심장이 쿵 하고 내려앉는 느낌이 들었다. 숨이 막힌다.

남자는 내가 원하는 목적지를 이미 알고 있는 것처럼 별다른 말 없이 길을 안내했다. 자세히 볼수록 도스와 닮은 구석이 별로 없긴 했지만 내심 차라리 그가 도스였으면 좋겠다는 생각이 맴돌았다. 난 왜 아무것도 몰랐을까. 왜 도스를 살리지 못했을까.

네오젠의 내부는 여전히 웅장했고, 지나다니는 사람들의 행색은 모두 고급스러웠다. 혼란스러운 와중에도 공기는 신선하고 상쾌했다. 어째서 이런 공기는 오직 파트리키 안에만 있는 걸까. 이 안에 내가 모르는 것들이 얼마나 더 많이 남아 있을까. 이곳에, 과연 나는 머무를 것인가 떠나야 할 것인가.

"들어가시죠."

남자는 나를 파트리키 건물의 30층으로 안내했다. 단색으로 칠해진 넓은 공간. 그 층엔 단 하나의 문이 있을 뿐, 그 외엔 아무것도 없었다. 공기는 서늘했다. 남자는 문을 살짝 열어주며 안으로 들어가라 권했다. 나는 들어서기 전 그의 얼굴을 한 번 더 쳐다보았다. 다시 보니, 도스와는 전혀 다른 사람의 얼굴이었다.

그 방은 카알을 처음 만났던 곳과 비슷했다. 커다랗고 뻥 뚫린 공간, 중앙에 박힌 독수리 문양, 그리고 그 아래에 앉아 있는, 카알.

"보기 좋군요."

카알은 턱을 괸 채로 테이블에 앉아 정면에서 나를 응시하고 있었다. 마치 내가 올 걸 알고 있었다는 듯이.

"나를 왜 속였죠."

"뭘 말입니까?"

"전쟁 같은 건 없었습니다."

"아, 그랬나요."

카알은 조금의 흐트러짐도 없이 여유로웠다. 고고한 자세로 앉아 나를 주시할 뿐이었다. 짐승 같은 눈. 그의 눈에 꼭 발톱이 달린 것 같다.

"지금 뭐 하자는 겁니까."

"말했을 텐데요."

그는 그제야 자리에서 서서히 일어났다. 카알의 움직임에는 포식자의 기운이 서려 있었다. 깊고 잔잔한 호흡, 유려한 몸짓. 그는 제법 먼 거리에 떨어져 있음에도 눈빛과 기운만으로 나를 사정거리 내에 두고 있었다. 카알은 테이블에 기댄 채 바지 주머니에 양손을 찔러 넣었다. 편안해 보였지만, 다가갈 수는 없었다.

"당신은 선택받았다고."

"아뇨, 선택은 내가 직접, 내가 원할 때 할 겁니다. 대체 왜 그랬죠. 왜 있지도 않은 전쟁을 운운하며 나를 보낸 겁니까."

"화가 나 있군요."

그는 한쪽 손으로 이마를 슬슬 문질렀다.

"듣고 싶군요. 사명자께서 왜 화가 나셨는지."

"그건……."

"이젠 제법 잘 알지 않습니까. 당신의 기분, 당신이 느끼는 것들 모두. 자, 어서 얘기해줘요. 왜 화가 났습니까."

그는 이번엔 양손을 옆으로 넓게 펼치며 가슴을 활짝 열어 보였다. 막힌 것 없이 열려 있었지만, 절대 가까이 다가가고 싶지는 않은 상대. 카알은 끊임없이 자신의 우월함을 온몸으로 표현하고 있었다.

"내 기억에 문제가 있습니다."

"어떤 문제죠?"

"어느 한 날의 기억이 나지 않습니다. 그걸 서쪽에서 깨달았고요."

마음과는 달리, 나는 어느새 카알의 질문에 차분히 답을 하고 있었다. 그는 빠르지도 느리지도 않은 속도로 계속해서 대화를 유도했다.

"계속해봐요."

"친구가 죽었습니다. 사람들은 그게 치료제 때문에 일어난 일이라 말했고요."

카알의 얼굴에 희미한 웃음이 서린다.

"유일한 목격자는 시신을 몰래 처리해버렸고, 저를 배척한 채 서쪽에서 살고 있습니다. 저만 그 사실을 수년 동안 기억하지 못했습니다."

"그래요, 친구의 죽음에 슬퍼하게 되었군요."

"내가 궁금한 건 부작용에 대한 겁니다. 내가 맞아왔던 그 약."

"그 약이 당신의 기억을 망가뜨렸는지, 그게 궁금하다는 거군요."

그는 나의 말을 가로챘다. 역시나 내가 할 말을 정확히 파악하고 있었다.

"저런, 조금 실망이군요. 우리는 고작 그런 일에 우리의 기술을 낭비하지 않습니다."

고작, 그런 일이라고.

"이안. 지금껏 두 눈으로 보지 않았습니까. 네오젠이 얼마나 많은 사람을 정상 생활이 가능하게 만들었는지. 그리고, 당신이 제대로 기능하게 만들었는지도 말입니다."

"부작용은 없다는 말입니까."

"당신은 그걸 바라나요?"

"예?"

"당신이 원하는 건 뭡니까. 어떤 결말을 원해서 여기까지 날 찾아온 거죠?"

무얼 원하느냐니. 내가 도대체 뭘 원한다고.

"사람은 늘 자신이 원하는 대로 믿고, 행동하죠. 당신도 잘 알겠죠. 서쪽에 다녀온 뒤로 많은 생각이 들지 않던가요?"

"무슨 말입니까."

"세상엔 생각보다 많은 정답과 오답이 공존합니다. 당신이 본 것들은 정답이었습니까 아님, 오답이었습니까."

카알은 테이블에 기대고 있던 몸을 떼어 느린 걸음으로 그 앞을 왔다 갔다 하기 시작했다.

"지금 그런 게……."

"센이 어떤 인물이던가요."

"……."

"있는 그대로 말해도 좋습니다. 당신의 생각을 듣고 싶은 거니까."

"실체 없는 것들로 사람들을 현혹하는 인간."

"실체가 없다?"

"그가 말하는 구원, 자유 같은 게 실체가 있는 건 아니잖습니까."

"그럼 그건 오답입니까?"

"그건…… 모릅니다."

"왜죠?"

"그건 그들의……."

"권리니까."

한 번 더, 그는 자연스럽게 내 대답을 가로챘다.

"사람은 결국 자기가 믿고 싶은 걸 믿는 법이죠. 네오젠 안에는 정말 많은 이들이 있습니다. 저는 그들의 이야기를 전해 들으며 하루에도 수백 번씩 어느 것이 옳은 답인지를 결정해야 하죠. 그런데, 그중 가장 재미있는 것이 하나 있습니다."

'재미……?'

"당신의 이야기를 듣는 것."

그는 멀리서 나를 응시한 채 말을 이어나갔다. 재미라니. 내게서 무슨 재미를.

"당신 참 재미있어요. 뭐랄까, 다른 이들과 다르다고 해야 할까요. 하지만 결국엔 크게 다르지 않다는 게 가장 큰 재미 요소지요."

그가 미소를 짓는다. 기묘하고, 서늘한 미소.

"내가 생각하는 가장 재미있는 얘기가 뭔지 듣고 싶지 않습니까? 아마 궁금할 겁니다. 당신 이야기이니까."

카알은 점차 내 쪽으로 다가오기 시작했다. 그가 가까워져 올수록 그의 얼굴에 핀 웃음도 점점 커져가는 것이 보였다.

"무……슨 얘기를 하고 싶은 겁니까."

웃는 그의 얼굴이 다가온다. 그의 짐승 같은 눈동자가 아까보다 더 선명하게 빛난다. 흐트러짐 없던 그의 몸이 가늘게 흔들린다. 그는 전에 없던 손짓으로 자신의 입을 몇 번 쓸어내린다. 참는 건가. 웃음을.

카알은 나를 자신의 사정거리 안에 완전히 가두었다. 바로 앞에 서 있는 그는 한참을 올려다봐야 할 정도로 키가 크고 위압적이었다. 그는 쭉 찢어진 입을 애써 누르며 기묘한 표정을 지었다. 그러고는 한쪽 손을 내밀어 내 머리를 향해 서서히 들어 올렸다. 나는 순간 눈을 질끈 감았다.

"이안."

카알의 차갑고 커다란 손이 내 머리를 한 번에 집어삼킨다. 내 이름을 부르는 그의 목소리에 나는 천천히 눈을 뜨고 그를 올려다보았다. 그의 입이 양옆으로 사정없이 찢어진다.

"도스는 네가 죽였잖아."

2035년 9월 27일 목요일, 오피스텔 안.

평상시와 다름없던 저녁. 포먼은 근처에 있던 환자를 돌본 뒤 집으로 돌아가는 중이었다.

"도, 도와줘."

건물 안으로 들어서자 갑자기 계단 위에서 이상한 소리가 들려왔다. 거리가 있어 제대로 들리지는 않았지만 왠지 느낌이 이상했다. 소리가 난 곳은 4층이었다. 포먼은 숨을 죽이고 조심스럽게 계단을 오르기 시작했다. 감염자가 몰래 들어온 것일까.

그는 4층까지 단숨에 올라갔다. 문은 활짝 열려 있었다. 다급히 현관으로 들어선 포먼은 눈앞에서 벌어지고 있는 광경에 순간 그대로 얼어버리고 말았다. 바닥에 나뒹굴고 있는 도스와 도스의 목을 조르고 있는 이안. 도스의 얼굴은 벌겋다 못해 검게 변할 지경이었고, 이안은 아무런 표정 변화 없이 그의 목을 누르고 있었다. 숨이 곧 끊어질 것 같았다.

"이안!"

포먼은 곧장 그 둘을 향해 달려갔다. 서둘러 두 사람을 떼어내려 했지만 어떻게 된 일인지 꿈쩍도 하질 않았다. 평상시의 이안이라고 생각하기엔 이상할 정도로 힘이 셌다.

"도스, 안 돼. 정신 차려!"

그는 입으로는 도스를 깨우면서 손으로는 안간힘을 다해 이안을 저지하려 애를 썼다. 때리고, 잡아 뜯고, 발로 차기도 해보았지만, 이안은 무언가에 홀린 것처럼 끈질기게 목에 집착했다. 도스의 숨이 거의 꺼져가고 있었다.

포먼은 이안이 뒤늦게 감염된 거라 생각했다. 보통의 경우 감염자들에게서 일관되게 보이는 패턴들이 있었지만, 이안이 워낙 일반적이지 않기 때문에 보편적이지 않은 방식으로 감염되었을 수도 있는 일이었다.

그는 손을 떼어내는 데 실패하자 이안의 얼굴을 사정없이 때리며 소리쳤다.

"야! 정신 차려! 이안!"

이안은 꿈쩍도 하지 않았다. 움직이긴커녕, 포먼을 향해 눈길조차 돌리지 않았다. 오직 그 순간 목을 조르는 일에 온 영혼을 쏟고 있는 것처럼 보였다.

다급함을 넘어서 포먼의 눈에는 이제 눈물이 고이기 시작했다. 도스는 이미 숨이 넘어간 뒤였고, 이안은 초점 잃은 눈으로 미친 듯이 그의 목을 쥐어짰다. 마치 마지막 남은 작은 숨까지 끊어내려는 것처럼 집요하고 잔인했다.

포먼은 울부짖었다. 한순간에 도스와 이안 둘 모두를 잃어버린 거나 마찬가지였다. 땅속에 묻힌 녀석들을 건져 올린 날부터 지금까지 그가 두 사람에게 진심이지 않았던 적은 없었다. 포먼은 숨이 끊어진 도스의 뺨을 계속해서 두드렸다. 눈꺼풀을 억지로 들어올려보고 가슴팍에 귀를 가져다 대보기도 했지만 죽은 녀석은 깨어나지 않았다.

이안의 눈은 한참 동안이나 불이 꺼져 있었다. 포먼은 반쯤 정신을 놓은 사람처럼 이안을 붙들고 외쳤다. 일어나라고, 이러면 안 된다고, 네가 지금 사람을 죽였다고.

이안의 의식이 돌아온 건 그 후로 한참이 지난 뒤였다. 정신을 잃고 있던 동안 이안은 자신이 사방이 깜깜한 방 안에 갇혀 있다는 착각에 빠져 있었다. 시간이 지나면서 그 방 안엔 희미한 불빛이 새어 들어왔고, 이안은 서서히 커튼이 걷히듯 느린 속도로 눈앞에 펼쳐진 광경을 마주했다. 검붉은 손자국, 목이 꺾인 도스, 그리고 그 옆에서 절망하고 있는 포먼. 이안은 자신이 무얼 보고 있는지 자각하지 못했다.

이안이 천천히 입을 떼었다.

"무슨 일이 있었나요?"

이안의 목소리를 들으며 포먼은 본능적으로 직감했다. 무언가 잘못되었다는 걸.

이안은 아무것도 기억하지 못했다. 죽어 있는 도스를 보면서도 그가 죽은 걸 깨닫지 못했다. 천연덕스러운 얼굴로 도스의 흐트러진 옷매무새를 다듬어주는 이안을 바라보며, 포먼은 등골이 오싹해지는 것을 느꼈다. 그건 감염자들이 보이는 행동과는 전혀 달랐다.

포먼은 이안의 얼굴을 쳐다보는 것이 괴로웠다. 소름 끼치도록 평소와 다름없는 얼굴을 하고 있었지만, 텅 빈 듯한 그 애의 눈이 오늘따라 끔찍해 보였다. 시간이 지나도 전혀 다른 세상 사람처럼 행동하는 이안을 보며 포먼은 서서히 깨달았다. 저건 감염이 아니구나.

얼마간의 시간이 지난 뒤, 포먼은 사태 수습을 위해 이를 악물고 마음을 다그쳤다. 어떤 선택이든 해야만 했다.

이안은 살인을 저질렀고, 도스는 무참히 살해당했다. 전후 상황은 모르지만 부인할 수는 없는 일이었다. 살인자는 기억이 없고, 그것을 받아들일 수 있는 상태도 아니었다. 빠르게 해결될 일 같지는 않아 보였다. 결국 이 사실을 정확히 아는 사람은 자기 자신뿐이란 것을 깨닫는 순간 포먼의 마음에는 한 가지 결단이 섰다. 이 일을 덮자. 아무도 모르게 만들어야 한다.

포먼은 끔찍한 심경을 간신히 참고 이안에게 평소와 같은 목소리로 말을 걸었다.

"이안, 나가서 주변에 아무 일 없나 정찰 좀 하고 오렴."

이안은 곧이어 놀랍도록 평범한 목소리로 대답했다.

"네, 그럴게요."

이안이 건물 밖으로 나간 것을 창문으로 확인한 뒤, 포먼은 얇은 이불들을 가져와 도스의 시신을 꼼꼼하게 에워싸기 시작했다. 한 겹, 두 겹. 그는 양쪽 어금니를 꽉 깨문 채 도스의 머리카락 하나 보이지 않게 온몸을 둘러 덮었다.

이안은 확실히 정상이 아니었다. 일반적인 아이가 아니라는
건 알고 있었지만, 오늘 일은 또 다른 문제였다. 이건 그 애가 의
도한 것이었을까, 아니면 무의식중에 일어난 일일까. 이안은 인
간으로서 실수를 저지른 것일까, 아님 살인을 일삼는 짐승일까.
어느 쪽에 더 가까울까. 포먼은 혼란에 사로잡혔다.

그는 도스의 시신을 싸고 있는 자신의 모습이 끔찍해 속이 뒤
집어질 것만 같았다. 포먼은 속으로 계속 되뇌었다. 너를 구하지
는 못할망정 네 죽음을 거짓으로 가려야 하는구나. 산 사람들을
살리겠다고 죽은 너를 끝까지 지키지 못하는구나. 미안하다. 미
안하다.

그는 시신을 거실 한가운데에 두고 넋이 빠진 채 앉아 있었다.
머리로는 상황이 정리되었지만, 가슴으로는 도저히 납득이 되
지 않아 구역질이 났다. 도스의 숨이 끊어진 지 얼마 되지도 않
았는데 머릿속에서는 이미 그 죽음을 은폐할 계획이 완성되었
다는 게 스스로도 용납하기가 어려웠다.

그는 자신을 탓하기 시작했다. 이안에게 그런 점이 있다는 걸
왜 미리 알아채지 못했을까. 왜 조금 더 일찍 돌아오지 못했을
까. 왜 둘을 떼어내지 못했을까. 왜 살리지 못했을까.

"아빠……?"

시간이 얼마나 지났을까. 미아의 목소리를 듣는 순간 포먼은
가까스로 지탱하고 있던 것들이 가슴에서 무너져 내리는 것을
느꼈다. 딸의 얼굴을 쳐다볼 수가 없었다.

미아는 무언가 잘못되었다는 것을 금세 알아차렸다. 평소와 다른 공기, 지금껏 보지 못했던 아버지의 표정, 그리고 거실 바닥 위의 이상한 물체. 미아는 거실 한가운데 있는 커다랗고 기분 나쁜 무언가와 아버지를 번갈아 쳐다보았다. 빈집에서 뭘 하고 있는 건지, 바닥에 놓인 저건 또 뭔지. 도무지 이해할 수 없는 묘한 광경이었다.

"미아……."

"아빠, 왜 그래요. 무슨 일이야."

포먼의 눈에서 뜨거운 눈물이 흘러내렸다. 놀란 미아는 한달음에 달려가 아버지를 붙들고 물었다.

"왜요, 무슨 일인데요."

그는 입을 떼지 못했다. 딸에게 눈물을 보이는 건 처음 있는 일이었다. 미아는 아버지의 낯선 얼굴을 보며 불길한 기운을 느꼈다. 아버지가 곧 무서운 말을 할지도 모른다는 생각이 들었다. 저 뒤에 있는 이상한 것 안에 누군가가, 자신이 아는 누군가가 들어 있다고.

그녀는 제발 그런 말을 듣게 되지 않기를 바라면서 마음을 다잡았다. 아버지의 대답이 들려오기 전까지의 짧은 순간, 이안과 도스의 얼굴이 수백 번 교차하며 떠올랐다.

포먼은 겨우 입을 떼며 말했다.

"도스가 죽었다……."

###

몸의 가장 밑바닥부터 입까지 기다란 터널이 뚫리기라도 한 것 같다. 속에 쌓여 있던 온갖 쓰레기 같은 감정들이 미친 듯이 쏟아져 나온다. 멈출 수가 없다.

"내가 말하지 않았습니까. 당신 이야기가 제일 재미있다고."

카알은 웃음을 멈추지 않았다. 기분 나쁜 웃음소리가 고막을 찌르고 할퀸다. 소름이 돋는다.

그는 비명을 지르는 내 모습을 관람하고 있었다. 내 정수리 위에 손을 올려둔 채 내가 움직이는 대로 쫓아다니며 나의 부서짐을 면밀히 관찰했다. 눈을 똑바로 쳐다볼 수가 없다. 그가 나를 집어삼킬 것 같다.

"어때요, 어떤 느낌인가요. 지금도 여전히 화가 납니까? 예?"

참아보려 애를 쓰지만 참을 수가 없다. 이게 그 배설이라는 거였구나. 터져 나오는 울분이 내 온몸을 할퀴고 휘저으며 소리친다. '네가 도스를 죽였어.'

"그때는 어땠습니까. 당신 손으로 친구의 목을 조를 때의 느낌 말이에요."

"그만해!"

"어디 봅시다. 자, 이 손으로 사람을 죽였다는 말이군요."

그는 바닥을 더듬고 있던 내 두 손을 움켜잡고 흔들더니 곧 아무렇게나 내팽개쳤다. 나는 힘없이 카알에게 이리저리 휘둘렸다. 수치스럽다.

'이제야 사람다워진 기분이 들어.'

'나 요즘 행복하다.'

'그동안 고마웠다, 이안.'

귓가에 도스의 목소리가 아른거렸다. 물어볼 수 있다면 물어보고 싶다. 내가 정말 너를 죽였는지. 네가 정말 내 손에 죽어버린 건지.

나는 진이 빠져 바닥을 기다시피 하며 입안으로 그르렁거리는 소리를 내었다. 평소 감염자들에게서 많이 듣던 소리였다.

어느새 카알은 저 멀리 테이블 앞으로 다시 돌아가 있었다. 나는 겨우 몸을 추스르며 고개를 들었다. 바닥에는 눈물과 침이 흥건했다. 이게 정말 다 내 몸에서 나온 걸까.

"힘들어 보이는군요. 직접 느낀 감정의 무게가 어떤지 궁금하네요."

무겁다. 몸과 정신이 모두 휘둘릴 정도의 무거움.

"어때요, 지금도 자신이 고결한 인간인 것 같나요."

"왜, 왜 이러는 겁니까."

"당신이야말로 왜 그런 짓을 한 건지 묻고 싶네요."

나는 모른다. 내가 죽었다는 사실조차 받아들이기 힘든데 이유가 생각날 리 없었다.

"왜 그랬죠. 우리의 충실했던 나비에게 말입니다."

카알은 서랍 속에서 사진 몇 장을 꺼내 내 앞에 던져놓았다. 사진에는 땅속에 버려진 도스의 시신이 고스란히 담겨 있었다.

"도스는 우리가 세운 가장 첫 번째 나비였죠. 꽤 맘에 들었는데, 어느 날 사라지더니 시신으로 발견되더군요. 목에 선명한 자국이 남은 채로."

흰색 이불로 감긴 도스의 몸, 꺾이고 늘어져 있는 목. 두 손을 들어 내 손바닥을 확인해본다. 양손이 덜덜 떨린다.

"어때요, 여전히 본인 스스로 선택이란 걸 해보고 싶습니까."

카알은 어느새 다시 차분한 모습으로 돌아와 있었다. 잔뜩 망가진 나를 앞에 두고서 보란 듯이 자신의 고고함을 자랑하고 있었다.

"복수하는 겁니까."

"이안. 아직까지도 스스로를 대단한 위치에 올려두는군요. 당신은 내가 복수해야 할 만한 대상이 아닙니다. 그저 발견되고, 선택되었을 뿐, 당신은 자신이 저지른 짓에 의해 생긴 빈자리를 충실히 메꾸면 그만인 것입니다."

그럼 왜. 대체 왜.

"사명자. 그 말을 듣고 가슴이 뛰지 않았던가요? 기억해봐요. 당신을 필요로 한단 말에 내심 동의하지 않았습니까?"

"난……."

"아주 흥미로웠죠. 사람을 죽이고도 그렇게 당당할 수 있다 니. 마치 자신은 어떤 것에도 더럽혀지지 않은 듯이 말입니다. 특히 그 표정이 아주 좋았어요. 당신이 특별하다는 이야기에 반 응하던 그 눈. 그 얼마나 순진무구한 인간의 반응입니까. 그건 살인자의 것이 아니었습니다. 아주 교묘한 기만, 우월감을 가진 자의 것이죠. 하지만 지금은 아니군요. 처참해 보여요, 이안. 왜 죠. 왜 그 표정을 잃어버린 겁니까. 다시 보고 싶네요, 어서 다시 지어봐요."

"그만해……."

눈앞에 도스의 얼굴이 스쳐 지나간다. 카알이 말하는 진짜 마 지막 순간의 얼굴은 끝까지 기억이 나지 않는다. 이 텅 빈 기억 을 붙들고 어떻게든 아니라 부인하고 싶지만, 가슴이 쿵쾅거리 며 찢어질 듯한 비명을 지른다. '이안, 네가 죽인 게 맞아.'

"아마 받아들이고 싶지 않겠죠. 당신은 스스로를 아무 의도 도, 속내도 가지지 않은 깨끗한 인간이라고 여겼을 테니. 어쩌다 그런 취향을 가지게 되었을까 궁금하네요. 살인자께서."

"아니, 아니야."

"아시다시피 살인자가 갈 수 있는 곳이 그리 많지는 않습니 다. 세상이 망한 다음에도 그건 변하지 않더군요. 인간은 같은 인간을 죽인 이들을 본능적으로 다른 부류에 집어넣어 생각하 니까요. 불결하다 여기는 거죠."

그는 웃음이 밴 목소리로 나지막이 말했다.

"한번 떠올려봅시다. 이안, 지금 생각나는 곳이 있나요? 그런 당신이 갈 수 있는 곳이 어디죠?"

"그만해, 제발 그만."

"생각해봐요. 이젠 그 머리가 잘도 돌아가지 않습니까. 누구도 당신을 찾지 않아요. 당신의 그런 추잡한 과거를 알고도 당신을 받아준 게 누구인지 잘 생각해보란 말입니다."

생각하고 싶지 않다. 그에게 통제당하고 싶지 않다. 하지만 소용이 없다. 난 그가 던져주는 미끼를 쫓아 휘둘리듯 생각하고, 떠올리고, 절망하기를 반복하고 있었다.

포먼의 불쾌한 표정이 떠오른다. 그의 얼굴에 내 얼굴이 겹쳐져 스스로를 경멸하듯이 바라본다. 그 위로 미아의 얼굴이, 또 그 위로 도스의 얼굴이 겹치고 쏟아져 나를 덮는다. 나는 나를 경멸한다. 그들도 나를 경멸할 것이다. 내 곁엔 아무도 남지 않았다.

"문은 아직 열려 있습니다."

카알은 손을 펼쳐 내 등 뒤를 가리켰다.

"기회를 드리죠. 선택할 수 있는 마지막 기회입니다."

차갑게 식어버린 그의 얼굴. 포식자가 다시 발톱을 감추었다. 순간 생각했다. 아, 벗어날 기회는 지금뿐이구나.

정신을 차려보니 문밖을 뛰쳐나와 복도를 달리고 있었다. 누군가 잠시 내 뒤를 쫓았던 것 같지만, 지나보니 길 위에 남은 건 오직 나 혼자뿐이었다. 등 뒤로 소름이 돋아 뒷덜미를 쥐락펴락한다. 뒤돌아볼 수 없는 공포. 나는 도망치는 중이었다.

난생처음 느껴본 공포는 나를 한순간에 제압해 물고 뜯어 메

마른 땅 위에 던져놓았다. 카알은 만신창이가 된 나의 피 냄새를 맡고 온 짐승이다. 그 앞에서 나는 한낱 고깃덩이에 불과하다. 물 한 방울 없이 갈라진 땅 위에서, 포식자의 뜨거운 숨결 밑에 바짝 오그라들어 있는 먹잇감 신세.

그는 나를 집어삼킬 수 있었음에도 그러지 않았다. 오히려 참고 지켜보며, 입맛을 다셨다. 나 자신이 먹잇감이라는 것을 깨닫는 순간 주어진 선택지는 단 두 가지뿐이었다. 도망치든지, 먹히든지.

달리고 또 달렸다. 넘어지고 부딪히고, 치이고 구르면서도 계속 일어나 달렸다. 감당할 수 없는 이 기분을 견뎌내려면 앞으로 달리는 수밖에 없었다.

'사람을 죽였거든요. 여러 명.'

'자기가 한 짓이 감당이 안 될 때 떼쓰기 위해서 만들어두는 거예요, 죄는.'

아무것도 느끼지 못하는 빈 껍데기인 채로 도스를 죽였다. 그렇다면 이제야 밀려오는 이 더러운 기분들은 내가 받는 벌이고 대가인 것일까. 그래, 죄. 죄를 지었다고 말하자. 이런 걸 죄라고 말하면 한결 편안해진다 했지.

끝나지 않는 긴 악몽 안으로 들어와 있는지도 모른다. 할 수 있는 것이라곤 오직 앞으로 달리는 것뿐. 쿰쿰한 쇠 냄새가 비릿한 흙냄새로 바뀌기까지, 온몸에 늘어가는 생채기에 피비린내가 진하게 풍기기까지, 나는 그렇게 계속 달리기만 했다.

"저기요, 여기서 뭐 하시는 거예요?"

얼마나 지났을까. 내가 멈춰 있는지 서 있는지 가늠도 되지 않을 만큼 온몸이 뭉그러져갈 즈음 무언가가 나를 막아섰다. 눈앞이 제대로 보이질 않는다. 뭐지. 누구지.

"나는, 나는……."

"어머, 어제 봤던 분을 여기서 또 보네요. 길을 잃으신 거예요?"

가로막고 선 그것이 내 양팔을 붙들고 제자리에 앉혀놓는다. 누구지. 여긴 어디지.

나는 끊어질 것 같은 정신을 붙들고 겨우 초점을 맞추어 앞을 바라보았다. 한 여자가 나를 걱정스러운 얼굴로 바라보며 뭐라 말을 한다. 아, 산지기였던가.

"살려줘요."

"네?"

"살고 싶어요."

"왜 이러시지? 무슨 일 있으세요?"

"사람을 죽였어요."

"네?"

"난 살인자예요."

"어머, 이봐요!"

눈앞이 하얘진다. 정신이 아득하다. 이대로 사라져버리고 싶다.

5

네
오
젠

3년 전, 2035년 9월 30일 일요일, 파트리키 안.

"시신은 연구소로 보냈습니다."

"연구할 게 남았던가."

"약물 반응이 가장 활발했던 실험체이기도 하니까요. 아껴야죠."

본부의 30층. 카알은 모드가 가져다준 자료들과 사진 몇 장을 무성의하게 테이블 위에 내려놓았다. 사진 속에는 도스의 시신이, 그리고 그 밑에 깔린 태블릿 화면에는 '부검 결과'라는 글자가 적혀 있었다.

"너무 일찍 죽어버렸군."

"하지만 파트리키들의 관심을 끄는 데에는 효과적이었습니다."

"벌어들인 돈은?"

"두 달 사이 총 620만 디엔의 수익을 냈죠."

"만족하던가?"

"화폐를 다시 만들자고 제안했던 게 그들이기도 하니까요."

"돈맛을 아는 것들은 그 버릇을 못 버리게 되어 있지. 계속하게 돼."

이야기를 하는 내내 카알은 건조한 표정을 유지했다.

"다들 오랜만에 하는 도박이라 몰입도가 높습니다. 다음 소재는 생각해보셨나요."

"당분간은 네가 알아서 해. 난 다른 흥미로운 걸 발견했으니까."

"나비에게 손을 댔던 자 말씀이시죠?"

"이름이 최이안이라 했던가. 다음 주부터 준비시켜. 약물은 내가 직접 주도록 하지."

"네 그렇게 하겠습니다."

"아, 특별히 이번엔 안으로 들여보내도 좋아. 물론 1층에서 벗어나진 못하게 하고."

"본부…… 안으로 들이란 말씀이신가요?"

"맛은 보여줘야지."

카알은 말을 하며 살짝 입맛을 다셨다.

"특이사항이 있다고 들었는데."

"네, 여기 있습니다."

모드는 태블릿 위로 손을 이리저리 움직였다. 바뀐 화면엔 이안의 어릴 적 사진과 오래된 신문 기사 등이 스크랩되어 있었다.

"당시 기사엔 여자가 남편을 죽인 뒤 함께 숨진 것으로 나와 있습니다. 최이안은 이후 후견인의 손에 맡겨져 자랐고, 나비와 만나게 된 것도 같은 시기라고 합니다."

"그래서, 특이사항은?"

모드가 이번엔 사각형의 작은 물체 하나를 꺼내 테이블 위에 내려놓았다. 잠시 후 큐브에 불이 들어오며 녹음된 대화 내용이 재생되었다.

— 도스, 떠오르는 걸 얘기해봐요. 편안하게.

— 그 애가 보여요. 작고, 하얀데, 악마 같은 얼굴을 하고 있어요.

— 누구죠? 무슨 일인지 더 자세히 얘기해줘요.

— 이안. 최이안. 자기 엄마를 죽이고 있어요. 목을 졸라서.

대화 내용을 들은 카알은 커다란 입을 길게 찢으며 희미한 웃음을 지었다.

"그놈 얼굴 직접 본 적 있나?"

"아뇨 없습니다."

"아주 인상 깊었지."

그는 기다란 손가락으로 테이블 위를 탁탁 두드리기 시작했다.

"마치 시궁창 속에 핀 꽃 같다고나 할까. 역겨움 안에 때 타지 않은 무언가가 공존하고 있는 느낌이야. 그 남은 부분마저 더럽혀버리고 싶게 말이지."

"이번에 발견한 장난감이 꽤 맘에 드셨나 보네요."

"아주 묘하거든. 익숙하지만, 새로운 맛이랄까."

카알의 손가락이 점점 빠르게 움직였다. 모드는 정갈한 자세로 서서 곁눈질로 그의 손가락을 주시했다.

"어떻게 갖고 놀아야 할지 대충 윤곽이 잡혔어. 시간은 좀 걸리겠지만 느리게 달궈질수록 재미가 더해지겠지."

"차질 없도록 준비시키겠습니다."

"그럼. 차질이 없어야지."

모드는 카알의 말에 적당히 대답하며 테이블 위의 자료들을 다시 정리해 집어넣었다.

"살면서 누군가를 존경해본 적이 있나?"

모드가 잠시 멈칫하며 생각에 잠겼다. 긴 속눈썹 아래로 눈동자가 의미 없이 몇 번 움직였다. 별다른 사람이 떠오르지 않는 모양이다.

"없습니다."

카알도 의미 없이 고개를 작게 끄덕였다.

"감정은 다 무의미하지. 그중에서도 제일 이해되지 않던 게 있어. 바로 존경이야. 신뢰, 선망, 충성, 추앙. 뭐 비슷한 말들이 상당히 많더군. 항상 의아했어. 겉으로 보기엔 공포 앞에 무릎 꿇는 것과 별반 달라 보이지 않거든. 그저 굴복의 한 형태랄까."

"그렇군요."

"그 기분이 궁금해."

"존경하는 기분이요?"

"아니, 받는 기분."

모드는 말없이 하던 일을 계속했다. 존경이라는 것이 왜 필요한지 이해가 되지 않았지만 아무 내색하지 않았다. 그건 그녀에게 그다지 어려운 일이 아니었다.

3차 대전이 끝난 이후 네오젠은 파트리키들의 무료함을 달래주기 위한 몇 가지 대안을 제시했다. 도박, 경매, 그리고 환각. 그건 주로 바깥의 감염자들을 게임의 말로 세우거나, 그들의 감정을 훔쳐 파트리키로 하여금 가상의 감정을 경험하게 해주는 식이었다. 게임 안에서 감염자들은 항상 죽거나, 다치고, 농락당했다. 파트리키는 감정을 끊어내는 대가로 세상의 우위에 섰지만, 갈수록 더 강하고 뚜렷한 자극을 느끼길 원했다.

카알은 그들과는 조금 달랐다. 그는 자기만의 방식으로 만족감을 얻고자 했다. 파트리키의 대부분이 필요에 의해 자의적으로 감정을 끊어냈다면, 그에겐 선택지가 주어진 적이 없었다. 그는 태어난 순간부터 지금까지 무감했고, 그건 그의 가장 가까운 곳에 있는 모드도 마찬가지였다.

"기대되는군."

"그러네요."

"네 생각은 어때."

"분명 재미있으실 겁니다."

"정말로 그렇게 생각해?"

"그럼요."

그는 테이블을 두드리던 손가락을 멈추고 차갑게 모드를 올려다보았다.

"너 모르잖아. 재미라는 거."

카알은 이어 말했다.

"그거 아나, 재미는 그 단어만으로도 묘한 느낌을 줘. 내가 아는 단어 중 가장 흥미롭지. 너도 그거 하나쯤은 느껴보도록 노력을 해봐."

모드는 조용히 미소를 지어 보였다.

"그 표정, 갈수록 그럴듯해지는군. 꼭 진짜 같아."

"덕분입니다."

카알은 그녀의 표정을 따라 입을 쭉 찢어 올려보았다. 얼굴 가죽은 당겨졌지만 그의 얼굴에선 아무것도 느껴지는 것이 없었다. 그는 잠시 뜸을 들이더니 곧 그럴듯한 눈빛을 자아냈다. 조금 전보다는 확실히 '미소'라는 말이 어울리는 얼굴이었다.

그는 다시 얼굴을 풀고 원래의 무표정으로 돌아가 말을 이어 갔다.

"개발자들은 어때."

"하자가 발견된 약물들은 모두 처분했고, 내일이면 보완된 치료제가 다시 배급될 예정입니다."

"빨라서 좋군."

그는 모드의 손에 들려 있는 파일을 흘깃 쳐다보았다.

"더 남았나?"

"여섯 가지 정도가 더 있습니다만, 원하신다면 다음번에 보셔도 무방합니다."

모드는 상냥한 웃음을 지었다. 카알의 말처럼 꽤 진짜 같았으나, 어쩐지 '기분'이라는 게 느껴지는 표정은 아니었다.

"그럼 가봐. 나중에 보도록 하지."

"네, 그럼."

그녀는 가볍게 인사를 남긴 뒤 자리를 떠났다. 방을 나서는 그녀의 걸음걸이는 끝까지 단정하고 군더더기가 없었다. 모드가 떠난 뒤 카알은 숨을 깊게 쉬며 그녀가 남긴 체취를 들이마셨다. 그러고는 이내 떨떠름한 표정이 되었다.

"여전히 아무 감흥이 없군."

그는 곧 테이블 위에 스크린을 띄운 뒤 수백 명의 얼굴이 담긴 사진들을 하나하나 넘겨보기 시작했다. 대부분 도시의 시민들이었으나 그중엔 서쪽으로 이주하기 시작한 이들과 더불어 이안의 사진도 포함되어 있었다. 그는 다시 살짝 입맛을 다셨다.

"맛있게 잘 익고 있으렴. 곧 놀아주러 갈 테니."

###

"이안, 거기 그 사람 좀 업어봐요. 난 짐을 챙겨야 해서."

"네."

산지기 여자의 집에서 정신을 차린 후로 보름이 지났다. 나는 당분간 신세를 지는 대신 길 잃은 감염자들을 찾는 일을 함께 돕기로 했다. 지금으로선 그녀 외엔 도움을 구할 곳이 없으니 어쩔 수 없는 일이었다.

나는 여전히 센을 찾고 있었다. 미친 소리 같지만 센이 내 망가진 정신을 회복시켜줄 수 있을 것 같다는 막연한 믿음이 생겼기 때문이었다. 하루에 한 번 여자와 함께 산을 돌고, 남은 시간엔 센을 찾으러 다녔다. 그를 향한 맹목적인 갈증은 날이 지날수록 심해져만 갔다.

"어제도 밤늦게 돌아오던데, 할 일이 많나 봐요? 대체 어딜 그렇게 돌아다니는지."

"아…… 좀 걷고 싶어서요. 여기 공기도 좋고."

"여긴 확실히 도시보단 공기가 낫죠. 그래도 조심해서 다녀요. 가끔 짐승들이 나오니깐."

여자는 아무런 거리낌 없이 내게 도움을 베풀어주었다. 하지만 그렇다고 해서 섣불리 내 이야기를 다 나눌 수 있는 건 아니었다. 무엇보다, 여자는 센에게 큰 관심이 없어 보였다.

최근 들어 난 매일 밤 악몽에 시달리기 시작했는데, 심할 때면 여자가 달려와 나를 깨워 진정시켜주곤 했다. 물론 그녀가 발작을 일으킬 땐 내가 나서서 여자를 돌보았다. 그건 매우 자연스럽게 고착된 루틴 중 하나가 되었다.

"아, 저기 보이네. 좀 데려다줘요. 내려놓고 그냥 오면 되니깐."

여자는 턱으로 대충 한 곳을 가리켰다. 마을 어귀의 쉼터였다.

나는 인사불성의 감염자를 데려다 쉼터 의자 위에 눕혀두었다. 그는 자기를 옮겨다 둔 이가 누군지 신경 쓸 경황도 없어 보였다. 그저 껍데기뿐인 상태. 이제 그 모습이 더 이상 짐승처럼 보이지만은 않았다.

며칠 사이 꽤 많은 이들을 짊어지고 걷기를 반복했다. 나는 과연 무슨 마음으로 이런 일을 하고 있는 걸까. 아무리 생각해봐도 답이 떠오르지 않았다. 하지만 한없이 요동치고 있는 감정을 외면하는 데에는 분명 어느 정도 도움이 되었다.

"이안, 오늘은 이 정도면 충분하니 들어가서 쉬어요. 난 마을에 들렀다 갈게요."

"그럼 먼저 가볼게요. 이따 봐요."

여자는 걱정스러운 눈초리로 말했다. 난 여자의 손에 들려 있던 짐 하나를 건네받고 곧장 산속 집으로 향했다.

어느새 해가 기울고 있었다. 여자의 말처럼 산의 냄새는 도시에서 맡던 기계 냄새나 탁한 공기보다는 훨씬 신선하고 좋았다. 파트리키만큼은 아니었으나, 그런대로 훌륭했다. 나는 쪼그라든 폐로 호흡하듯이 힘겹게 숨을 들이마셨다. 간신히 버티는 중이었지만 사실은 내내 온몸에서 진이 빠져나가는 것 같은 기분이 들었다.

"후……."

한참을 걸어 거처에 도착했을 즈음엔 이미 해가 다 저물어가고 있었다. '익숙한 길이니 잘 찾아올 수 있겠지.' 내심 여자의 귀갓길이 걱정되었다.

커다란 바위 뒤에 숨겨진 어설픈 집. 산지기 여자는 그 안의 천막으로 나뉜 두 공간을 각각 침실과 서재로 사용했다. 서재의 한쪽 벽면엔 여자의 과거가 담긴 사진들이, 그 벽 바로 앞에는 내가 침대로 사용하고 있는 긴 의자가 놓여 있었다.

안으로 들어서자마자 탁자에 놓인 물을 단숨에 들이켠 뒤, 곧바로 한쪽 구석에서 랜턴과 책을 가져와 의자에 몸을 기댔다. 유진에게서 받았던 그 두꺼운 책이었다.

[Genesis, Exodus, Leviticus……]

손바닥만 한 랜턴 불빛을 이리저리 비춰가며 책의 소제목들을 살폈다. 지금까지 알아낸 거라곤 '22-13'이라는 주소가 지역이 아닌 책의 구절을 나타내는 용도일지도 모른다는 것 정도가 다였다. 소제목이 하나씩 넘어갈 때마다 그 안엔 큰 부류의 숫자와 그에 해당하는 내용을 표시하는 작은 숫자들이 반복되었다. 하지만, 내가 가진 숫자가 책의 66개의 제목 중 정확히 어떤 것에 해당하는지는 전혀 알 수 없었다.

'살인자 주제에.'

나는 센에게 무슨 얘기를 듣고 싶은 걸까.

'살인자 주제에.'

그래 살인자 주제에, 나는 왜 이리도 괴로운가.

며칠째 계속되는 악몽은 늘 자화상의 등장과 함께 시작되었다. 꿈속의 난 온통 새빨간 색으로 범벅이 된 그림 앞에서 사지가 분리될 것 같은 공포를 느낀다. 그 공포는 곧 내 가슴 한가운데에서 빠져나와 자화상에 검은 얼룩을 만든다. 그 얼룩은 뒤이어 카알에서 도스로, 도스에서 어머니의 얼굴로 변하며 나를 향해 웃는다. 무시와 경멸, 원망과 정죄가 섞인 웃음소리를 내면서.

꿈이 지속되는 동안엔 그들의 모든 말소리가 반복해 들려온다. 언제 어디서 들었는지 기억나지도 않는 숱한 말들이 날아와 귓가에 차곡차곡 쌓인다. 그렇게 공포와 불쾌함에 사로잡혀 숨이 턱까지 차오를 때가 되면 어김없이 여자가 나타나 나를 흔들어 깨우곤 했다. 나는 눈을 뜨고 여자의 얼굴을 확인한 뒤에야 제대로 숨을 쉴 수 있었다.

"Ezekiel, Daniel, Hosea…… Joel."

나는 뜻도 모르는 책의 소제목들을 집요하게 몇 번이고 반복해 읽어 내려갔다. 계속 읊조리다 보니 마치 주문을 읊고 있는 것 같은 기분이 들기도 했다. 여기 어딘가에 열쇠가 있을 게 분명한데. 아니, 있어야만 하는데.

이번 일 이후 알게 된 건 내가 가진 과거의 기억들이 생각만큼 뚜렷하지 않다는 사실이었다. 내 기억엔 도스의 죽음 외에도 사라진 조각들이 있었다. 아무리 되짚어봐도 떠오르지 않는, 그러나 꼭 알아야만 할 것 같은 순간들 말이다.

요즘엔 가만히 있다가도 속에서 울컥하고 몇 번씩 열기가 치솟아 올랐다. 이유도 모를 분노. 나는 대체 누굴 향해 화를 내고 있는 걸까.

"Titus, Philemon, Hebrews, James……."

어느덧 바깥에선 빗소리가 들려오고 있었다. 시간이 한참 지난 것 같은데, 산지기 여자는 밤이 늦도록 돌아오질 않았다.

빗소리가 거세어질수록 신경도 점점 더 곤두서는 느낌이었다. 빗줄기가 마치 내 머리를 두들기기라도 하는 것처럼 머리 한쪽에서 시작된 찌릿한 두통이 점차 머리 전체로 묵직하게 퍼져나갔다.

'찾아야 해, 찾아야 해.'

누군가를 부를 수만 있다면 부르고 싶었다. 하지만 부를 만한 이가 전혀 떠오르질 않았다. 허공에 새겨진 뜬구름 같은 '셴'이라는 이름, 그것만이 내가 아는 전부였다.

나는 찢어질 것처럼 얇은 책장만 미친 듯이 계속 넘겼다.

찾아야 한다. 답을 찾아야만 한다.

2036년 4월 27일 일요일, 포룸.

"왜 아직도 밖으로 나가질 못하게 하는 거요."

"본부 안에서만 지내라 하는 이유를 알아야 하겠습니다."

"이미 전쟁은 다 끝나지 않았나요."

유난히 비가 많이 내리던 어느 날. 첨탑 내 포룸 안에는 20여 명의 파트리키들과 모드, 그리고 카알이 한자리에 모여 있었다.

파트리키들의 대부분은 3차 대전 전에 이미 바이러스와 전쟁에 대해 고지받은, 다음 세대가 도래하기 전까지의 안전을 보장받은 자들이었다. 그 대가는 천문학적인 액수의 돈, 그리고 감정을 제거하는 것이었다. 그들의 절반은 네오젠의 철저한 심사와 추천을 통해 선택된 자들이었고, 나머지 절반은 선택받은 이들의 가족과 친지들이었다.

대부분의 인류는 예고 없이 닥친 재앙으로 순식간에 재산과 터전을 모두 잃고 거리로 내몰렸지만, 파트리키들은 오히려 그것을 이용해 재산을 불리고 안전 기지로 입성하여 전쟁이 끝나기만을 기다리고 있었다.

"10년을 기다렸습니다. 이 이상 미뤄지는 건 용납 못 합니다."

"나가서도 좋습니다."

"정말입니까?"

"나가도 된단 말이에요?"

"네. 감염자들이 들끓는 곳으로 굳이 나가시겠다면요."

파트리키들의 불만을 가만히 듣고 있던 모드는 차분한 목소리로 경고했다.

"대신 여러분이 선택한 일이니 차후 일은 저희의 책임이 아니라는 걸 기억하세요. 감염자들이 여러분에게 어떤 짓을 하더라도 네오젠은 관여하지 않겠습니다."

"……."

도시 재건 전까지 그들이 숨어 있던 곳은 윈스키와 국경 너머 북쪽을 아우르는 전체 지역의 지면 아래였다. 네오젠의 제안을 받은 이들은 그 지하세계의 웅장함과 화려한 시설을 보고 흔쾌히 그들의 뜻에 동참하기로 결심했었다. 햇빛이 들어오지 않았을 뿐, 바깥과 비교해도 전혀 손색이 없는 환경이었기 때문이다.

하지만 그들의 인내심은 본부가 땅 위로 첨탑을 올리기 시작함과 동시에 순식간에 무너져 내렸다. 하루가 다르게 재건돼가는 도시의 모습을 보며, 파트리키들은 서둘러 그 신세계의 주도권을 잡고 누리고 싶어 했기 때문이었다.

카알은 한쪽 손을 들어 모드의 말을 가로막았다.

"다들, 긴 시간을 기다리느라 수고하셨습니다."

그는 느긋하고 느린 동작으로 깍지 낀 두 손 위에 턱을 올려놓으며 입을 열었다.

"온전한 평화에 이르려면 정제되고 절제된 긴 시간을 거쳐야 하는 법이죠."

일순간 공기가 차분하게 가라앉았다. 파트리키들은 모두 일제히 그의 말을 경청하기 시작했다.

"곧 새 시대가 열릴 겁니다. 하지만 진짜 권력을 갖기 위해선 그 전에 꼭 가져야 할 게 있습니다."

카알은 곧 테이블 위 스크린에 몇 가지 영상들을 띄워 재생시켰다.

— 아파? 아프니? 더 울부짖어봐. 더!
— 무슨 느낌인지 말해줘. 뭐가 괴로운데, 응?

영상 속 파트리키들은 술과 약에 절은 채 감염자 한 명을 사이에 두고 고문을 하고 있었다. 개중에는 감염자의 옷을 벗긴 채 위태로운 외줄 위에 묶어두고선 그 모습을 그림으로 그리는 이도 있었고, 몇몇은 웃거나 눈물을 쏟아내도록 강요하며 그들의 표정을 사진으로 낱낱이 기록하려 들기도 했다.

"지금껏 네오젠은 여러분들의 무료함을 달래기 위해 소수의 감염자들을 꾸준히 공급해왔습니다. 그들은 기다림을 견뎌내기 위한 재물이자, 가축, 그리고 좋은 놀잇감이었죠. 아, 물론 이런

쪽에 취미가 없는 분들도 계셨다는 건 잘 압니다. 그분들은 그분들 나름대로 긴 시간을 버텨왔을 테죠."

그는 테이블 위 검은 조각에 다시 손을 가져다 댔다. 이내 화면이 바뀌며 재건 중인 도시의 모습이 나타났다.

"네오젠은 현시대 전 세계에 유일하게 남아 있는 도시이자 국가입니다. 이곳이 완성된다는 건 세상의 역사를 다시 써나갈 권한을 거머쥐게 된다는 걸 의미하죠. 자, 그럼 묻겠습니다. 여러분이 이곳의 지배계층으로 완전히 올라섰을 때, 과연 여러분에게 필요한 건 가축입니까 아니면 다스림을 받을 노예입니까."

카알의 질문에 그를 바라보던 파트리키들의 얼굴이 사뭇 진지해졌다. 그는 무미건조한 얼굴로 말을 이어갔다.

"행사할 수 없는 권력은 가치가 없죠. 지금 밖에 남아 있는 것들은 가축에 불과합니다. 이제 그들이 우리 말을 따르고 원하는 대로 일해주길 기대해야 하지 않겠습니까?"

"어떻게 할 계획입니까. 말해줘요. 우리도 알 권리가 있으니."

파트리키 중 한 명이 반문했다.

"굴복시켜야죠."

카알이 차갑게 대답했다.

"앞으로 2년. 이제 첨탑 아래의 생존자들은 모두 네오젠에게 굴복하게 될 겁니다. 눈앞에 주어진 것을 최선이라고 여기며 자발적으로 우리 발아래 복종하게 만드는 거죠. 그들 안에 남아 있는 일말의 자의식마저 모두 짓밟힌 순간, 네오젠은 그들 앞에 모습을 드러내고 진짜 권력을 거머쥐게 될 겁니다."

파트리키들이 저마다 웅성대기 시작했다. 카알의 말대로, 그들이 고작 놀잇감을 갖기 위해 거액의 돈과 감정을 바쳐가며 수년을 버틴 것은 아니었기 때문이다.

카알의 말에는 힘이 있었다. 그건 비단 그가 가진 특유의 기운에 의한 것만은 아니었다. 세상의 종말, 재건, 그 속에서의 삶과 죽음. 그가 제안하고 결정한 일들은 늘 한 치의 어긋남 없이 이루어져왔다. 그리고 파트리키들은 다들 그걸 잘 알고 있었다.

"정말 2년이면 되는 겁니까?"

카알은 입을 길게 찢으며 미소를 지었다.

"약속하죠. 2년 뒤에는 온 세상을 거머쥐게 될 겁니다."

그는 모드에게 눈짓으로 신호를 보냈다. 그녀는 도도하게 고개를 끄덕인 뒤 옆에 서 있던 애덤에게 조용히 지시를 내렸다.

포룸의 한쪽 문이 열리고, 회색 가운을 입은 개발자들이 줄지어 입장했다. 그들은 각자 파트리키의 옆으로 다가가 가져온 박스 안에서 보이지도 않을 정도의 작은 칩을 핀셋으로 꺼내 들었다. 카알은 파트리키들에게 손바닥을 펼쳐 보이길 권유했다.

"새롭게 업데이트된 시나리오입니다. 지금까지 총 7명의 나비들에게서 회수한 감정 데이터를 취합해 새로운 테마들을 만들어냈죠. 선택하는 방식에 따라 최대 84개의 테마가 실현 가능하니, 한동안은 밤이 짧게 느껴지실 겁니다."

그의 말에 파트리키들의 얼굴에 온도 없는 웃음들이 피어올랐다.

그건 매우 시의적절한 선물이었다. 카알이 제공한 칩은 이들 사이에서 '시나리오'로 불리는 일종의 환각제였는데, 칩을 이식받은 자들이 원할 때마다 가상의 꿈을 경험할 수 있게 해주는 특수한 장치였다. 칩을 가동하는 건 언제든 가능했지만, 수면 상태일 때 좀 더 자극적인 쾌락을 느낄 수 있었기 때문에 대부분 잠들기 직전에 이용하고는 했다.

감정을 제거한 이들에게는 몇 가지 후유증이 있었다. 눈에 띌 만큼의 문제는 아니었으나 원래 있던 것이 사라짐으로 인해 불쾌감을 호소하는 경우가 잦았다. 청각, 후각, 미각 등에서 비롯되던 사소한 감동과 만족을 잃어버리는 이들이 있기도 했지만, 대부분의 경우 꿈꾸는 기능을 잃는 것이 가장 흔했다.

가상의 꿈속에서 그들은 자신이 잃어버린 것, 느끼고 싶은 것들을 자유롭게 겪고 느꼈다. 맛에 대한 감동을 잃은 자는 그 속에서 닥치는 대로 음식을 먹어 치웠고, 애정에 굶주린 자들은 취향에 따라 원하는 상대를 만들어내 그들과의 밀회를 즐겼다. 일부는 칩의 도움 없이도 감염자들을 학대하며 갈증을 해소했지만, 그렇지 않은 이들은 꿈속에서 남몰래 폭력과 쾌락에 대한 욕구를 마음껏 분출했다.

"안 그래도 구닥다리 시나리오에 진절머리가 나던 참인데, 잘됐네요."

"아무리 봐도 일을 참 잘한단 말이지. 돈을 들인 보람이 있어."

그들은 일제히 오른쪽 손바닥을 펼쳤다. 옆에 서 있던 개발자들은 그들의 손바닥 한가운데 칩을 올려두었고, 곧 칩에 불이 들어오며 사방으로 미세한 침들이 나와 그들의 피부 속으로 파고

들기 시작했다. 머지않아 그것은 녹아내리듯이 파트리키들의 손바닥 안으로 스며들어 모습을 감췄다.

"앞으로 네오젠을 이끌어갈 여러분들에 대한 작은 보답이니, 마음껏 즐겨주시죠."

카알은 점잖게 말하며 그들의 반응을 무심하게 관찰했다. 다들 원래의 습관들이 남아 있어 저마다 그럴싸한 표정을 짓기는 했지만, 전달되는 느낌 같은 건 전혀 없는 가짜 얼굴들 같았다.

"카알이 알아서 하겠다니 우린 믿고 기다립시다."

"그래요. 얼마 남지 않은 것 같으니."

파트리키들은 어느새 불만들을 내려놓고 빠르게 말을 마무리 지었다. 그러곤 곧 의미 없는 인사들을 남긴 채 하나둘 자리를 떠났다.

카알은 회의가 끝난 뒤 모드와 함께 지하 개인 승강장으로 곧장 이동했다. 뒤를 따르는 모드의 손에는 직사각형의 검은 가방이 들려 있었다.

"오늘이 몇 번째 접종이라고?"

"일곱 번째이죠."

"상태는?"

"반응이 아주 늦습니다. 아무래도 심리적 요인이 크게 작용하는 것 같은데요."

"살인자 주제에 심리적 요인이라."

"왜곡이 많고, 방어 기제 또한 상당합니다. 항상 초기 단계에서는 반응이 활발하다가 단계가 지속될수록 오류가 발생합니다."

"기억은, 계속 그대로이던가?"

"네 여전히 기억하지 못합니다. 나비와 부모에 대한 기억 모두요."

"끈질기군."

두 사람은 열 평 남짓의 한 칸짜리 작은 트램에 몸을 실었다. 카알이 먼저 자리에 앉고, 모드는 출입구 옆 스크린에 목적지를 입력한 뒤 그의 옆으로 다가와 앉았다.

트램은 빠르고 조용하게 움직였다. 첨탑에서 파트리키 본부로 향하는 길. 가는 내내 생각에 잠겨 있던 카알은 도착지가 가까워질수록 손가락을 조금씩 달싹거리기 시작했다. 잠시 후 트램은 부드럽게 목적지로 들어섰다. 출입문이 열리고, 그 앞엔 곧장 본부의 1층으로 향하는 통로가 이어졌다.

"오늘은 약물 농도를 최대치로 높이도록 하지."

"이미 권고 수치보다 높습니다. 죽을 수도 있는데, 진행할까요?"

"놈의 가치를 제대로 확인해봐야겠어."

"네 그럼. 들어가시죠."

그들은 기다란 복도 끝에 있던 103호실의 문을 열고 들어갔다. 그곳엔 캡슐 안에서 잠들어 있는 이안, 그리고 그를 둘러싸고 있는 세 명의 연구원들이 있었다. 카알의 등장에 연구원들은 하던 일을 멈추고 모두 한쪽으로 물러섰다.

"진행해."

"네."

모드는 익숙하게 가방에서 약물을 꺼내 연구원들에게 건네주었다. 그러곤 캡슐 옆 모니터에 약물의 농도와 주입 속도를 설정하기 시작했다. 캡슐 옆에 앉은 카알은 잠든 이안의 얼굴을 물끄러미 쳐다보며 살기 어린 미소를 지었다.

###

악몽을 꿨다. 어머니가 아버지를 죽이는 꿈.

어머니는 약에 취한 아버지를 차로 옮겨 실은 뒤 곧장 숲으로 향했다. 조수석에 앉아 있던 나는 어머니의 광기 어린 미소와 뒷자리에 아무렇게나 구겨져 있는 아버지의 모습을 번갈아 보며 설명할 수 없는 두려움에 사로잡혀 있었다. 어머니는 급하게 페달을 밟으며 옆자리에 앉아 있던 나에게 말했다.

"엄마가 알려줄게. 우리한테 해를 입히면 어떻게 되는지."

무언가 잘못되고 있다는 걸 알면서도 난 아무런 말을 하지 못했다. 어머니는 평상시 숲에서 짐승을 사냥할 때와 같은 눈을 하고 있었다. 사냥 전 어머니의 심기를 건드리는 날엔 나는 늘 다락방에 갇혀 굶고, 맞아야만 했다.

숲속 깊숙한 곳 커다란 강가에 도착한 어머니는 아버지를 차에서 끌어낸 뒤 바위에 기대어 앉혀놓았다. 그러곤 아버지의 얼굴을 칼등으로 쓰다듬으며 속삭였다.

"그 여자 얼굴은 잘 봤어. 질 낮고 보잘것없더라. 날 배신하고 선택한 게 고작 그따위 년이라니. 날 살인자로 매도한 걸로 모자라 감히 날 버려? 차라리 내 손에 죽어."

어머니의 얼굴이 점점 광기로 물들어가던 찰나, 간신히 의식이 돌아온 아버지는 옆에 있던 돌로 어머니의 머리를 힘껏 내리쳤다.

"당신은 미쳤어. 당신 같은 여자 옆에 있다간 이안도 결국 미쳐버리고 말 거야."

쓰러진 어머니의 얼굴에서 피가 흐르고, 사지에 힘이 풀린 아버지는 나를 쳐다보며 떨리는 목소리로 말했다.

"얼른 도망가, 이안. 아빠가 금방 구하러 갈게. 어서."

나는 도망칠 수 없었다. 가슴에서 용솟음치는 감정을 말로도, 표정으로도 형용해내기 어려웠다. 아버지는 내게 도망가라고 소리치며 차를 향해 기어갔다. 부들부들 떨리는 팔에 힘을 줘가며 운전석 좌석 밑에 꽂혀 있던 칼을 손에 쥔 순간, 정신을 차린 어머니가 다가가 아버지의 머리를 커다란 돌로 짓이겼다.

짧은 순간, 피범벅이 된 아버지와 어머니가 서로 뒤엉켜 나뒹굴었다. 주변의 돌들이 온통 핏빛으로 물들어갈 즈음 아버지의 움직임이 멎었다. 허옇게 뒤집어진 눈을 하고서 아버지를 돌로 내려치던 어머니는 한참이 지난 뒤에야 정신을 차리고 돌을 내려놓았다. 피 칠갑을 한 채 나를 쳐다보던 어머니의 가슴팍에는 아버지의 칼이 깊숙이 꽂혀 있었다.

어머니는 비틀거리는 걸음으로 아버지의 시신을 차에 가까이 옮겨둔 채 그 위에 기름을 끼얹었다. 그러곤 나를 데리고 멀찌

감치 떨어져 선 뒤 주머니에서 라이터를 꺼내 들었다. 몇 번이고 부싯돌을 켜보았지만 제대로 작동하지 않자, 어머니는 라이터를 강 속에 집어 던지고선 내 손을 잡아끌며 그대로 걸음을 재촉했다.

어머니는 제대로 걷지 못했다. 몇 발자국 떼다가 쓰러지길 계속 반복했다. 손을 놓고 아버지가 있는 곳으로 가고 싶었지만 어머니는 피가 통하지 않을 정도로 내 손을 꽉 쥐고 놓질 않았다. 한참을 그렇게 걸어가던 어머니는 풀숲이 우거진 어느 곳에 서서 가느다랗게 한숨을 내쉬더니 기분 나쁜 울부짖음과 함께 가슴팍에 꽂힌 칼을 천천히 빼내었다.

어머니의 가슴에서 피가 분수처럼 치솟았다. 그 피는 옆에 서 있던 내 얼굴의 한쪽을 물들였다. 쓰러지다시피 하며 앞으로 얼마간 걸어가던 어머니는 이내 견디지 못하고 그 자리에 풀썩 주저앉아 내게 가까이 오라며 손짓을 했다. 나는 순종하듯 다가가 얼굴을 가까이 가져다 댔다.

"엄마를 좀 도와줘. 편하게 죽고 싶어."

어머니는 내 한쪽 손을 잡은 채 강제로 자신의 목에 가져다 댔다. 어머니의 눈에서 불이 꺼져가고 있었지만, 거절할 수 없는 위압과 살기는 그 안에 여전히 남아 있었다.

"어서, 이안. 엄마를 도와줘야지."

나는 어머니의 손에 이끌려 강제로 그 목을 쥐어 잡았다. 손에 힘을 주질 못하자 어머니는 계속해서 "어서, 어서 이안. 어서 해."라고 외쳤다.

그 순간 머릿속에서 무언가 뚝 하고 끊어지는 것을 느꼈다. 심장은 진공 상태에 빠진 것처럼 요동을 멈추고 고요했다. 파도보다 더 큰 어둠과 공허가 사방에서 밀려와 나를 집어삼키려 하는 순간, 그때 옆에서 누군가의 목소리가 들려왔다.

"살인자."

고개를 돌린 곳엔 꼭 나만 한 한 소년이 잔뜩 일그러진 얼굴로 나를 바라보고 서 있었다.

2036년 4월 27일 일요일, 103호, 본부.

정적이 흘렀다. 약물 주입 이후 급격한 쇼크에 시달리던 이안은 얼마 안 가 다시 정상적인 호흡을 되찾고 마치 깨어 있는 것 같은 평온한 목소리로 카알의 질문에 답을 하기 시작했다. 그것은 곧 이안의 무의식 속 가려진 기억의 시작점이자 모든 무기력의 근원인 부모의 죽음에 관한 이야기였다.

이안의 말을 다 듣고 난 카알의 표정은 어딘가 석연치 않아 보였다. 카알의 눈치를 살피던 모드가 조심스레 말문을 열었다.

"처리할까요?"

카알은 대답이 없었다. 차갑게 식은 두 눈으로 의식 없는 이안의 허연 얼굴을 뚫어져라 노려볼 뿐이었다.

그는 이안의 속에 들어 있는 것이 무자비한 악랄함과 잔혹함이길 기대했다. 그의 본성이 더러운 것이길, 병들고 썩은 것이길 바랐다. 하지만 이안의 내면 깊숙한 곳에 있던 건 악랄함도, 잔혹함도 아닌, 그저 힘없고 유약한, 학대받은 어린아이가 느끼는 두려움이었다.

카알은 깊은 생각에 잠겼다. 실망이 컸지만, 자기와 같은 얼굴을 하고 있던 이안을 발견했을 때 느꼈던 미묘한 흥분을 잊을 수가 없었다.

"아니. 더 기다려보지."

"계속 진행하실 건가요?"

카알은 들끓을 것 같은 매서운 눈으로 이안을 쳐다보며 자리에서 일어섰다.

"더럽지 않다면, 더럽혀줘야겠지."

그는 그대로 이안에게서 등을 돌려 자리를 떠났다.

###

"이안, 일어나."

깊어진 꿈에 숨이 막혀 질식할 것 같은 기분이 들던 찰나, 누군가가 나를 급히 흔들어 깨웠다. 언제 잠이 들었는지 기억조차 나지 않았다. 가쁘게 숨을 돌리며 이게 꿈인지 현실인지 구분하기 위해 애를 쓰던 도중, 순간 무언가 이상하다는 것을 깨달았다. 나를 깨운 목소리는 산지기 여자의 것이 아니었다.

"괜찮아? 힘들어하는 것 같아서 깨웠어. 왜 이렇게 땀을 흘려."

주변이 어두워 눈앞에 있는 사람이 누구인지 한 번에 알아채긴 어려웠다. 간신히 정신을 차린 뒤 그물그물한 눈으로 쳐다보고 있으니, 누군가가 내 팔을 붙잡으며 익숙한 목소리로 말을 건넸다.

"나야, 미아. 네가 여기 있다는 얘길 듣고 급하게 왔어."

"미아⋯⋯?"

나는 다급히 몸을 일으켜 세워 그녀에게로부터 멀찌감치 떨어져 앉았다. 상황 파악이 되지 않았다. 여길 왜 온 걸까. 난 아직 마주칠 자신이 없는데.

"아…… 놀랐구나, 미안. 널 찾아다니던 중이었어. 그날 말도 없이 사라졌길래."

'날 찾았다고……?'

"아무래도 네가 너무 충격을 받은 게 아닌가 싶어서. 그 얘기 이후 네 상태가 너무 안 좋아 보여서 걱정했거든."

천막 사이로 비치는 달빛에 서서히 그녀의 모습이 눈에 들어오기 시작했다. 가느다란 몸, 커다란 눈. 정말 미아가 맞았다.

미아는 걱정 어린 눈으로 나를 한참 쳐다보더니 주변을 더듬어 떨어져 있던 랜턴을 주워 스위치를 켰다. 빛이 들어오자 미아가 조심스레 내 반응을 살폈다.

"여긴…… 어떻게 알고 온 거야."

"산지기들과 얘길 나누다 알았지, 줄 것도 있고. 혹시 내가 너무 불편하게 만들었나?"

편하지 않은 게 당연했다. 미아의 눈을 똑바로 쳐다볼 자신도 없었다. 그녀의 존재만으로도 정죄당하는 기분이 들어 심장이 급격히 요동을 쳤다.

"그나저나 괜찮은 거야? 자면서 숨도 제대로 못 쉬고 힘들어하던데, 어디 아픈 건 아니지?"

그녀의 말에 조금 전의 꿈이 다시 생생히 떠오르기 시작했다. 끔찍한 광경. 기억인지 꿈인지 모를 그것을 다시 떠올리는 것만으로도 심장이 쿵쾅거리고 쥐가 나듯 통증이 느껴졌다. 어머니의 얼굴과 아버지의 얼굴이 번갈아 떠오르며 미아의 얼굴에 겹쳐 보였다. 머리가 아프다. 정신이 이상해질 것만 같다.

"네가 이렇게까지 힘들어할 줄은 몰랐어. 조금 변한 것 같긴 했지만, 그래도 네가 어느 정도는 예전처럼 무감하게 받아들일 거라 생각했나 봐. 내가 너무 조심성이 없었지, 아무리 그래도 도스는 네 친구인데……."

그 이름을 듣자 마치 전기가 오르듯 온몸에 작게 경련이 일었다. 나도 모르게 두 주먹이 꽉 움켜쥐어졌다.

"너한테 어떻게 하면 도움이 될까 싶어서 나도 고민을 좀 해봤어. 그래서 도스에 관한 걸 찾아보다가……."

"그만!"

"……."

미아는 갑작스러운 큰 소리에 당황했는지 입을 채 다물지도 못하고선 나를 빤히 쳐다보았다. 나는 불안정하게 눈을 이리저리 굴리다 겨우 미아에게 시선을 고정했다. 그녀와 함께 있는 것 자체도 힘들었지만, 내 불안정함이 상황을 더 복잡하게 만드는 것 같아 견디기 힘들었다. 미아가 왜 날 찾았는지, 날 위해 무슨 생각을 했는지 따위는 알고 싶지 않았다.

애써 마주한 그녀의 두 눈엔 여전히 힘이 바짝 들어가 있었다. 비스듬히 비치는 랜턴의 희미한 불빛에 그녀의 눈 밑에 새겨진 문신도 더욱 도드라져 보였다. 나는 당장 무슨 말을 해야 할지 몰라 막연히 쳐다보기만 했다. 미아도 한동안 말이 없었다.

바깥엔 여전히 비가 내리고 있었다. 이미 밤이 깊은 것 같은데

산지기 여자는 어딜 간 건지 도통 보이질 않았다. 답답함에 숨을 크게 내뱉으며 미아에게서 시선을 돌리려던 찰나, 머릿속에 무언가 스치듯 지나갔다.

"알겠어, 이안. 그 얘긴 그만할 테니 진정해. 대신 줄 게 있어."

미아는 몸을 돌려 한쪽에 놓여 있던 가방 안을 뒤적이기 시작했다. 나는 그 순간 무언가에 홀리기라도 한 것처럼 그녀의 오른쪽 얼굴에서 시선을 뗄 수가 없었다.

"도스가 쓰던 물건이야. 다른 건 다 정리했지만, 이건 왠지 중요해 보여서 따로 챙겨뒀었어. 비밀번호가 걸려 있긴 한데, 그래도 혹시 도움이 될까 싶어서. 시신은…… 그때 아버지가 혼자 묻었었기 때문에 정확한 위치는 몰라. 지난번에 내가 너한테 제대로 대답을 못 해줬잖아. 그래서 대신 이거 전해주러 온 거야."

"미아."

"응?"

"너 그 문신."

"문신?"

"눈 밑에 그거, 뭐라고 쓰여 있는 거야?"

"이거? 갑자기 왜……."

나는 미아에게 가까이 다가가 두 팔을 붙잡고 얼굴에 쓰인 글자를 찬찬히 훑어보았다. 알아보기 힘들게 뭉그러져 있었지만, 분명 눈에 익은 단어였다. 순간 미아의 눈 밑이 살짝 일그러졌다.

"뭐라고 쓰여 있는 거냐고."

"왜 그래……."

"말해줘."

"이안, 잠깐 이것 좀 놓고."

"뭐냐고."

숨결이 바로 맞닿을 정도의 가까운 거리. 나는 미아가 답을 내놓기만을 바라며 집요하게 그녀의 두 눈을 응시했다. 지금껏 단한 번도 흔들리지 않던 그녀의 눈이 미세하게 흔들리고 있었다.

"Revelation…… '계시'야."

너였구나.

"……이안?"

"찾았다."

"왜 그래, 무슨 소리야. 이것 좀 놔줘."

센의 다른 흔적.

조금 전까지 가슴을 쥐어짜던 통증이 스르르 사라지고, 대신 온몸에 전율이 흐르기 시작했다. 환희. 그 비슷한 감정이 물밀듯 밀려들어왔다. 입 밖으로 뜨거운 숨과 함께 탄식이 터져 나왔다. 웃음이 났다.

새어 나오는 소리를 막을 수가 없었다. 나는 한동안 그렇게 나자신을 내버려 두었다. 귓가에 들리는 낯선 웃음소리. 태어나 처음으로 듣는 내 웃음소리였다.

내가 어떤 표정을 짓고 있는지는 모르겠지만, 나를 보고 있는 그녀의 얼굴에서는 당혹감과 불쾌함이 조금씩 번져가고 있었다. 그 얼굴을 보면서도 나는 웃음을 멈출 수가 없었다.

"이안, 이거 놓으라고."

미아는 미간을 찌푸리며 강하게 나를 뿌리쳤다. 그녀가 온몸으로 불쾌함을 표현하는데도 내 얼굴에 퍼진 웃음은 도통 가라앉을 줄을 몰랐다. 나는 한껏 높아진 호흡을 가다듬으며 미아에게 미안하다고 손짓을 했다.

"아, 그걸 여기서 찾을 줄은 몰랐네."

"무슨 짓이야."

"너잖아."

"뭐?"

"센의 아이. 너도 그거 아니야?"

미아는 인상을 구기면서도 딱히 부정하지는 않았다.

"Revelation. 센이 남겨둔 책의 가장 마지막 장. 그 흔적이잖아, 네 얼굴에 그거."

그녀는 눈을 동그랗게 뜨고선 계속 아무런 말이 없었다. 마치 작정이라도 한 사람처럼 입을 굳게 다물고 어떤 반응도 보이질 않았다.

"그걸 이렇게 찾게 될 줄은 몰랐네. 왜 그게 너일 거라고는 생각을 못 했을까."

나는 가까스로 웃음을 누르며 책을 찾으려 급히 주변을 둘러보기 시작했다. 딱히 우스운 것은 아니었다. 그렇다면 이건 단지 기쁨인 걸까. 죄책감과 고통에서 벗어나게 해줄 유일한 희망을 발견해냈다는 안도감. 어쩌면 이런 불쾌한 감정을 더 이상 느끼지 않을 수 있으리라는 기대감. 이건 그런 여러 가지 것들이 뒤섞인 오묘한 기분이었다.

미아가 어떤 표정을 짓고 있는지 살필 겨를은 없었다. 나는 그녀를 그대로 내버려 둔 채 의자 밑에 떨어져 있던 책을 집어 'Revelation'이라고 쓰여 있는 책의 마지막 장을 급하게 펼쳐서 보았다.

"이안, 나는 이만 가볼게. 이건…… 그냥 여기에 두고 갈게."

미아는 기어들어가는 목소리로 인사를 하고선 조용히 자기 짐을 챙겨 천막 밖으로 빠져나갔다. 그녀가 간다는 걸 알았지만, 책에 꽂힌 시선을 차마 다른 데로 돌릴 수가 없었다. 나는 미친 듯이 책장을 넘겼다.

"22-13…… 22-13……."

센이 있는 곳이 어디일까. 이제 정말 이 끝에서 그를 만날 수 있는 걸까. 센을 만나면, 나도 새 삶을 살 수 있게 되는 걸까.

정리되지 않은 감정이 울컥울컥 차올라 책장을 넘기면서도 몸이 조금씩 작게 떨렸다. 19, 20, 21…… 그리고 22. 드디어 그가 남긴 정확한 위치에 도달했다. 나는 떨리는 숨을 크게 내뱉은 뒤 손가락으로 느리게 짚어가며 마지막 13번째 구절을 찾아 내려갔다.

[나는 처음과 마지막이며 시작과 끝이다.]

"뭐……?"

눈앞의 짧은 구절을 마주한 순간, 온몸을 휘감던 뜨거운 전율이 뚝 하고 끊어져버렸다. 찬물을 끼얹기라도 한 듯, 뜨겁게 달아올랐던 몸이 순식간에 차가워지기 시작했다. 머릿속에선 온갖 생각이 수많은 장면들과 뒤섞여 감당하기 힘들 정도의 빠른 속도로 떠올랐다.

— 특권을 얻은 자의 힘이요. 그들에게는 표식이 필요 없죠.
— 말했을 텐데요. 당신은 선택받았다고.
— 네오젠의 특권은 총 8가지입니다.
— 센이 어떤 인물이던가요.

"이게…… 뭐야……."

멎었던 전율이 소름으로 바뀌며 순식간에 온몸을 차갑게 휘감았다. 기대감으로 뛰던 심장이 불안함에 내몰리며 이내 불규칙적으로 쿵쾅거리기 시작했다. 머릿속이 다시 복잡해진다. 대체 내가 지금 무슨 생각을 하고 있는 거지.

— 그중 가장 중요한 건, 종결. 끝낼 수 있는 특권입니다.
— 문은 아직 열려 있습니다.
— 그들 스스로가 곧 '시작'이자 '마지막'일 수 있습니다.

불길한 그림자가 다시 나를 집어삼키고 있었다. 나는 불안함을 견디지 못해 자리에서 벌떡 일어섰다. 이럴 순 없다. 내가 잘못 생각하는 거겠지.

― *기회를 드리죠. 선택할 수 있는 마지막 기회입니다.*

　나는 자리를 박차고 무작정 문밖으로 나섰다. 비는 그칠 줄 모르고 더 거세게 쏟아져 내리고 있었다. 나는 엉거주춤한 걸음으로 비에 젖은 흙길을 미끄러지듯 밟으며 계속 앞으로 나아갔다. 왜 그 책에 그 문구가 들어 있는 거지. 내가 미치기라도 한 걸까. 아님 누군가 나를 미치게 만들려는 걸까.

　달빛 외에는 빛줄기 하나 비치지 않는 어두운 산속. 나는 얼마 가지 못해 그대로 자리에 주저앉아버렸다. 거센 빗줄기 속에 앉아 있으니 오히려 사방이 조용한 것 같은 착각이 들었다.

　떨리는 몸을 제대로 가누지도 못한 채로 멍하니 비에 젖은 땅을 바라보고 있었다. 얼굴에 흐르는 것이 빗물인지 눈물인지도 구분이 되지 않았다.

　잠시 후 누군가가 가까이 다가와 멈춰 섰다. 고개를 들어봤지만 굵은 빗줄기가 눈앞을 가려 제대로 보이질 않았다. 얼굴을 가린, 검은 옷을 입은 사람. 그는 곧 무언가를 꺼내 재빠르게 내 머리에 뒤집어씌웠다.

　그만해. 그만해, 제발.

2037년 1월 8일 목요일, 서쪽.

마을에 센이 나타났다는 소식이 퍼졌다. 그 소식을 들은 감염자들은 하나같이 무심한 듯 행동하면서도 마을 근처에서 벗어나지 않고 서성였다. 혹시라도 그와 마주칠 수 있을까 싶어 기대하는 눈치였다.

센은 비밀스럽게 움직이는 사람이었다. 거처가 어딘지, 뭘 하는 사람인지 제대로 아는 이는 없었다. 그러나 그는 늘 적절한 때 사람들 앞에 나타나 자기 존재감을 드러내곤 했다. 그런 그의 기묘한 행적은 사람들로 하여금 그를 더욱 우상처럼 여기게 만들었다.

"기다리고 있었어요, 아버지."

그 시각 센은 마을 뒤쪽 인적이 드문 산기슭에 있었다.

"오래 기다리게 해서 미안하구나. 여전히 아름답네, 미아."

그와 이야기하고 있는 사람은, 미아였다.

미아는 그의 여러 자녀 중 하나였고, 아이들 중 유일한 비감염자였다. 센은 모든 아이들에게 적절한 친절과 관용을 베풀었으나, 유독 미아에게 더 많은 애정과 관심을 쏟았다.

"기다리는 건 어렵지 않아요. 아버지가 큰 뜻을 이루시는 게 더 중요하죠."

미아는 포먼을 대할 때와는 사뭇 다른 태도로 센의 어깨 위에 묻은 먼지를 털어주었다. 그녀가 실제 아버지와 사이가 나쁜 건 아니었지만, 센을 대할 때는 더욱 존중과 존경의 마음을 표했다.

센은 족히 20년은 더 지난 것처럼 보이는 낡은 옷을 입고, 대충 빗겨진 머리를 쓸어 넘기며 미아를 향해 자상하게 웃어 보였다. 때 묻은 옷, 그리고 먼지로 뒤덮인 모습. 하지만 그런 와중에도 그의 존재감은 쉬이 감춰지지 않았다. 볕에 단 한 번도 그을리지 않은 것 같은 창백한 피부, 밝고 시린 갈색의 눈. 그는 바로, 카알이었다.

센은 카알의 또 다른 이름이었다. 그건 그가 즐기는 은밀한 놀이였으며, 색다른 만족을 얻기 위한 수단이었다. 파트리키와 애덤들을 제외하고는 도시 안 어디에도 카알의 존재를 아는 사람이 없었기에 가능한 일이었다. 그는 첨탑 밖에선 센으로, 첨탑 안에서는 카알로서 존재했다.

"오늘은 어디에 있다가 오신 거예요? 날이 많이 추워요. 몸이라도 상하실까 걱정이에요."

"난 네가 더 걱정인걸. 그동안 별일 없었니?"

"최근 들어 본부의 감시가 심해져서 식량을 구하러 나가는 게 힘들었는데, 다행히 시장의 아니스 씨가 나서서 음식을 조달해 주고 계세요. 그래서 대부분은 안전한 이곳에서 머물고, 눈에 띄지 않게 몇 명만 도시에 식량을 받으러 다녀오곤 해요. 솜씨 좋은 노인들이 전원이 꺼진 플레브스에 가짜 불빛이 잠깐씩 들어오도록 만들어줘서 눈속임용으로 쓰고는 있는데, 아무래도 불안하긴 하네요."

"다들 고생이 많구나. 내가 좀 더 도움이 되어줘야 할 텐데 말이야."

"무슨 그런 말씀을 하세요. 아버지가 계신 것만으로도 힘이 되는걸요."

"아니야, 내가 네 덕분에 사는 거지."

그의 부드러운 말투에 미아가 수줍은 듯 작게 웃음을 지었다.

"미아, 넌 특별하고 아름다워. 널 만난 건 내 경험 중 가장 가치 있는 일이야."

"그건 저도 마찬가지예요!"

"아니 달라, 너는 나보다 더 값진 일을 하게 될 거야."

"정말…… 그렇게 생각하세요?"

"그럼. 넌 너를 더 믿을 필요가 있어."

미아의 얼굴은 만족감으로 가득 차 전에 없이 표정이 밝게 빛났다. 센의 말은 그녀의 가슴을 뜨겁게 달구었다.

미아에게 있어서 센은 그녀의 결핍을 채워주는 존재나 다름없었다. 자녀가 부모에게 바랐어야 할 법한 것들을 그가 대신해주고 있었기 때문이다. 어머니는 자신을 낳다 돌아가셨고, 아버지는 전쟁 중에도 혈육을 돌보기보다 오직 타인을 위해 희생하는 사람이었다. 그건 분명 대단한 일이었지만 자연스러운 일은 아니었다. 미아는 아버지 곁에 있으면서도 항상 아버지의 부재를 느꼈다. 그 빈틈을 알아채고 다가온 것이 바로 센이었다.

"지내는 건 어때, 서쪽에는 이제 적응이 좀 되었니?"

"네 견딜 만해요. 열악하지만, 적어도 본부가 이곳까지 쳐들어오진 않으니까요."

그는 미아의 헝클어진 머리를 살살 쓰다듬어주었다.

"어서 너희가 살기 좋은 세상이 와야 할 텐데 말이야."

"올 거예요. 아버지가 말씀하신 대로 새바람이 불어오면 제대로 된 세상이 만들어지겠죠."

"그래, 그럴 거야."

"그런데…… 왜 그게 아버지가 되면 안 되는 거죠? 우릴 이끌수 있는 건 아버지뿐이에요. 다른 지도자가 있다는 건 상상할 수 없어요."

"미아."

"네?"

"난 네가 주는 그 마음만으로도 충분하단다. 그러니 너는 모든 걸 순리대로 받아들일 준비를 해야 해."

센이 조금 엄한 눈빛으로 말했다. 그런 그의 얼굴을 바라보며 미아는 살짝 긴장한 기색을 보였다.

두 사람은 길고 긴 대화를 나눴다. 미아의 관심은 온통 센에게 쏠려 있었고, 센은 그런 그녀를 바라보며 이야기 중간중간 그녀가 듣고 싶어 할 만한 말들을 해주었다. 미아는 그것만으로도 좋은지 밝은 목소리로 그간 서쪽 안에서 생긴 일들을 모조리 일러주었다. 누구에게 무슨 일이 있었는지, 최근 문제가 무엇인지, 본부를 대상으로 어떤 계획을 세우고 있는지, 빠짐없이 모든 걸 이야기했다.

둘의 긴 대화는 근처에서 인기척이 들려올 때가 되어서야 마무리되었다. 센은 떠나기 전 미아의 눈 밑 문신을 손가락으로 부드럽게 쓰다듬으며 무어라 작게 속삭인 뒤 급히 그곳을 벗어났다. 미아는 상기된 얼굴을 하고선 그가 시야에서 멀어질 때까지 그 자리를 떠나지 않고 서 있었다.

길을 떠난 카알은 곧장 마을에서 멀리 떨어진 곳에 있던 폐쇄된 발전소 안으로 들어섰다. 그는 주변을 살핀 뒤 늘어진 철창의 틈새를 벌리고 들어가 막혀 있는 벽 한가운데에 손바닥을 가져다 댔다. 잠시 후 벽이 소리 없이 부드럽게 열리고, 그 너머 정차해 있던 그의 전용 트램에 불이 들어왔다.

"오셨군요."

그 앞에는 모드가 서서 그를 기다리고 있었다.

"때맞춰 왔군."

"늘 하던 일인걸요."

카알은 센과 자신의 표정이 반반씩 섞인 부자연스러운 얼굴로 모드를 시큰둥하게 쳐다보았다. 그는 모드를 지나쳐 트램 안으로 들어서자마자 입고 있던 옷가지와 신발을 바닥에 벗어 던지기 시작했다. 옷이 하나하나 바닥에 떨어질 때마다 느슨하게 풀려 있던 그의 얼굴 근육도 서서히 굳어져갔다. 그는 곧 몸에 실오라기 하나 걸치지 않은 상태로 내부의 소독 시설로 향했다.

[도착지 설정: 파트리키 본부 B20.]

모드는 뒤이어 익숙한 몸짓으로 흩어진 옷과 신발을 주워 한 쪽에 걸어둔 뒤 손을 탁탁 털며 출입구 옆 스크린으로 향했다. 트램의 행선지를 설정한 후, 그녀는 정갈하게 구두 굽 소리를 내며 내부를 하나하나 정돈하기 시작했다.

카알이 입었던 옷을 걸어둔 벽은 보이지 않게 반대쪽으로 돌려놓고, 대신 평상시 입던 잘 다려진 옷 한 벌을 가져다 소독실 앞 옷걸이에 걸어두었다. 내부 온도는 적당히 차갑게 설정해두고, 그가 좋아하는 향이 담긴 스프레이도 이곳저곳에 아주 조금씩 뿌렸다. 모드는 마지막으로 얼음이 가득 담긴 물 한 잔을 카알의 자리에 가져다 두고선 옆자리에 앉아 조용히 그를 기다렸다.

"얘기해봐."

잠시 후 소독실에서 나온 카알은 트램 안의 서늘하고 신선한 공기를 온몸으로 흡입하듯 깊게 숨을 쉬었다. 그러고는 곧 호흡이 실린 낮은 목소리로 모드에게 말을 걸었다.

"보아하니 할 말이 있는 것 같은데."

"간단히 보고드릴 사항이 있습니다."

모드는 고개를 돌리지 않고 정면을 주시한 채로 천천히 대답했다.

"어제저녁 배급된 감염자 중 마지막 남은 한 명이 사망했고, 파트리키 중 일부가 빠른 재공급을 요청하고 있습니다."

카알은 준비된 옷을 천천히 입으며 그녀가 하는 말에 끝까지 귀를 기울였다.

"시신은 이미 모두 소각했습니다. 그리고 여기, 이후 공급할 감염자 명단을 추려보았습니다. 직접 검토해주셔야 할 것 같은데요."

"이번엔 뭘 하고 놀다가 죽였지?"

"과다출혈 때문이라고 합니다. 감염자 몸에 자기들 이름을 새기던 중이었다고 하네요."

그는 옷을 다 갈아입은 후 흘러내린 머리카락 한 올을 마저 빗어 넘기고서 자리로 돌아와 앉았다. 티끌 하나 묻지 않은 완벽한 차림새. 그는 옆에 놓인 물 잔을 긴 손가락으로 감싸 이리저리 돌리며 한동안 가만히 얼음이 부딪히는 소리를 듣고 있었다. 그러고는 곧 그 차가운 물을 단숨에 들이켰다.

"미개한 것들이라 어쩔 수 없나 보군. 수준이 낮아."

모드는 나른한 표정으로 무덤덤하게 그의 대답을 듣고 있었다.

"수위를 좀 조절시켜보도록 해. 좀 더 고상하게들 놀게끔."

"주의시키겠습니다. 그리고 이건 그 명단입니다."

그녀가 내민 모니터에는 또 다른 서쪽 주민 열 명의 사진과 이름, 거주지 등의 신상이 기록되어 있었다. 인종, 나이, 성별 모두 다양했고, 그중엔 그들에게 식량을 조달해준다던 아니스의 사진도 포함되어 있었다.

"이 녀석은 빼."

그는 아니스를 가리키며 말했다.

"맘에 들지 않으신가요?"

"아직은 건들지 마. 아, 시장에 이 녀석이 하는 가게가 있다던데 그것도 한동안 내버려 두도록 해. 없앨 때가 되면 말해줄 테니."

"네 알겠습니다."

"그래서, 그다음은?"

"네?"

줄곧 앞만 보고 있던 모드는 그제야 고개를 돌려 카알의 얼굴을 잠시 쳐다보았다. 그는 옅은 갈색 눈동자를 내리깔며 모드를 주시하고 있었다. 그녀는 그런 그의 표정을 잠시 읽더니 곧 그 의중을 파악하고 손에 들고 있던 태블릿의 화면을 이리저리 넘기기 시작했다. 화면에는 곧 이안의 최근 사진과 보고서가 떠올랐다.

"미비하지만 이전보다 확실히 변화는 있었습니다."

"각성하기까지 얼마나 남았다고 보는 거지?"

"아직 1년은 더 필요할 것 같은데요."

카알이 한쪽 입꼬리를 살짝 올리며 비웃음을 지었다.

"아, 그러고 보니……."

"뭐지."

"어쩌면 과거 첫 번째 나비가 사망할 당시 최이안이 살해 의도를 갖고 접근한 게 아닐 수도 있다는 추측이 있었습니다."

모드의 말에 카알이 굳어 있던 한쪽 눈썹을 일그러뜨렸다.

"근거는?"

"요청하신 대로 내재된 폭력성과 잔혹성을 이끌어내는 작업 또한 진행해왔습니다만, 다른 자극에 대한 반응은 점진적인 것에 비해 그 부분만큼은 전혀 성과가 없었습니다. 보통의 살인범들에게서 나타나는 최소한의 반응도 관찰되지 않았죠. 억제되어 있다기보다는, 오히려 제로에 가깝다고 보는 게 더 정확한 상황입니다."

카알은 아무런 대답도 하지 않았다. 그의 손에 들린 유리잔에서는 계속 잘그락거리는 얼음 소리가 났다.

"중단을 원하시면 언제든 말씀하세요. 폐기하는 건 어렵지 않습니다."

"건방은 떨지 마."

"네?"

"내 선택이 잘못되었다고 생각해?"

그는 조용히 잔을 내려두고 모드의 머리 위에 손을 가져다 댔다. 그는 그녀의 머릿결을 부드럽게 쓰다듬으며 이야기했다.

"놈은 내 피조물이야. 결국 내가 손대는 대로 빚어지게 되어 있어."

모드는 그를 향해 고정하고 있던 시선을 슬쩍 아래로 내리깔았다. 그의 심기를 건드렸을 땐 눈을 마주치지 않는 게 상책이었다.

"살인자가 아니라면 살인자라고 믿게끔 낙인을 찍어줘야겠지. 안 그래?"

"네, 그럼요."

카알은 모드의 머리를 살살 두들긴 뒤 손을 내리고 다시 유리
잔을 집어 들었다.

"그럼 그 나비에 대한 기억은 억지로 떠올리게 만들지 마. 적
당할 때 내가 잘 사용해볼 테니."

"알겠습니다."

모드는 다시 미소를 지어 보였다. 카알은 그 텅 빈 미소를 확
인한 뒤에야 다시 의자에 편히 기대어 앉았다.

트램은 어느새 목적지에 들어서고 있었다. 본부와 가까워질
수록 창밖은 점점 검푸른 빛깔로 어둡게 변해갔다. 카알은 들릴
듯 말 듯 한 소리로 조용히 자기 사냥감의 이름을 읊조리기 시작
했다.

"이안…… 최이안……."

###

불이 켜졌다. 서늘한 공기만으로도 무거운 중압감을 만들어내는 낯선 공간. 고요한 가운데 저 멀리서부터 누군가의 발소리가 가까워져왔다. 짐승의 눈을 가진 포식자의 모습. 카알이었다.

그는 나를 본부 안의 어느 방 한가운데에 앉혀두고선 숨 막힐 정도의 느긋한 걸음으로 내 주변을 서성거렸다. 오랜 기다림으로 입안에 고인 침이 모두 말라가도록 그는 입을 떼지 않았다. 대신 그 들끓는 눈으로 나의 구석구석을 샅샅이 주시하기만 했다.

얼굴에 썼던 복면이 벗겨졌을 때 내 두 발목은 바닥에 연결된 사슬로 단단히 묶여 있었다. 나도 모르게 몸이 떨릴 때마다 사슬이 서로 부딪히며 달그락거리는 소리를 냈다. 그는 어쩌면 이번엔 나를 풀어줄 생각이 전혀 없는 건지도 모르겠다.

"당신 뭐야."

나는 이 미칠 듯한 긴장감을 이겨낼 방법으로 먼저 입을 열었다. 가능할지는 모르겠지만, 그에게 마냥 주도권을 빼앗기고 싶진 않았다.

카알은 괴이한 표정을 짓고 있었다. 지금껏 보아왔던 냉혹하고 건조한 얼굴이 아닌, 전혀 다른 사람 같은 표정의 이상한 얼굴이었다.

"센은 당신이었지? 대체 무슨 짓을……."

"조용히 해."

그가 드디어 입을 열었다.

"시끄러우니까."

그는 옆에 있던 의자 하나를 끌고 와서 나와 조금 떨어진 곳에 마주 앉았다. 가까운 거리도 아닌데, 작은 움직임이라도 들킬세라 나는 애써 숨을 죽이고 있었다.

"어때, 네가 그토록 바라던 센을 만난 소감이."

역시, 전부 당신이 벌인 일이었구나.

"기쁘지 않은가? 아주 좋아할 거라 생각했는데 말이야."

"왜……."

"왜?"

"왜 이런 짓을 하는 거야."

카알은 벌어진 두 다리 위로 팔을 기대어 몸을 숙이고선 느린 동작으로 고개를 갸우뚱거렸다.

"이해해보고 싶은가?"

나는 조용히 마른침을 삼켰다.

"그건 감정을 모르는 인간이 갖는 습성 중 하나지. 가슴이 굳어 있으니 대신 머리를 쓴단 말이야. 머리로 이해한다 한들 달라질 건 없는데 말이지."

그는 이전에도 그랬듯 알다가도 모를 말을 던지며 손쉽게 대화의 주도권을 가져갔다. 숨이 막힌다. 말하는 내내 그는 느린 시선으로 나를 훑고 있었다.

"대답해봐. 네가 나를 이해할 수 있다고 생각하나?"

"……."

"왜 이런 짓을 하느냐. 네가 그걸 아는 게 정말 그렇게 중요할까? 보통의 인간이라면 나를 적으로 삼아 분개하든지, 혹은 힘에 굴복하는 쪽을 택하겠지. 서쪽의 인간들과 도시의 시민들을 봐도 알 수 있듯이 말이야. 그런데 넌 아직까지도 어느 위치에 서야 할지 결정을 못 하는 것 같군. 뭐, 흔하지 않아서 좋긴 해."

그의 눈빛엔 무시와 조롱이 뒤섞여 있었다. 그는 손 하나 까딱하지 않았지만, 나는 그의 시선만으로도 농락당하는 기분을 느끼고 있었다.

"네 얼굴을 처음 봤을 때 알았어. 넌 나와 비슷한 인간이야. 근본적으로 같지. 하지만 한 가지 다른 점이 있어. 그게 뭔 줄 아나? 넌 절대 너 스스로의 주인이 되질 못한다는 거야. 가련하고, 불쌍하지. 저 자신조차 감당하지 못하는 인생이라니."

그의 입이 살짝 벌어지며 기분 나쁜 웃음소리가 새어 나왔다. 왜일까. 그가 보이는 작은 행동 하나하나에 사지가 달싹거리며 오금이 저린다.

"이안, 넌 주인이 필요해. 네가 결국 여기까지 도달했다는 게 바로 그 증거야."

그는 잠시 뜸을 들이더니 한껏 다정한 표정을 짓고선 전혀 다른 사람의 어투로 말을 이어나갔다.

"두려움을 이기지 못해 여기까지 왔군요. 잘 오셨습니다. 살인을 저질렀다니 그보다 끔찍한 일이 어디 있겠습니까. 하지만 누군가를 해친다는 건 자기 가슴에도 깊은 상처를 남기는 법이죠. 난 당신의 괴로움을 이해합니다. 당신이 일부러 그런 게 아니라는 걸 믿어요. 이안. 그 일은 당신 잘못이 아니랍니다."

소름이 돋았다. 카알은 한참을 그 이상한 얼굴로 날 쳐다보다 이내 키득거리며 웃음을 터뜨렸다.

"어때…… 너도 이런 말이 위안이 좀 되나?"

그의 얼굴은 짧은 순간에도 몇 번씩이나 달라졌다. 서쪽의 영웅이라는 게, 고작 이런 인간이었단 말인가.

"……그런 식으로 사람들을 속인 거야?"

"왜 속였다고 생각하지?"

"뭐?"

"난 그들이 원하는 말을 해줬을 뿐이야. 아주 희생적인 일이지. 왜 그래, 너도 이런 말을 듣길 바랐잖아?"

그는 천천히 자리에서 일어섰다.

"존경을 받는다는 건 생각보다 썩 만족스럽지 못한 일이더군. 이전엔 칭송받길 좋아하는 인간들을 보며 거기에 뭔가 대단한 게 숨겨져 있는 줄 알았어. 하지만 아니었지. 차라리 공포로 굴복시키는 편이 더 쉽고 만족스러울 지경이었으니까. 감염자들은 내가 신이라도 되는 것마냥 들러붙었고, 시간이 지날수록 나를 더 칭송하고 환대했지. '센, 당신밖에 없어요. 센, 당신이 나의 전부예요. 셴, 나를 구원해줘요.'"

그의 얼굴엔 순간순간 많은 다른 표정이 스쳐 지나갔다. 꼭 그의 몸 안에 여러 사람이 있는 것같이 보였다.

카알은 내 쪽으로 서서히 걸음을 옮겼다. 나는 묶인 두 다리를 풀어보려 몸부림쳤다.

"뭐, 그런대로 흥미로웠어. 갈수록 귀찮아지긴 했지만."

그는 느린 걸음으로 등 뒤에 다가와 내 두 어깨에 손을 올렸다. 기다랗고 차가운 손이 몸에 닿자 심장은 더 빠르게 뛰기 시작했다.

"새바람에 대한 얘긴 들어봤겠지."

바람. 서쪽 곳곳에서 주민들이 언급하던 말이었다.

"영웅놀이도 끝마칠 때가 되었어. 그들도 이제 진짜 지도자가 누구인지 알아야지. 셴이 아닌, 카알을."

그의 손이 점점 내 목을 향해 올라오고 있었다. 나는 반사적으로 그의 한쪽 손을 붙들었다.

"한편으론 오랫동안 찾아 헤맸지. 나와 진짜 닮은 사람을 말이야. 누가 과연 나의 뜻을 제대로 이어받을 수 있을까, 누가 과연, 내 제자이자 자녀가 될 수 있을까. 그러다 너를 보는 순간 깨달았어. 아, 내가 저 갈 곳 잃은 불쌍한 인생의 주인이 되어주어야겠구나."

카알은 그 커다란 손으로 내 목을 감싸 안았다. 그의 차가운 손가락이 내 목에 닿자 급격히 숨이 차오르기 시작했다. 심장이 미친 듯이 뛴다.

"내가, 자기 쓰임을 알지 못하는 저 아이에게 제 자리를 찾아 주어야겠구나."

"이, 이거 놔."

그는 슬며시 힘을 주어 내 목을 꽉 움켜쥐었다. 나는 차오르는 숨을 간신히 누르며 그의 손을 떼어내려 안간힘을 썼다.

"감사히 여기는 게 좋을 거야. 특별한 선택을 받은 거니까."

목이 조여올수록 내 인내심도 한계에 다다르고 있었다. 나를 묶고 있는 사슬은 과하다고 생각될 만큼 두껍고 묵직했다. 분에 못 이겨 계속 발길질을 해댔지만 그럴수록 발목만 아플 뿐이었다. 나는 이를 악물고 저항하다 결국 의자에서 떨어져 그대로 바닥에 쓰러지고 말았다.

"네가 이제 와서 갑자기 많은 것을 느끼게 되었다 한들, 설마 그게 원래 네 것이었을까? 아니. 넌 내가 기회를 주지 않았으면 애초부터 아무것도 느끼지 못했을 인간이야."

나는 사슬을 계속 걷어찼다. 발목의 통증이 심해져가는 것이 느껴졌지만 멈출 수 없었다. 속에서는 분이 끓어올랐다.

"단지 좀 궁금했지. 네가 감정을 갖게 되었을 때 과연 더 나은 인간이 될지, 아니면 그대로 무너질지. 하지만 역시 예상을 벗어나진 않는군. 네 꼴을 봐, 고작 자기 기분에 매몰되어 뭐가 우선인지 분별하지도 못하고 있으니. 감정은 무의미해. 그건 인간을 저속하게 만들 뿐이지."

나는 계속 발길질을 해댔다. 차고, 차고, 또 걷어찰수록 속에서 일어나는 불길은 점점 더 거세어졌다. 시간이 지나니 그가 하는 말도 더 이상 귀에 들어오지 않았다.

어쩌면 그의 말처럼 내가 그를 알고자 하는 것 자체가 무의미한 일일지도 모른다. 그가 떠드는 궤변을 이해한다 해도 나아질 것은 전혀 없었다. 이대로라면, 이 미치광이에게서 벗어날 방법 같은 건 평생 주어지지 않을지도 모른다. 대체 어디서부터 잘못된 걸까. 내 인생을 망친 건 카알일까, 아니면 나 자신일까.

얼마나 지났을까. 발목의 통증이 심해져 이젠 감각도 잘 느껴지지 않았다. 나는 사지의 힘이 풀려 그대로 바닥 위에 누운 채 숨을 헐떡이고 있었다. 황당할 정도의 허무함, 포박당한 짐승이 된 듯한 무력감이 물밀듯이 밀려왔다.

희미한 조명 아래, 카알은 무표정한 얼굴로 나를 내려다보고 있었다. 세상을 거머쥐었다는 자신만만한 저 얼굴. 마치 신이라도 된 듯 한껏 오만한 표정. 그의 존재는 아무리 날카로운 칼로 뚫고 휘저어도 흠집 하나 나지 않을 것처럼 끔찍하리만치 견고해 보였다.

그래, 흠집 하나 나지 않을 만큼 차갑고, 단단하고.

그런데…….

왜 웃음이 나지.

"하하, 하하하."

무엇 때문이었을까. 갑자기 웃음이 새어 나왔다. 철옹성 같은 그의 괴이한 존재감과, 그가 짜놓은 덫, 그리고 나 자신의 무지와 무력함. 그 모든 게 갑자기 우습기 짝이 없게 느껴졌다.

나는 속에서부터 터져 나오는 웃음을 제어할 수가 없었다. 그간의 기억을 떠올려보고, 사방 어디를 둘러보아도 멀쩡한 것이라곤 없었다. 친구를 죽이고서 기억도 못 하는 나, 망가진 세상의 주인이 되고 싶어 하는 미치광이, 카알의 손에 놀아나는 서쪽의 신봉자들, 그리고 짐승이나 묶여 있어야 할 법한 이 두꺼운 쇠사슬.

"결국 정신을 놨나 보군."

그는 벌레를 보는 듯한 얼굴로 쓴웃음을 지었다. 하지만 그의 그런 반응에도 나는 웃음이 멈추지 않고 계속해서 터져 나왔다.

이미 모든 게 끝났다. 이 도시는 그의 것이었고, 서쪽 인간들이 구원자라 믿고 있던 셴은 카알이 만들어낸 허울이었다. 그는 모든 것을 쥐고 있다. 그의 집착에서, 이 미친 상황에서 날 건져줄 누군가는 존재하지 않는다.

온몸에 진이 빠질 지경이 되어서야 웃음이 잦아들고 정신이 들었다. 그리고 그제야 현실이 제대로 직시되었다. 아, 지금 나를 구할 수 있는 건 나밖에 없구나.

"당신이 되어주시죠."

"뭐?"

"주인. 내게 정말 그게 필요하다면, 당신이 그 주인이 되어달란 말입니다."

나는 몸을 일으켜 그를 올려다보았다.

"내가 어떻게 하길 바라죠? 알려줘요."

그는 슬쩍 미간을 찌푸렸다.

"재미있군."

그는 한참 동안 구겨진 얼굴로 나를 내려다보고 서 있었다. 그리고 곧 쓰러진 의자를 일으켜 세워 내 앞에 가져와 앉았다. 카알은 몸을 숙여 고개를 들이밀고서는 나를 면밀히 관찰했다. 그의 눈이 움직일 때마다 몸이 움찔거렸다.

"뭐 하자는 거지?"

"선택하겠다는 겁니다. 당신의 것이 되기로."

나는 그의 날카로운 눈빛을 피하지 않고 계속 시선을 마주했다. 그래, 어서 나를 집어삼켜. 어서 나를 네 것으로 만들어.

"의외군."

그는 내 턱을 잡아 올리며 말했다.

"이유를 듣고 싶은데."

나는 그를 향해 그가 지었던 것과 비슷한 웃음을 지어 보였다.

"어차피 당신이 세상의 주인이니, 굴복해야 하지 않겠습니까."

카알은 킥 하고 기분 나쁜 웃음소리를 내었다. 그는 내 턱에서 손을 놓고 한참 동안 헛웃음을 터뜨렸다.

웃어라. 계속 웃어. 네가 나를 놓을 생각이 없다면, 이번엔 내가 너를 속여볼 테니.

"설마 이렇게 빨리 받아들일 줄은 몰랐는걸. 왜. 사슬에 묶여 있다 보니 네 처지가 어떤지 금세 납득이 되던가?"

"진짜 존경을 받고 싶으셨던 것 아닙니까."

"뭐?"

"당신이 서쪽에서의 영웅놀이에 질린 건, 진짜 당신의 모습으로 받은 존경이 아니었기 때문이겠죠."

순간 그의 얼굴에 미세한 흔들림이 일었다. 나는 그 틈을 놓치지 않고 파고들기로 작정했다.

"당신의 진짜 모습을 아는 이들 중, 당신을 존경하는 사람이 있나요? 센이 아닌, 카알을 말입니다."

"너…… 재미있는 소릴 하는구나."

"당신이 내게 감정을 준 이후로 난 새롭게 눈을 떴죠. 당신 말이 맞습니다. 난 살인자에, 불쌍하고 가련한 인간이죠. 아마 당신이 내 눈을 뜨게 하지 않았다면, 난 이런 내 처지를 알지도 못했을 겁니다. 텅 빈 깡통처럼 살았겠죠. 의미 없이 네오젠을 따르는 다른 시민들처럼."

카알의 표정이 사뭇 진지하게 변했다. 지금까지의 비아냥거림은 온데간데없이, 이번엔 정말로 그가 내게 귀를 기울이고 있었다.

"당신이 내게서 당신과 비슷한 무언가를 발견했다면, 내게도 그것을 깨달을 기회를 줘요. 강압이나 강제가 아닌, 내 의지로 당신을 따를 테니. 그거야말로 진정 당신이 바라던 바 아닙니까?"

"제법이구나."

"난 어차피 혼자입니다. 당신이 버리기로 작정한다면 쉽게 버려질 존재죠. 그러니 손해 볼 것도 없지 않습니까."

"순순히 나를 따르겠다는 말인가?"

"곁에 두시죠. 당신이 준 내 자유의지로 선택하겠습니다. 제자가 되든, 자녀가 되든지 말입니다."

그는 계속해서 신중하게 나를 살폈다. 그에게서 지금껏 보이지 않던 미세한 틈이 벌어진 것이 느껴졌지만, 그렇다고 해서 쉽게 긴장의 끈을 놓을 수는 없었다. 그는 여전히 고고하고, 위협적이었다.

엉망진창이 되어 숨통을 조여오던 내 안의 감정은, 방금 전 하나의 결단을 내린 뒤로 그 요동을 멈추고 차갑게 식어 가라앉고 있었다. 당신이 덫을 놓고 나를 잡아 가두었으니, 난 기꺼이 먹이가 되어 내 두 발로 직접 당신 속에 파고들리라. 당신이 나를 놓아주지 않을 거라면, 이번엔 내가 당신의 숨통을 조여주겠노라.

"달콤한 제안이군."

그는 기다란 입을 크게 찢으며 희미하게 웃음 지었다.

"믿긴 어렵지만, 속아주고 싶은 말이야."

자연스럽게 알 수 있었다. 그가 듣고 싶어 할 만한 말이 뭔지.

"당신의 선택이 옳았다면, 결국 모든 건 당신 뜻대로 이뤄질 겁니다."

그의 위협적인 존재감 뒤에 숨겨진 결핍이 무엇일지도.

그는 꽤 오랫동안 웃음을 멈추지 않았다. 즐거움도 기쁨도 아닌, 아무런 맛도 색깔도 느껴지지 않는 웃음이었다. 한참을 웃은 뒤, 그는 나를 바라보며 말했다. 그럼 너를 내 곁에 두겠다고.

나는 속에서 일어나는 기묘한 쾌감과 그를 향한 적대감을 잊지 않으려 그 기분을 조용히 곱씹고, 또 곱씹으며 마음에 새겨두었다. 온몸의 떨리는 긴장감을 애써 누르며, 진중함을 담아 그의 차가운 두 눈을 마주했다.

"네, 아버지."

그의 두 눈에 작은 일렁임과 함께 소름 돋을 듯한 희열이 차오르고 있었다. 나는 조용히 입맛을 다셨다.

기다려.

내가 이 미친 짓을 끝내게 해줄게.

날 선택한 걸 후회하게 해줄게.

"도망쳐!"

"이거 놔! 도와줘요!"

경계가 무너졌다. 어쩌면 다들 진작부터 알고 있던 사실이었는지도 모른다. 강 하나를 사이에 두고 세워졌던 도시와 서쪽의 어설픈 경계 따위는, 누구든 마음만 먹으면 허물 수 있는 별것 아닌 수준의 애들 장난이었다는 것을.

본부의 병사들은 언제부터 있었는지 모를 곳곳의 통로를 통해 서쪽 깊숙이 침입해 들어왔다. 동이 틀 무렵부터 시작해 정오에 이르기까지. 그들은 손쉽게 지역을 봉쇄하고, 반항하는 자에게 총을 겨눴으며, 발작을 일으키는 감염자들을 포박해 우리에 가두었다.

지난 전쟁의 악몽이 다시 시작되려 하고 있었다.

"아저씨, 이게 뭐예요?"

"누나, 어디에서 왔어?"

총이나 누군가의 침입을 경험한 적 없는 어린아이들 중 일부는 상황의 심각함을 모르고 그들에게 다가갔다 그대로 잡혀 어딘가로 이송되었다. 아이들의 눈에는 총을 보고 놀란 이들의 자지러짐이 평상시 보아왔던 감염자들의 발작과 별반 다르지 않았다.

완전히 무장한 그들은 이미 모든 게 훈련된 것처럼 말 한마디 없이 철두철미하게 움직였다. 지금껏 문명의 혜택이 닿지 않던 서쪽 산자락 곳곳에 시커먼 바리케이드가 세워지고, 주민들을 감시할 무수히 많은 카메라가 빠르게 설치되었으며, 그들의 손목엔 강제적으로 플레브스가 채워졌다.

길이 하나뿐이라고 여겼던 터널엔 알고 보니 개미굴처럼 여러 갈래의 길이 뚫려 있었다. 군인들은 포박당한 감염자들과 어린아이들, 그리고 각 무리를 대표하는 사람들을 잡아 일제히 땅속으로 데려갔고, 은밀히 정차해 있던 지하 트램들은 그들을 싣고 본부로 이동하기 시작했다. 그들에게 저항할 수 있는 이는 단 한 명도 없었다.

"오, 신이시여 우릴 구원하소서."

"셴은 어디 있는 거야, 셴!"

"우린 모두 죽을 거예요. 다 끝장이에요."

"셴! 살려줘요, 셴!"

사람들은 저마다 자기 구원자를 향해 울부짖었다. 대부분은 셴의 이름을 불렀으며, 그중 몇은 보이지 않는 다른 신을 향해 두 손을 뻗었다.

<현 시각 부로 이곳은 네오젠의 소유가 되었으며, 감염자 지역 외의 모든 통행을 제한함을 알린다. 모든 감염자는 본부의 지시 하에 행동하며, 이를 어길 시 즉결 처분된다.>

곳곳에 설치된 스피커를 통해 경보음과 본부의 안내 방송이 산 전체에 울려 퍼졌다. 시간이 지나 발작이 잦아든 감염자들은 하나둘 상황을 파악하고 숨을 죽이기 시작했다. 얼굴을 반쯤 가리고 있는 군인들의 눈빛에선 일말의 동정이나 자비도 찾아볼 수 없었다.

"영감님, 센은요. 센은 어디에 있습니까."

그 시각 컨테이너 안에 머물고 있던 포먼은 마을을 포위한 군인들을 창밖으로 확인하며 깊은 근심에 잠겨 있었다. 곁에 있던 태오가 호들갑을 떨며 센의 행방을 물었지만, 지금 포먼에게 중요한 문제는 그게 아니었다. 어제저녁 도시로 향했던 미아가 아직도 돌아오지 않았기 때문이다.

"태오. 어제 밖으로 나갔던 게 누구누구였지?"

"지호, 유진, 아 그리고 미아도요. 아마 아니스네 가게로 갔을 텐데."

"다들 아직 안 돌아온 거지?"

"네…… 아마도요."

"미치겠군."

[쾅쾅.]

352

군인 중 한 명이 컨테이너 문을 두드렸다. 포먼은 재빨리 책상 밑에 두었던 칼과 총을 꺼내 옷 속으로 숨기고선 태오를 데리고 천천히 문손잡이를 돌렸다.

　　"밖으로 나와."

　　포먼은 타오르는 눈으로 군인들을 주시하며 밖으로 천천히 걸음을 옮겼다. 태오는 그의 옷자락을 붙들고 바짝 그 뒤를 쫓았다. 포먼이 나오자 붙잡혀 있던 주민들이 일제히 그를 향해 시선을 돌렸다. 하나같이 애잔하고 간절한 눈빛들이었다.

　　"저 사람이에요. 이곳의 또 다른 우두머리."

　　줄지어 서 있는 군인들 틈에서 한 여자의 목소리가 들려왔다. 그녀는 어슬렁거리며 무리 앞으로 나와 포먼을 향해 손가락질을 했다. 산지기 여자였다.

　　"너…… 지금 거기서 뭘 하는……."

　　"잡아요."

　　여자는 비열한 웃음을 지으며 군인들에게 지시했다. 그녀의 말이 떨어지기가 무섭게 군인들 중 몇 명이 앞으로 나와 포먼을 포박하여 끌고 가기 시작했다.

　　"이게 지금 뭐 하는 거야! 야, 너!"

　　태오가 기겁을 하며 소리를 질렀다. 산지기 여자는 냉소적인 표정으로 그를 흘겨보았다.

　　"되게 시끄럽네."

　　"영감님! 안 돼요, 영감님! 아 미치겠네, 셴! 셴은 어디 있는 거야!"

태오는 발을 동동 구르며 끌려가는 포먼의 팔을 붙들고 난리를 피웠다. 하지만 곧 군인에게 제압당해 바닥에 고꾸라지고 말았다. 그가 발악을 하고 소리를 지르자 붙잡혀 있던 다른 주민들도 움찔거리며 다시 불안에 떨기 시작했다. 포먼은 저항 한번 제대로 해보지 못한 채 그대로 그들의 손에 이끌려 마을 밖으로 끌려 나갔다.

"불쌍해라."

산지기 여자는 터벅터벅 걸어와 쓰러져 있는 태오의 얼굴을 물끄러미 쳐다보았다.

"아무것도 모르는 너희를 어쩌면 좋니."

"뭐? 지금 무슨 헛소릴 지껄이는 거야."

그녀는 자세를 낮춰 그 바로 앞에 쪼그려 앉았다. 그러곤 허리춤에 차고 있던 물병의 뚜껑을 열어 그의 머리 위로 물을 쏟아붓기 시작했다. 태오는 군인에게 팔이 묶여 움직이지도 못한 채 머리를 휘저으며 악을 썼다.

"허상에 빠져 살면 가장 단순한 진리도 깨닫지 못하는 법이지. 정신 차려. 이제 새바람을 맞이해야지."

그녀는 차갑게 굳은 얼굴로 킥킥거리며 태오를 비웃었다.

"이제 곧 돌아가실 시간입니다."

"에이, 벌써?"

웃고 있는 그녀에게 군인 한 명이 다가와 정중하게 말을 건넸다. 여자는 아쉬움이 담긴 얼굴로 삐죽거리며 자리에서 일어나 두 손을 탁탁 털었다.

"그래, 가야지 집에."

눈코, 입에 물이 잔뜩 들어간 태오는 이를 바득바득 갈며 힘겹게 머리를 들고 산지기 여자를 노려보았다.

"뭐야 너."

그녀는 그저 싱긋 웃으며 손을 흔들어 보일 뿐이었다. 그러곤 군인들의 호위를 받으며 그곳을 유유히 벗어났다.

그날따라 유독 하늘은 맑았다. 구름 한 점 없이 그 어느 때보다 투명했다. 하늘에서 내려다본 서쪽의 풍경은 산 전체가 새카만 우리 안에 갇히듯 점차 그 크기가 줄어들어만 갔다. 온 산에 울려 퍼지는 경보음 사이로 주민들의 흐느끼는 소리가 연신 들려왔다.

그리고, 바람이 불어오고 있었다.

네오젠 ;미완성 국가

초판 1쇄 발행 2022년 8월 30일

지은이 장성주
펴낸이 김요안
편집 강희진
디자인 이명옥

펴낸곳 북레시피
주소 서울시 마포구 신수로 59-1
전화 02-716-1228 **팩스** 02-6442-9684
이메일 bookrecipe2015@naver.com ㅣ esop98@hanmail.net
홈페이지 www.bookrecipe.co.kr ㅣ https://bookrecipe.modoo.at/
등록 2015년 4월 24일(제2015-000141호) **창립** 2015년 9월 9일

ISBN 979-11-90489-59-1 03810

종이 화인페이퍼 ㅣ **인쇄** 삼신문화사 ㅣ **후가공** 금성LSM ㅣ **제본** 대흥제책